BASTEI LÜBBE

Taschenbücher von HOWARD BROWNE
im BASTEI-LÜBBE-Programm:

19 114 Der Geschmack von Asche

Aus der »Schwarzen Serie« sind folgende Bände erhältlich:

19 100 Leonard Schrader
Yakuza
19 101 Fredric Brown
Hunters erste Jagd
19 102 Loren D. Estleman
Das Sterben in Detroit
19 103 Max Allan Collins
Ein Veteran kehrt heim
19 104 Fredric Brown
In den Straßen von Chicago
19 105 Max Allan Collins
Der Einäugige
19 106 Max Allan Collins
Mordkongreß
19 107 Stephen Greenleaf
John Tanner, Privatdetektiv
19 108 Ted Lewis
Jack Carters Heimkehr
19 109 David Goodis
Der Mond in der Gosse
19 110 Fredric Brown
Die Detektive von Chicago
19 111 Ted Lewis
Jack Carters Gesetz
19 112 Stephen Greenleaf
Peggys Geheimnis
19 113 David Goodis
Nightfall
(Die Nacht bricht an)
19 115 Max Allan Collins
Auch Blumenkinder
sterben
19 116 Mickey Spilane
Morgen werde ich
tot sein
19 117 Ted Lewis
Jack Carters Wut
19 119 J. W. Rider
Der Teufel hat
viele Masken
19 120 James Grady
Washington-Blues
19 121 Bill Pronzini
Knochen
19 122 Fredric Brown
Der Tod in Chicago
19 123 Max Allan Collins
Wochenendmorde

Howard BROWNE

GRÜSSE IN BLUT

Mit einem Nachwort von
UWE ANTON

Schwarze SERIE

BASTEI LÜBBE

BASTEI-LÜBBE-TASCHENBUCH
Schwarze Serie
Band 19118

Erste Auflage: Mai 1988

Deutsche Lizenzausgabe 1988
Bastei-Verlag Gustav H. Lübbe GmbH & Co., Bergisch Gladbach
Originaltitel: Halo in Blood
Ins Deutsche übertragen von Uwe Anton
Lektorat: Martin Compart
Umschlaggestaltung: Quadro Grafik, Bensberg
Druck und Verarbeitung:
Clausen & Bosse, Leck
Printed in Germany
ISBN 3-404-19118-8

Der Preis dieses Bandes versteht sich einschließlich
der gesetzlichen Mehrwertsteuer.

In Erinnerung an

SIDNEY M. SPIEGEL, jr.,

der, wenn er ein Buch geschrieben hätte,
es mit zwei Worten gefüllt hätte.

1

Es war jener Nachmittag, an dem ich zu einer der modernen Kolonialstilvillen in Lincolnwood hinausfuhr, um mit einem neunzehnjährigen Mädchen namens Sally Kurowski zu sprechen und sie zu überzeugen, ihre Stelle als Hausmädchen aufzugeben und zu Muttern nach Hause zurückzukehren.

Ich hatte kein Glück damit, sie zu überreden, aber ich strengte mich auch nicht besonders an. Sie hatte ihr eigenes Zimmer, die Arbeit war leicht, die Gegend sauber, und der Mann des Hauses ließ sie in Ruhe. Ich brauchte nicht lange, um herauszufinden, daß die Dinge bei ihr zu Hause ganz anders aussahen.

Schließlich einigten wir uns darauf, daß sie ihren Job behalten sollte, denn sie war volljährig und vor dem Zugriff ihrer Familie sicher. Sie stimmte zu, ihrer alten Dame eine Postkarte zu schicken, um sie wissen zu lassen, daß die Menschenhändler sie nicht erwischt hatten. Und damit war die Sache erledigt. Ich würde zwar kein Honorar erhalten, aber es wäre sowieso nicht besonders hoch gewesen.

Sie bestand darauf, mir ein Glas Eistee zu machen. Ich trank aus Höflichkeit einen Schluck davon und ging in die heiße Junisonne hinaus, wo der Plymouth am Straßenrand unter einer riesigen Pappel wartete.

Ich zündete mir eine Zigarette an, um den Geschmack des Tees loszuwerden, und sah auf die Armbanduhr. Viertel vor zwei. Ich war um drei Uhr in Oak Park verabredet, doch ich war noch ein gutes Stück von dort entfernt.

Ich fuhr in südlicher Richtung, überquerte die Devon Avenue und gelangte ins eigentliche Chicago. Nach ein paar Blocks fand ich eine Querstraße, die mich zur Crawford Avenue bringen würde. Von da an kam es nur noch darauf an, nicht auf den Tachometer zu achten.

Nach ungefähr anderthalb Kilometern ging ich auf eine Kreuzungsampel zu, die Rot zeigte, jedoch Gelb wurde, als ich noch zwölf oder fünfzehn Meter entfernt war. Ich fuhr weiter, da ich annahm, sie würde noch rechtzeitig auf Grün umspringen.

Sie sprang auch um. Aber ich stand schon ziemlich weit auf der Kreuzung, bevor ich mitbekam, daß der nach Norden fahrende Verkehr nicht anhielt, als die Ampel für ihn rotes Licht zeigte. Der vorderste Wagen war eine schwere Limousine, ein Nash, hübsch vornehm blaulackiert, und der Fahrer drückte aufs Gas, um die Lücke zwischen ihm und dem Wagen, dem er folgte, zu schließen.

Ich sagte ein paar unschöne Worte, trat hart auf die Bremse und wich scharf nach rechts aus. Reifen kreischten wie Katzen auf einer Mauer, und ich spannte mich in Erwartung des Zusammenstoßes, von dem ich wußte, daß er kommen würde.

Er kam nicht. Ich löste die Finger vom Lenkrad und sah zur Seite, warum er nicht gekommen war. Die vordere Stoßstange der Limousine befand sich keine zehn Zentimeter entfernt.

Der machte mir ja Spaß. Ich steckte den Kopf aus dem geöffneten Fenster und öffnete den Mund, um ein paar gut gewählte Worte zu sagen . . . und sah genau in diesem Augenblick einige Dinge, die ich vorher hätte sehen müssen.

Zum einen waren die Scheinwerfer der Limousine eingeschaltet – wie auch die der Wagen, die ihr folgten. Und auf jeder Windschutzscheibe klebte ein weiß-purpurnes Schild – ein Schild, auf dem BEERDIGUNG stand.

Da war noch mehr. Auf der westlichen Seite der Kreuzung stieg ein Polizist ohne große Eile vom Sitz seines Motorrads. Seine schwarzen Lederhandschuhe klemmten schon unter seinem linken Arm, und er wühlte unter der Uniformjacke nach dem Block mit den Strafzetteln. Die Stadt Chicago macht jedesmal ein paar Mäuse, wenn ein schafsköpfiger Autofahrer erwischt wird, wie er sich den Weg durch einen Leichenzug bahnt.

Da gab's nur eins: Ich drehte das Lenkrad noch weiter nach rechts, gab Gas und machte mich hinter dem Teil der Prozession davon, die bereits die Ecke umrundet hatte und die Straße weitergefahren war.

Einen Augenblick lang glaubte ich, ich würde damit durchkommen. Die Wagen hinter mir schlossen auf, um den

Leichenzug zusammenzuhalten, und ich hörte keine Sirene, die andeutete, daß der Cop die Sache an die große Glocke hängen würde.

Ich hatte vor, den Leichenzug an der nächsten Ecke zu verlassen und mich meinen Geschäften zu widmen. Es war eine Idee, auf die man stolz sein konnte, besonders, wenn es eine nächste Ecke gegeben hätte.

Es gab keine. Ich fuhr geradeaus weiter, durch ein geöffnetes, dekoratives Eisentor in einer roten Ziegelsteinmauer und auf eine schmale, gewundene Schotterstraße, die eine geschwungene Kurve zwischen Reihen von Grabsteinen, großen Grabmälern und Mausoleen durchlief. Überall waren Bäume: große, schwere Ulmen und Pappeln und einige Eichen, und alle möglichen Büsche und Kletterpflanzen. Das Gras war dick, und es war grün, und die Bäume und Büsche trugen ihre Junigewänder.

Als nach ungefähr hundert Metern bei dem Buick Coupé vor mir die Bremslichter aufleuchteten, trat ich ebenfalls auf die Bremse. Die Straße war nicht breit genug, aus dem Leichenzug auszuscheren und weiterzufahren. Ich hing fest – inmitten irgendeiner Beerdigung, während die Minuten vertickten –, die halbe Stadt zwischen mir und meiner Drei-Uhr-Verabredung.

Ich schaltete den Motor aus, lehnte mich zurück und fischte nach einer Zigarette. Es war nur noch eine in der Schachtel; ich holte sie heraus, drückte die Schachtel zusammen und warf sie auf einen Grabstein. Während ich ein Streichholz suchte, schlug die Tür des Buick zu, und ein großer, schlanker Mann in einem dunklen Anzug und mit einem grauen Hut trat auf die Straße. Er blieb einen Augenblick stehen, fuhr sich mit der Hand über das glattrasierte Gesicht, glättete dann den Aufschlag seines Mantels, kam hinüber und stieß mit der Schuhspitze taxierend gegen den rechten Vorderreifen, als sei er etwas besorgt wegen des Luftdrucks.

Erst da sah ich, daß er den umgeschlagenen Kragen eines Geistlichen trug.

Schritte knirschten auf dem Schotter der Straße, und fünf oder sechs Männer schritten im Gänsemarsch auf dem Weg zum Leichenwagen an der rechten Seite meines Wagens vorbei. Sie waren schon gute fünf Meter weiter, bevor mir plötzlich dämmerte, daß es sich bei jedem von ihnen um einen Geistlichen handelte.

»Was zum Teufel . . .?« sagte ich leise und zündete die Zigarette endgültig an. Ich rutschte hinüber, steckte den Kopf aus dem Fenster und betrachtete die Wagen, die hinter mir standen. Es waren sechs, alles verschiedene Marken.

Bis auf die Wagen war die Straße verlassen. Ich holte mir eine neue Schachtel Zigaretten aus dem Handschuhfach, ließ sie in die Seitentasche meiner Jacke fallen und stieg aus.

Die blaue Limousine stand mit der Stoßstange fast an meinem hinteren Nummernschild. Hinter dem Steuerrad saß ein Mann. Er saß zusammengesunken in dem Sitz; denn ich sah nur eine Uniformmütze und den oberen Teil seines Gesichts. Die Augen beobachteten mich. Sie blinzelten ein- oder zweimal, langsam, wohlerwogene Bewegungen, als sei das Gehirn hinter ihnen müde.

Ohne Eile ging ich hinüber auf den Rasen zu einem runden Grabstein, der die andere Seite der Auffahrt abgrenzte. Erhabene Buchstaben am Kopfende verkündeten: VATER. Das Wetter hatte die Konturen der Kalksteinkanten abgeschliffen. Ich wischte mit meinem Taschentuch einen Teil des Staubs fort, setzte mich, streckte die Beine aus und zog ein paarmal an meiner Zigarette. Es zeugte wahrscheinlich von schlechtem Geschmack, auf jemandes Vater zu sitzen, doch niemand schnauzte mich an.

Fünfzig Meter vor mir gingen die Dinge voran. Der Leichenwagen wurde an ein offenes Grab ein paar Meter neben der Straße gefahren, wo es keine Bäume oder Büsche gab. Zwölf Männer standen auf einer Seite zusammen und sprachen leise miteinander. Soweit ich es ausmachen konnte, handelte es sich bei allen um Geistliche verschiedener Bekenntnisse. Einige hatten Bibeln oder Gebetbücher dabei, und zwei oder drei trugen schwarze Talare.

Mittlerweile holten die Helfer des Leichenbestatters den Sarg aus dem Leichenwagen. Von meinem Standort aus sah er nicht nach einem übermäßig guten Sarg aus: eine dieser billigen, schwarz angestrichenen Kiefernkisten, die etwa fünfzig Eier kosten und kaum zehn wert sind.

Die Helfer verschwendeten keine Zeit damit, jene ernste Atmosphäre zu erzeugen, die man gewöhnlich bei einer Beerdigung antrifft. Sie zerrten den Sarg schnell heraus, nahmen ihn an den Seitengriffen und liefen zu dem Grab hinüber wie Fleischer, die Rindfleisch auf den Hackklotz schaffen. Sie stellten ihn auf die Tragriemen, mit denen sie ihn herunterlassen würden, traten zurück, nahmen die Hüte ab und wischten sich den Schweiß von der Stirn.

Neben mir schlug eine Wagentür, und ich drehte mich um. Der Mann hinter dem Lenkrad des Nash war aus dem Wagen gestiegen und kam über den Weg auf mich zu. Er war klein, nicht größer als einsfünfundsechzig, mit einem kleinen, klugen Gesicht voller flacher Falten in einer Haut, die die Farbe und Beschaffenheit von grauem Sand hatte. Seine Nase war größer, als sie hätte sein sollen, und stand leicht schräg. Sein Mund hatte etwa die Größe eines Münzeinwurfschlitzes in einem Musikautomaten. Er trug eine Chauffeuruniform aus grauem Gabardine, und die zurückgeschobene Uniformmütze zeigte rötlichbraunes Haar, das an den Schläfen schon ziemlich ausgedünnt war.

Er kam wie beiläufig zu mir hinübergeschlichen, tippte mich an, zeigte bei dem, was ein Lächeln hätte sein können, ein paar fleckige Zähne, und sagte:

»Sie sind ein verteufelt guter Fahrer, Kumpel. Haben Sie noch eine für mich?«

Ich warf ihm das neue Päckchen hinüber. Er riß mit schnellen, nervösen Bewegungen seiner Wurstfinger das Zellophan und eine Ecke des Papiers ab, nahm eine Zigarette heraus, warf mir die Schachtel zurück und strich auf einem Daumennagel ein Streichholz an. Er blies Rauch durch die Nase und warf das Streichholz auf die Straße. »Yessir«, sagte er, »Kumpel, da hätt' es da hinten auf der Kreuzung bald geknallt. 'n Glück, daß ich so gute Bremsen hab, was?«

Er war nicht groß genug, um mir Unbehagen zu bereiten, während er da stand. Er wollte sich unterhalten, und ich hatte im Augenblick sowieso nichts anderes zu tun, und so sagte ich:

»Wie das da drüben aussieht, muß einer der zwölf Apostel gestorben sein. Warum all diese Prediger für nur ein Begräbnis?«

Sein Kichern war nicht einmal so laut, daß es eine Katze geweckt hätte. Er setzte die Sohle eines blankgeputzten Stiefels auf den Grabstein, auf dem ich saß, und beugte den Kopf ein wenig tiefer zu mir hinab.

»Da ham Sie's genau getroffen, Kumpel«, schnarrte er. »Yessir, Sie sind da wirklich in 'ne schöne Sache reingeplatzt. Ich bekomm 'ne Menge dieser Bestattungen mit – ich fahre für Reverend Clark von den St.-John-Lutherianern. Aber dies hier, bei Gott, schlägt sie alle. Seh'n Sie sich nur mal an, was sich da drüben abspielt.«

Ich sah hinüber. Einer der Geistlichen stand mit gesenktem Kopf am Grabesrand und sprach wahrscheinlich ein Gebet, obwohl er zu weit von mir entfernt war, als daß ich seine Stimme hören konnte. Die anderen standen etwas dahinter und beobachteten ihn; die Hüte hatten sie abgenommen. Die Jungs des Bestattungsunternehmers hielten sich bei dem Leichenwagen auf, und einer rauchte verstohlen. Ein paar Totengräber in schmutzigem Blauleinen lehnten sich ein paar Meter hinter dem Wall aus gelbbraunem Lehm am anderen Ende des offenen Grabes auf ihre Schaufeln. Die einzigen Geräusche kamen von den Vögeln zwischen den Bäumen und dem gelegentlichen Kratzen eines Schuhs auf dem Schotter der Straße.

»Seh'n Sie, was ich meine, Kumpel?« fragte der Chauffeur bedeutungsvoll. Er saugte heftig an seiner Zigarette, und der Qualm quoll zwischen seinen Worten hervor wie indianische Rauchzeichen. »Ich frage Sie: Was zum Teufel halten Sie von *so einer* Beerdigung? Erstens, wo sind die Trauergäste? Ein Mann darf mit gutem Recht erwarten, daß seine Familie aufkreuzt, wenn die Zeit kommt, Erde auf sein Gesicht zu werfen. Na gut, vielleicht hat er keine *Familie.* Dann sollten seine Freunde kommen. Doch sagen wir, er hat auch keine Freunde, dann seine Nachbarn oder sein Vermieter oder die Leute, denen er Geld schuldet . . . *irgendwer,* um Himmels willen!

Und das ist nicht alles. Ich bin bei einer Menge Beerdigungen dabeigewesen, wie ich schon sagte. Aber ich war *niemals* – nicht einmal, Kumpel – bei einer dabei, bei der mehr als *ein* Psalm-Sänger die Worte über den Leichnam sprach. Selbst zwei Prediger wären etwas gewesen, das man nicht jeden Tag sieht.

Aber was haben wir hier, Kumpel? Ich will Ihnen sagen, was wir hier haben. Wir haben zwölf – haben Sie mich verstanden? – *zwölf* Bibelburschen. Was, zum Teufel, soll das? Niemand hätte ein Leben führen können, bei dem man zwölf heilige Johanns braucht, die ihn an den Himmelstüren vorbeischmuggeln müssen, oder wie sehen Sie das?«

Mittlerweile war er schon in dem Stadium, in dem man sich beim Reden auf die Knie schlägt. Ich warf die Zigarette unter meinen Absatz, drückte sie im Gras aus, stand auf und schlug den Staub vom Hosenboden. Ich sagte:

»Das wirkt ein bißchen übertrieben. Aber manche Burschen bekommen komische Vorstellungen, wenn es ans Sterben geht. Wie heißt der da hinten?«

Er grinste wie ein Krallenaffe. »John Doe.«

Ich musterte ihn. »Soll das ein Scherz sein? Warum nicht Smith?«

»Das steht jedenfalls auf der Karte an der Kapellentür«, beharrte er, noch immer grinsend. »Wie gefällt Ihnen das?«

»Ein wunderschöner Name, klar«, sagte ich. Wir gingen zu meinem Wagen hinüber, und ich öffnete die Tür.

Er sagte wehmütig: »Sie haben nicht zufällig eine Zeitung mit den Rennergebnissen dabei, oder, Kumpel?«

Ich schüttelte den Kopf. »Die Pferde bedeuten mir nichts, mein Freund.«

Er seufzte. »Ich war mal Jockey, bis ich schließlich zuviel Gewicht ansetzte. Ich verfolge gern die Hottemäxchen, aber der Reverend mag's nicht, wenn ich die Wettabellen nachlese. Zum Teufel, er mag's nicht, wenn ich fluche oder rauche, gar nichts mag er. Ich werd noch vor meiner Zeit alt.«

Er trottete zu dem Nash zurück. Ich stieg wieder in meinen Wagen und machte es mir bequem, um mir den Rest der Beerdigung anzusehen.

Schließlich waren sie fertig, genau, als meine Uhr zwanzig nach zwei zeigte. Ich würde zu meiner Verabredung zu spät kommen; so sollte man zwar keinen möglichen Klienten behandeln, doch ich konnte nichts daran ändern. Die zwölf Geistlichen trennten sich und gingen zu ihren jeweiligen Wagen zurück, während die Totengräber begannen, das Loch wieder mit Erde zu füllen.

Der Leichenwagen machte sich auf den Weg, und die Wagenprozession folgte ihm. Ich hielt mich an die Stoßstange des Buick, während wir durch die Kurve fuhren und dann durch ein anderes Eisentor in der Friedhofswand hinaus auf die Straße. Bei der nächsten Kreuzung bogen der Leichenwagen und die meisten anderen nach Osten ab; ich zog nach Westen und steuerte die Crawford Avenue an. Draußen in der besten Gegend von Oak Park trampelte mein Klient wahrscheinlich einen Pfad in seinen Orientteppich und wartete darauf, daß ich seine Klingel betätigte.

Ich war noch nicht einmal einen Block weit gekommen, als hinter mir eine Sirene aufheulte. Der Ton hielt nur zwei oder drei Sekunden an und verhallte dann, wie die Jungs in den Streifenwagen immer verfahren, wenn sie sich bemerkbar machen wollen. Ich legte den Leerlauf ein und sah in den Rückspiegel, und tatsächlich, direkt hinter mir fuhr ein grauer Streifenwagen. Der Fahrer bedeutete mir, am Straßenrand zu halten.

Es würde ein anstrengender Tag werden. Ich fuhr an die Seite, schaltete den Motor aus und mißbrauchte den Namen des Herrn, wenn auch leise.

Der Streifenwagen zog hinter mir hinüber, und einer der drei Männer darin stieg aus, kam zu mir und steckte den Kopf an der Beifahrerseite durch die geöffnete Scheibe. Er trug einen Straßenanzug . . . war etwa fünfundvierzig, größer als der Durchschnitt und bis zu den Schultern muskulös. Sein Gesicht war grau und schmal und ein wenig zu lang, mit viel zu viel Kinn. Seine schmalen Augen blickten kalt, direkt und leicht verächtlich, wie Augen nun einmal blicken, wenn sie zuviel gesehen haben, und das Gesicht zeigte in etwa die gleiche Menge Ausdruck wie meine Schuhsohle.

Sein Name war Zarr – George Zarr, und er war Police Lieutenant beim Morddezernat Central Station. Ich war ihm das erste Mal begegnet, als ich als Ermittler für die Staatsanwaltschaft arbeitete. Zarr war in jenen Tagen ein Sergeant beim Raubdezernat gewesen, und obwohl wir technisch gesehen auf der gleichen Seite des Zaunes standen, waren wir einfach nicht miteinander ausgekommen. Er schubste die Leute ein wenig zu sehr herum, auch wenn es nicht notwendig war, und griff ein wenig zu schnell nach der Waffe. Doch er war ein ehrlicher Bulle, und das entschuldigt vieles.

»Hallo, George«, sagte ich. »Was bedrückt Sie?«

Seine Augen wurden noch schmaler, und er runzelte die Stirn. »Pine, was? Ich hätte es wissen müssen. Wer war Ihr Freund, Schnüffler?«

»Freund?«

Er stellte einen seiner großen Füße auf das Trittbrett und schob sich den grauen Filzhut aus der Stirn, wobei er dichtes schwarzes Haar mit grauen Streifen über den Ohren entblößte. »Sie haben mich schon richtig verstanden. Sie waren auf dieser Buddelparty. Ich hab gesehen, wie Sie vom Friedhof kamen.«

»Na schön«, sagte ich. »Sie haben mich gesehen. Aber der Tote war kein Freund von mir.«

Damit hatte ich ihm Gelegenheit gegeben, seine Verschmitztheit unter Beweis zu stellen. Er schob das Kinn ein wenig vor und sagte schnell: »Jemand, den Sie nicht leiden konnten?«

Es war eine Schande, daß all diese Arglist verschwendet war. Aber ich hatte keine Wahl. »Machen Sie jemanden daraus, den ich nicht kannte, Lieutenant«, sagte ich.

Das gefiel ihm auch nicht besonders. Er nahm sich eine Zigarette, rollte sie immer wieder zwischen Daumen und Zeigefinger und sah mich unablässig an. »Dann haben Sie es sich also zur Gewohnheit gemacht, den Beerdigungen fremder Menschen beizuwohnen?« fragte er.

Ich schlug leicht mit den Fingern auf das Lenkrad. »Was klopfen Sie da auf den Busch, mein Freund? Habe ich ein Gesetz gebrochen?«

»Ich will nur ein paar Antworten von Ihnen.«

Ich deutete an, daß die ganze Sache mich enorm verwirrte.

»Wer war er, Pine?«

»Der Tote?«

»Ja.«

»Hieß John Doe«, sagte ich. »Aber das glaube ich auch nicht.«

»Woher kannten Sie seinen Namen?«

»Von dem Chauffeur eines der Prediger.«

»Woher kannte er ihn?«

»Der Name scheint an der Kapellentür gestanden zu haben.« Ich sah umständlich auf die Armbanduhr. Halb drei . . . und Klienten sind so rar wie deutsche Generäle mit Namen Cohen. »War schön, Sie wieder mal gesehen zu haben, Lieutenant. Wenn Sie mich jetzt entschuldigen würden . . .«

»Was hatten Sie bei der Beerdigung zu suchen?«

Er würde dort stehenbleiben und Fragen stellen, bis ich keine Antworten mehr hatte, und wenn mir das nicht paßte, konnte ich einen Leserbrief an die Zeitungen schreiben. Also erzählte ich ihm, wie ich zufällig in den Leichenzug hineingeraten war und warum ich bis zum Ende hatte bleiben müssen. Die Zeit drängte mittlerweile so sehr, daß ich die meisten Einzelheiten ausließ. Ich hätte es besser wissen müssen.

Als ich fertig war, verbrachte er ein oder zwei Minuten damit, sich am Kinn zu kratzen, in die Gosse zu spucken und die Zigarette, die er immer noch rollte, in den Mund zu stecken und anzuzünden.

Schließlich sagte er: »Ist Ihnen etwas Besonderes an dieser Beerdigung aufgefallen, Schnüffler?«

»Drei Dinge«, sagte ich sofort. »Eigentlich vier. Es waren keine Trauergäste da; es waren zwölf Priester statt nur einem da; und jeder hatte es eilig, die Sache hinter sich zu bringen.«

Er sah mich neugierig an. »Und viertens?«

»Daß Sie sich dafür interessieren.«

Unter seinem Kragen sickerte Röte hervor. »Sehen Sie zu, daß ich nicht sauer auf Sie werde, Sie Schleicher.«

Ich zog eine Augenbraue hoch, sagte aber kein Wort.

»Wollen Sie irgendwohin, Pine?«

»Jetzt, da Sie es erwähnen – ja.«

»Wohin?«

»Zu einem Klienten.«

»Wie heißt er?«

»Sie kennen ihn sowieso nicht, Lieutenant.«

»Das beantwortet die Frage nicht.«

»Auf diese Frage bekommen Sie auch keine Antwort.«

Die beiden vertikalen Linien zwischen seinen Augen wurden tiefer. »Was soll das? Ist es jemand, von dem ich nichts wissen darf?«

»Das habe ich nicht gesagt.«

»Sie haben überhaupt nichts gesagt.«

»So werde ich es auch weiterhalten.«

Er sog eine Ecke der Unterlippe ein und besah sich die Asche am Ende seiner Zigarette. »Ich bin ein Bursche, mit dem man gut auskommen kann, Pine. Ein Privatschnüffler hat die Polizei dann und wann mal nötig. Etwa, wenn es darum geht, eine Lizenz zu erneuern.«

Mittlerweile war ich sauer genug, um ein wenig zu schnauben. »Machen Sie mir keine Angst, Zarr. Ich habe in diesen zwei Jahren bei der Staatsanwaltschaft eine Menge gelernt. Nun seien Sie bitte so nett, Ihren gottverdammten Huf von meinem Kotflügel zu nehmen. Ich bin es allmählich leid.«

Wir starrten einander an. Er steckte die Zigarette wieder in den Mund, sog tief daran, nahm sie dann wieder heraus, ließ sie auf den Bürgersteig fallen und trat sie mit dem Fuß aus, der auf meinem Laufbrett gestanden hatte. »Letzte Chance, Heißsporn«, sagte er. »Wer war der Bursche in diesem Sarg?«

»John Doe. Das habe ich Ihnen doch schon gesagt.«

Zarr nahm den Hut ab und sah in den Himmel. Er kratzte eine kahle Stelle von der Größe eines halben Dollars und setzte den Hut wieder auf. »Okay . . . vielleicht komme ich dieser Tage mal auf einen Besuch in Ihrem Büro vorbei.«

»Jederzeit, George«, sagte ich, trat aufs Gas und fuhr davon.

Ich schaute mich mehrmals um. Aber ich sah den grauen Streifenwagen nicht mehr.

2

Oak Park ist ein Vorort von Chicago. Er liegt genau westlich vom Loop und ist eine gute Gegend, um Kinder großzuziehen. Das habe ich mir zumindest sagen lassen. Die Wohnbezirke dort rangieren von »Nicht so toll« bis zu »Sehr gut«, mit weniger von der ersten Kategorie als in den meisten Städten vergleichbarer Größe. Es gibt dort überall Bäume, Gras und Blumen. Die Straßen sind verschlafen, mit Kindermädchen, die Kinderwagen über die Bürgersteige schieben, Sprinklern, die auf den Rasenflächen zischen, und schmucken Lieferwagen, die einem höflich Vorfahrt gewähren.

Die Adresse, die ich suchte, lag an der Kenilworth Avenue, ein oder zwei Blocks südlich der North Avenue in dem exklusiven Stadtteil Fair Oaks. Es war eine Nachbarschaft, in der mehr als drei Häuser auf einer Seite eines Blocks als Überbevölkerung galten. Einige der Residenzen waren dem Charme der Alten Welt verfallen; andere waren so modern wie Sulfadiazin; wieder andere kombinierten die schlimmsten Eigenschaften beider Stile und schafften es dennoch, so auszusehen, als wohnten nette Leute darin.

Nummer 1424 entging nur knapp dem Schicksal, als Landsitz angesehen zu werden. Eine große grüne Buchsbaumhecke, so sorgfältig getrimmt wie das Toupet eines Filmstars, umgab das Gelände, um die Blicke der gewöhnlichen Passanten abzuhalten, und ein elegantes Bronzetor darin führte zu dem Grundstück dahinter. Etwa fünfzehn oder zwanzig Meter weiter durchschnitt eine glänzende, zementierte Auffahrt die Hecke, doch sie wurde von der Straße durch bronzene Torflügel getrennt, die zurückschwangen, wenn man einen Wagen der gehobenen Oberklasse mit vergoldeten Scheinwerfern fuhr.

Ich parkte auf der gegenüberliegenden Straßenseite, zog die Krawatte zurecht und setzte meinen grauen Filzhut auf, damit der Gärtner annahm, ich sei zu respektabel, um den Hund auf mich zu hetzen. Dann ging ich zu dem kleineren Tor hinüber.

Ich drückte die Klinke herunter, ging durch das Tor und dann einen gewundenen Weg entlang, der mit grauem Sandstein gepflastert und von Schwertlilien gesäumt war und, wie ich feststellte, zur nördlichen Seite des Hauses führte. Auf jeder Seite des Weges lag genug Rasen, für je einen Golfplatz, und das Gras war dicht, dunkelgrün und von jemandem, der sein Geschäft verstand, auf genau die richtige Länge geschnitten.

Es befanden sich keine Blumenbeete vor dem Haus, da sie von der weitläufigen zweistöckigen Granitresidenz John Sandmarks abgelenkt hätten. Das Gebäude machte einen leicht verwitterten Eindruck, der so gemütlich und unaufdringlich war wie ein alter Hut. Hinter der Auffahrt erhoben sich Pyramidenpappeln in einer Reihe, alle gleichmäßig im Abstand von etwa fünfzehn oder zwanzig Metern, die wahrscheinlich die nördliche Grenze des Besitzes markierten. Auf der südlichen Rasenfläche standen drei große Eichen, gegen die das Haus zwergenhaft wirkte.

Der Eingang war auf der Nordseite, wie ich es mir gedacht hatte. Doch wo ich eine hinlänglich breite Veranda mit vielleicht einem oder zwei Schaukelstühlen erwartet hatte, befanden sich drei steinerne Stufen und ein vierteldollargroßes Podest mit einem eleganten Bronzegeländer, für den Fall, daß man betrunken nach Hause kam. Die Auffahrt wand sich hinter dem Haus außer Sichtweite, und die Garage habe ich niemals gesehen.

Die Tür war schmal, oben wie ein Kathedralenfenster gewölbt, etwa in Kopfhöhe mit einer kreisrunden Glasscheibe hinter einem Bronzegitter. Ich drückte den Finger gegen einen kleinen Perlenknopf in dem rechten Pilaster und hörte drei tiefe Töne, die Johann Strauß gefallen hätten.

Meine Armbanduhr zeigte zwanzig nach drei.

Ein schlankes Mädchen in einer schwarzen Baumwolluniform unter einer weißen Rüschenschürze öffnete die Tür. Es hatte lange Beine und schwarzes Haar und schwarze Augen und ein Gesicht, das man als hübsch bezeichnen könnte und sofort wieder vergessen würde. Ich nannte ihr meinen Namen, und sie nahm meinen Hut und legte ihn auf einen Tisch, auf den ich ihn hätte selbst legen können, und führte mich in eine große, quadratische Halle, die sich über zwei Stockwerke bis zu einem Dachfenster hob. Zwei Treppen aus Rotholz mit beigen Läufern darauf, die zu dem Teppichboden unter meinen Füßen paßten, schwangen sich grazil hinauf, um sich im zweiten Stockwerk wieder zu vereinigen. Zwischen ihnen führten auf dem ersten Stockwerk Glastüren auf eine grau gekachelte Terrasse, hinter der ein gewaltiges Beet mit scharlachroten Pfingstrosen an meinen Augen zerrte.

Auf jeder Seite der Halle befanden sich Türen. Das Mädchen ging zu einer auf der rechten Seite hinüber, öffnete sie und sagte: »Hier herein, Mr. Pine.«

»Danke«, sagte ich und ging hindurch, und sie schloß die Tür hinter mir.

Man konnte den Raum, den ich betrat, nicht gerade heimelig nennen. Hätte man Rhode Island ein wenig zusammengestaucht, es wäre hier unterzubringen gewesen. Die Südwand bestand hauptsächlich aus Flügelfenstern mit weißen Metalljalousien und kastanienbraunen Samtvorhängen als Kontrast zu dem ungemusterten grauen Teppich, der an meinen Knöcheln kitzelte. Die Westwand war bis zur Decke mit Büchern gefüllt, mit einer fahrbaren Leiter und einem elektrischen Handkarren, mit denen man in ihre Reichweite kam. Die Nordwand war mit einer weichen, graublauen Tapete bedeckt, mit drei sehr guten Drucken in hellen Holzrahmen, um die Monotonie über dem steinernen Sims eines Kamins zu durchbrechen, in dem man ein Mastodon hätte braten können. Vor dem Kamin standen Rücken an Rücken zwei große, dunkelblaue Lederpolstersofas, und neben der polierten Kupferblende lag ein Eisbärfell.

Vor den Flügelfenstern stand ein Schreibtisch aus Lindenholz, der nicht viel kleiner als ein Tennisplatz war. Der Mann, der mit dem Rücken zum Fenster auf dem blauen Lederdrehstuhl saß, erhob sich, als ich eintrat. Er wartete, bis ich die Füße oft genug aus dem Teppich gehoben hatte, dann streckte er die Hand aus, bedachte mich mit einem Handschlag mittlerer Stärke und sagte:

»Freut mich, Sie kennenzulernen, Mr. Pine. Ich bin John Sandmark. Ich glaube, Sie haben sich ein wenig verspätet.«

»Es war nicht meine Absicht«, sagte ich.

Er deutete auf einen Stuhl neben dem Schreibtisch und wartete, bis ich mich gesetzt hatte, bevor er zu dem Drehstuhl zurückkehrte. Er lehnte sich zurück, plazierte die Ellbogen auf den Lehnen, legte die Fingerspitzen leicht aneinander und musterte mich über sie hinweg.

Selbst wenn er saß, war er ein großer Mann. Nicht dick, nur schwerknochig, mit breiter Brust und einem Kopf wie ein Löwe. Sein Haar war grob und dicht und schwarz und streng zurückgekämmt, da es dazu neigte, sich etwas zu wellen. Sein Gesicht war kantig, schwer auf eine wuchtige Art, die nichts mit luxuriösem Lebensstil zu tun hatte. Seine Augen waren dunkelblau und beobachteten einen gnadenlos. Die Nase hätte einem Indianerhäuptling gut gestanden, und der große Mund darunter war nicht viel mehr als eine schmale Linie. An sein Kinn hätte man eine Laterne hängen können, aber nicht ohne seine Zustimmung. Er hätte genausogut vierzig wie sechzig sein können. Ich schätzte, fünfzig mußte in etwa zutreffen.

Als wir damit fertig waren, einander zu taxieren, sagte er: »Ich weiß zu schätzen, daß Sie gekommen sind, Mr. Pine. Möchten Sie etwas trinken?«

»Wenn ich nicht allein trinken muß«, sagte ich in meinem Plauderton.

Er bückte sich, zog eine Tür auf, hinter der eigentlich Schreibtischschubladen hätten sein sollen, und zog eine Hausbar hervor, die wie ein Schreibmaschinenbord auf Hebeln schwang. Sie enthielt drei oder vier Karaffen, eine Flasche Soda und einen kleinen elektrischen Eisschrank für die Eiswürfel. Es fehlte nur noch eine Messingstange und ein Barkeeper.

»Ist Ihnen Scotch recht, Mr. Pine?«

»War er immer.«

Er zog zwei Highballgläser hervor, goß aus einer der Karaffen beträchtliche Mengen Whisky ein, fügte Eiswürfel und Soda hinzu, steckte in jedes ein Rührstäbchen und gab mir ein Glas.

Wir murmelten ein oder zwei höfliche Worte und tranken. Es schmeckte wie etwas, mit dem man Engel bestechen konnte. Es wäre sinnlos gewesen, ihn nach der Marke zu fragen; ich hätte sie mir sowieso nicht leisten können.

Ich lehnte eine Zigarre ab und holte statt dessen eine meiner Zigaretten hervor. Er zog ein goldenes Feuerzeug aus einer Westentasche und gab mir mit einer Hand Feuer, die in etwa genauso zitterte wie die Cheops-Pyramide. Nachdem seine Zigarre richtig brannte, schob er einen kupfernen Aschenbecher dorthin, wo wir beide ihn erreichen konnten, lehnte sich zurück, blies eine Wolke öligen, blauen Rauchs hervor und sagte:

»Sie gefallen mir besser, als ich erwartet habe, Mr. Pine. Verstehen Sie, ich weiß nicht viel über Privatdetektive und hatte mir eine Art Urmenschen vorgestellt, der aus dem Mundwinkel spricht, mit buschigen, vorstehenden Brauen, Plattfüßen und steifem, rundem Filzhut.«

Ich wußte darauf nichts zu sagen, also sagte ich nichts darauf.

»Erzählen Sie mir etwas über sich, wenn Sie nichts dagegen haben. Ich versichere Ihnen, ich bin nicht einfach nur neugierig.«

»Es wird nicht lange dauern«, sagte ich. »Ich bin einunddreißig, einsachtundsiebzig, hundertsiebzig Pfund. Die Delle auf meinem Nasenrücken stammt von einem Footballspiel in der High School. Ich war Ermittler für die Staatsanwaltschaft, bis ein Wechsel in der Verwaltung mir einen neuen Boß bescherte. Der hatte einen Neffen, der einen Job brauchte. Vor etwa einem Jahr habe ich mich selbständig gemacht.«

Sein Lächeln zeigte ebenmäßige weiße Zähne, bei denen es sich wahrscheinlich um seine eigenen handelte. »Ich nehme an, das war das Beste, was Sie tun konnten, Mr. Pine. Sie kommen mir wie ein Mann vor, der sich nicht gern Befehle erteilen läßt.«

»Ich habe mir ein paar Beschwerden deswegen eingehandelt«, sagte ich. »Einige davon waren wahrscheinlich gerechtfertigt.«

Sein Lächeln wurde breiter. »Zumindest sind Sie aufrichtig.«

Ein graues Eichhörnchen huschte draußen hinter den Fenstern am Terrassenrand entlang und scheuchte ein Rotkehlchen auf, das sich um seine eigenen Angelegenheiten gekümmert hatte. Das Rotkehlchen sagte, was ein Mensch unter ähnlichen Umständen auch gesagt hätte, und flog davon. Ich unterdrückte den Drang zu gähnen und nahm noch einen Schluck von meinem Drink.

Sandmark nickte, als sei er zu einem Entschluß gekommen. Er setzte das Lächeln ab und das Glas nieder und sagte scharf:

»Mr. Pine, ich habe eine Tochter – eigentlich eine Stieftochter, obwohl ich sie rechtmäßig adoptiert habe, als sie kaum mehr als ein Baby war. Nun ist sie zu einer sehr hübschen und bezaubernden Frau herangewachsen, und ich liebe sie sehr. Doch . . . sie bereitet mir einiges Kopfzerbrechen und von Zeit zu Zeit ziemliche Sorgen.«

Er hielt abrupt inne, sah über meinen Kopf hinweg ins Nichts, und seine Lippen wurden wieder zu einer schmalen Linie.

»Steckt sie wieder in Schwierigkeiten?« fragte ich.

Meine Direktheit überraschte ihn so sehr, daß er mich ansah. »Ja, ich glaube schon.«

»In was für Schwierigkeiten?«

»Ein Mann, Mr. Pine.«

»Ich verstehe. Wie alt ist Ihre Stieftochter?«

»In zwei Monaten wird sie fünfundzwanzig.«

»In welcher Form zeigen sich diese Schwierigkeiten?«

Er musterte die Asche an seiner Zigarre. »Ich glaube, sie will diesen Mann heiraten.«

»Und Sie hätten Einwände dagegen?«

Er funkelte mich an. »Ganz bestimmt habe ich Einwände dagegen. Ich habe Ihnen doch gesagt, daß mir meine Tochter sehr viel bedeutet. Ich habe nicht vor, ihr zu erlauben, aus ihrem Leben ein Durcheinander zu machen, wie ihre Mutter es gemacht hat.«

»Ich habe nur gefragt«, sagte ich nachgiebig. »Natürlich wissen Sie, daß Ihre Tochter volljährig ist. Wenn sie heiß auf eine Ehe ist, weiß ich nicht, was man unternehmen könnte, um es zu verhindern.«

Er wurde ein wenig frostig um die Augen. »Ich habe nicht nach Ihnen geschickt, damit Sie mir das sagen, Mr. Pine.«

»Dessen bin ich mir sicher«, sagte ich. »Und während wir gerade beim Thema sind, warum genau haben Sie nach mir geschickt?«

Sonst sprachen die Leute nicht so mit ihm. Sein Gesicht lief rot an, und auf seiner Schläfe begann eine Ader zu pochen; einen Augenblick lang dachte ich, er würde einen Schreibtisch im Wert von tausend Dollar nach mir werfen. Er atmete drei- oder viermal tief ein, bevor er feststellte, daß er den Mund öffnen konnte, ohne ein Gebrüll ausstoßen zu müssen.

Schließlich sagte er: »Ich will, daß diese Affäre sofort und endgültig abgebrochen wird. Und ich will, daß dies schnell geschieht.«

»Das klingt ganz gut«, sagte ich, »und man kann es wahrscheinlich schaffen. Aber ich muß erst herausfinden, ob ich es machen will.«

Dafür bedachte er mich mit einem Schnauben. »Für einen auf Arbeit angewiesenen Menschen sind Sie ziemlich unabhängig, würde ich sagen.«

»Da könnten Sie recht haben«, entgegnete ich. »Es bringt nichts, wütend auf mich zu werden, Mr. Sandmark. Ich verdiene meinen Lebensunterhalt, indem ich in einem Geschäft arbeite, dem mehr schlechte Gerüche anhaften als den meisten anderen. Ich versuche, sie zu vermeiden. Ich kenne nicht genug Fakten in diesem Fall, um dieses oder jenes zu sagen. Wenn Sie nichts dagegen haben, werde ich Ihnen ein paar Fragen stellen. Wenn nicht, werde ich mich verabschieden, und Sie haben keinen Schaden erlitten.«

»Was wollen Sie wissen?«

»Wie lautet der Name Ihrer Stieftochter?«

»Leona.«

»Sandmark?«

»Ja.«

»Okay. Wie heißt ihr Freund?«

»Marlin. Gerald Marlin, glaube ich.«

»Glauben Sie?«

»Sie nennt ihn immer Jerry. Ich habe ihn nie kennengelernt.«

»Sie meinen, er kommt niemals hierher?«

»Leona wohnt nicht hier, Mr. Pine.«

»Warum nicht?«

Seine Achseln hoben sich zu der Andeutung eines Zuckens.

»Ich werde wissen müssen, wo sie wohnt«, sagte ich.

Er nahm einen Schluck von seinem Drink und setzte das Glas wieder auf dem Schreibtisch ab, hielt die Finger jedoch darum geschlossen. »Natürlich. Sie hat ein Apartment. 1317 Austin Boulevard in Chicago.«

»Das ist nicht weit von hier, nicht wahr?«

»Etwa anderthalb Kilometer.«

»Seit wann wohnt sie nicht mehr zu Hause?«

»Seit etwa zwei Monaten.«

»Arbeitet sie irgendwo?«

»Nein. Bestimmt nicht.«

»Hat sie eigenes Geld?«

»Keine nennenswerten Summen. Sie bekommt ein Taschengeld von mir.«

»Hätten Sie etwas dagegen, mir zu sagen, wie hoch dieses Taschengeld ist?«

»Eintausend den Monat.«

»Seit wann kennt sie diesen Marlin?«

»Nun . . . seit etwa drei Monaten.«

»Sie weiß, daß Sie ihn nicht leiden können?«

»Ich mache kein Geheimnis daraus, wenn mir jemand mißfällt, Mr. Pine.«

»Und sie ist ausgezogen, weil Sie Marlin nicht gemocht haben?«

Er seufzte, und seine schweren Schultern fielen ein wenig ein. »Leona ist ziemlich . . . nun, halsstarrig. Sie ist dickköpfig, eigenwillig, stolz . . . und wunderschön. Sie ist sehr schön, Mr. Pine.« Die Linien zwischen seinen Augen vertieften sich. »Ich habe versucht, sie davor zu bewahren, daß man ihr weh tut. Ich fürchte, ich habe keinen Erfolg gehabt. Das Blut ihres Vaters, nehme ich an. Es hat ein paar unglückselige . . . Vorfälle gegeben.«

Ich wartete, doch er reckte den Kiefer vor und sagte nichts mehr. Wenn ich Einzelheiten erfahren wollte, würde ich nach ihnen graben müssen.

»Was waren das für Vorfälle, Mr. Sandmark?«

»Ich glaube nicht, daß wir in die Einzelheiten gehen müssen.« Er sagte es höflich, aber mit einer frostigen Höflichkeit, die mich veranlassen sollte, das Thema zu wechseln. Doch ich legte meine Ohrenschützer und Fäustlinge an und grub trotzdem weiter.

»Ich möchte gern gründlich vorgehen, Mr. Sandmark. Sie wollen, daß ich für Sie arbeite. Nach dem, was Sie gesagt haben, werde ich eigentlich auch für Ihre Tochter arbeiten – selbst, wenn sie nichts davon weiß. Aber ich werde keine gute Arbeit leisten können, wenn immer wieder Dinge ans Licht kommen und mich verwirren, die ich eigentlich hätte wissen sollen.

Sie sagten, Ihre Tochter habe etwas Ärger gehabt. Eine Menge netter Leute bekommt manchmal Ärger. Ich rechne nicht damit, beim Tag des Jüngsten Gerichts den Vorsitz zu führen, also laufe ich auch nicht herum und mache mir einen Spaß daraus, die Leute zu verurteilen.

Die Sache ist, Ihr Anwalt hat Ihnen meinen Namen gegeben und, nehme ich an, mich als jemanden empfohlen, dem Sie vertrauen können. Also los, vertrauen Sie mir, oder klingeln Sie nach dem Mädchen und sagen ihm, es soll meinen Hut bringen.«

Das war eine lange Rede für mich, und sie hinterließ mir eine trockene Kehle. Sandmark saß da, ohne sich zu rühren, und betrachtete mich mit steinernem Gesicht. Ich nahm einen langen Schluck von meinem Highball, der ihm so etwa den Garaus bereitete, setzte das Glas ab, steckte mir an der Kippe der ersten Zigarette eine neue an und wartete . . .

Er lächelte. Ich habe breitere Lächeln auf einem Billardball gesehen, aber es war ein Lächeln. Er nahm die Zigarre von einer Einbuchtung im Aschenbecher und steckte sie in den Mund. Seine Hand war so ruhig wie zuvor. Er sagte:

»Sie sind der richtige, Mr. Pine . . . Als Leona sechzehn war, zwei Jahre nach dem Tod ihrer Mutter, lief sie mit einem Jungen aus ihrer High-School-Klasse davon und wohnte eine Woche allein mit ihm in dem Sommerhaus seiner Eltern in Wisconsin. Natürlich habe ich ihr keine Vorwürfe gemacht . . . Als sie zwanzig war, tat sie sich mit einem Mann zusammen, der zwölf Jahre älter war als sie, und wurde in der Scheidungsklage seiner Frau als Mitbeklagte benannt. Mir gelang es, das aus den Zeitungen herauszuhalten . . . Als Leona fast dreiundzwanzig war, hatte sie – ich werde offen zu Ihnen sein, Mr. Pine – eine Affäre mit einem Kriminellen . . . einem gutaussehenden Teufel, der wegen bewaffneten Raubes, Falschmünzerei und Betruges gesessen hatte – ich weiß nicht, wegen was noch alles. Zum Glück fand es niemand heraus, weil er, kurz nachdem er Leona kennengelernt hatte, ein Ding drehte und für zwei Jahre ins Gefängnis kam.«

Er seufzte. »Das sind die schlimmsten Vorfälle. Obwohl ich vor etwa drei Monaten Schuldscheine für sechstausend Dollar beglich – Spielschulden an einen Club namens Peacock. Ich hätte mich natürlich weigern können, sie einzulösen, doch es wurden ein paar besonders häßliche Drohungen vorgebracht.

Ein anderes Mal, eigentlich erst vor kurzem, wurde ich zur Central Station gerufen, um eine Kaution für sie zu hinterlegen. Sie war bei einer Razzia in einer Spielhölle verhaftet worden. Zufällig hatte sie dabei eine Pistole in der Handtasche . . . Und erst vor drei Wochen kam sie zu mir, weil sie Geld brauchte – eine ziemlich beträchtliche Summe. Sie weigerte sich, mir zu sagen, wofür sie es brauchte. Leona hat manchmal ein ziemlich ungezügeltes Temperament, und es gab eine kleine Szene deshalb.«

»Sie haben ihr das Geld trotzdem gegeben?« fragte ich.

»Ja. Ja. Ich war eigentlich nie imstande, ihr etwas abzuschlagen.«

»Wieviel brauchte sie?«

»Fünftausend Dollar.«

»Sie haben keine Ahnung, wofür sie das Geld brauchte?«

»Ich kann es mir leicht vorstellen. Glücksspiele faszinieren sie.«

»Mich faszinieren sie auch«, sagte ich. »Aber nicht, wenn es um fünftausend Dollar geht.«

Es lag Schmerz in seinen schönen Augen – Schmerz und ein heftiger Stolz. Ich trank mein Glas aus, saß da, hielt es noch in der Hand und dachte über das nach, was er mir gesagt hatte. Schließlich sagte ich:

»Keine schöne Sache, aber ich habe schon Schlimmeres gehört. Viel Schlimmeres. Was haben Sie gegen diesen Jerry

Marlin, Mr. Sandmark? Warum sollte Ihre Stieftochter ihn nicht heiraten – wenn er sie überhaupt heiraten will?«

Sein Kinn versteifte sich, und die dicken schwarzen Brauen vereinigten sich zu einer unnachgiebigen Linie. »Weil er der gleiche Typ von Mann ist, der Leona zuvor weh getan hat: ein grell gekleideter junger Mann mit welligem Haar, glatter Zunge und keinerlei sichtbaren Andeutungen, wie er seinen Lebensunterhalt verdient. Schließlich müßte ich eine Scheidung in gegenseitigem Einverständnis für sie kaufen, und Sie können sicher gehen, daß der Preis dafür beträchtlich wäre.«

»Ich dachte, Sie hätten gesagt, Sie hätten ihn niemals kennengelernt«, sagte ich.

»Ich wurde ihm niemals vorgestellt«, sagte Sandmark grimmig. »Mir gelang es, das zu vermeiden. Zuerst rief er mehrmals an, weil er Leona sprechen wollte, und dann habe ich ihn ein paarmal kurz gesehen. Das genügte mir.«

»Wie alt ist er?«

»Schwer zu sagen. Er könnte achtundzwanzig sein, aber auch fünfunddreißig. Irgendwo dazwischen, würde ich sagen.«

»Wie würden Sie ihn beschreiben?«

Er dachte einen Augenblick lang nach. »Etwa einsfünfundsiebzig, einhundertsechzig Pfund, schlank gebaut, schmales Gesicht, fast schmächtig, und olivfarbene Haut, schwarze, eng zusammenstehende Augen, schwarzes, leicht gewelltes Haar, und mir gefällt seine Art, sich zu kleiden, nicht . . . Ich fürchte, besser kann ich ihn nicht beschreiben.«

»Das war sehr gut«, sagte ich. »Ich komme mir vor, als sei ich mit ihm zur Schule gegangen. Kennen Sie zufällig seine Adresse?«

»Nein.«

»Irgendwelche Lokale, in denen er herumhängen könnte?«

»Nein.«

»Sie glauben nicht, daß er seinen Lebensunterhalt mit Arbeit bestreitet?«

»Wenn, dann wahrscheinlich mit einer, die außerhalb des Gesetzes liegt.«

»In Ordnung«, sagte ich. »Ich glaube, ich habe verstanden, worum es geht. Berichtigen Sie mich, wenn ich mich irre. Sie wollen, daß ich bei Marlin nachhake. Sie wollen etwas von solcher Bedeutung gegen ihn in der Hand haben, daß sich Ihre Stieftochter von ihm abwenden wird. Und wenn ich etwas ausgraben kann, aufgrund dessen er ein paar Jahre aus dem Verkehr gezogen wird, würde Ihnen das noch besser gefallen.«

Wir sahen einander in die Augen. Die Finger seiner rechten Hand schlugen leise auf die Stuhllehne. Sehr langsam sagte er: »Ich sehe, wir verstehen einander, Mr. Pine.«

»Vielleicht nicht allzu gut«, sagte ich. »Es gibt immerhin die Möglichkeit, daß Marlin in Ordnung ist. Einige Leute können nichts dafür, wie sie aussehen.«

Sein Lächeln war so öde wie die sibirische Steppe. »Ich nehme Ihre Dienste nicht in Anspruch, um zu beweisen, daß Marlin eine angemessene Partie für meine Tochter ist. Ich will, daß diese Romanze an den Wurzeln abgetrennt wird, und mir ist es verdammt egal, wie das geschieht.«

Ich sah das leere Glas in meiner Hand an und sagte: »Ich mache nicht dabei mit, andere Leute hereinzulegen, Mr. Sandmark.«

Er sagte nichts, obwohl ich wartete, um ihm die Gelegenheit zu geben. »Ich sehe mir die Sache an«, sagte ich dann. »Es wird Sie dreißig Mäuse pro Tag kosten. Das schließt die Spesen ein; ich erstelle nicht gern Spesenrechnungen. Sind Sie einverstanden?«

Seine Augen beobachteten mich noch immer, und sein Lächeln war noch immer kalt. »Sie werden einen Bonus von tausend Dollar bekommen, wenn Sie mir die richtigen Ergebnisse verschaffen. Daran möchte ich Sie nur erinnern.«

Ich nickte und ließ ihn ein Gesicht sehen, das so ausdruckslos war wie das seine. »Das ist nett, und ich kann das Geld gebrauchen. Ich werde auch dafür arbeiten, es zu verdienen, aber nicht härter, als durch die ursprünglichen dreißig pro Tag gewährleistet ist.«

Er sagte nichts darauf. Ich setzte das Glas ab, nahm noch eine Zigarette heraus und drehte sie in den Fingern. »Ich nehme an«, sagte ich, »daß ich mich bei dieser Sache von Ihrer Tochter fernhalten soll.«

»Außer, wenn es sich nicht umgehen läßt«, sagte Sandmark

schnell. »Sie darf natürlich auf keinen Fall wissen, weshalb ich Sie engagiert habe.«

»Haben Sie einen Schnappschuß von ihr, den Sie mir geben könnten? Das würde mir helfen.«

Er schob den Drehstuhl zurück, stand leichtfüßig auf, ging zu dem Regal an der Westwand hinüber und holte aus einem der unteren Fächer ein Lederalbum hervor. Er blätterte es durch, fand, was er suchte, riß es heraus, stellte das Album zurück, kam zu mir hinüber und warf ein kleines Hochglanzfoto mit der Oberseite nach oben vor mir auf den Schreibtisch.

Als er zu seinem Stuhl zurückkehrte, hob ich den Schnappschuß auf. Er zeigte ein Mädchen in Shorts und einem Pullover vor einem Hintergrund von Bougainvillea und peruanischen Pfefferbäumen. Sie war ziemlich groß für ein Mädchen, schätzte ich, und sehr schlank, aber auf eine wohlgeformte Art. Sie hatte zumindest zwei ausgezeichnete Gründe, einen Pullover zu tragen, und auf ihren Beinen ließ es sich wahrscheinlich auch gut laufen.

Nun zu ihrem Gesicht. Es war vielleicht ein wenig zu eckig für eine perfekte Schönheit, doch ich war zufrieden. Sie trug eine Menge Haar in einer schulterlangen Frisur mit einem Wirbel obendrauf. Sie hatte eine gute Stirn, schmale, weit auseinanderstehende Augen und eine ebenfalls schmale, aristokratische Nase. Ihr Mund war klein und hübsch geformt, wobei die Unterlippe ein wenig voller war, als sie hätte sein sollen. Es würde Spaß machen, an dieser Lippe zu knabbern. Sie schaute verdrossen drein, so daß ich ihre Zähne nicht sehen konnte; aber ich hätte darauf gewettet, daß sie nicht unter Zahnfleischentzündung litt.

»Ein schönes Bild«, sagte ich. »Zu schade, daß es nicht in Farbe ist.«

Mit weit entfernt klingender Stimme sagte er: »Ihre Augen sind graublau, wie die ihrer Mutter. Ihr Haar ist rotbraun – die Farbe, die man kastanienbraun nennt, obwohl man diesen Begriff heutzutage nicht mehr allzuoft hört.«

Ich nahm die Brieftasche heraus, schob das Foto in eins der Fächer und steckte sie wieder ein. »In Ordnung, Mr. Sandmark. Ich habe für den Anfang genug. Ich werde in ein oder zwei Tagen telefonisch Bericht erstatten. Außer, Sie ziehen es vor, daß ich das persönlich erledige.«

Ich stand auf, und er ebenfalls. »Das Telefon wird reichen. Mittlerweile werden Sie etwas Geld haben wollen.«

Er nahm eine schwarze, verschließbare Brieftasche aus einer Innentasche, zählte drei Fünfzig-Dollar-Scheine ab und gab sie mir. Das hieß, daß ich meine Brieftasche wieder hervorholen mußte, doch das war der Mühe wert. Obwohl es mich schmerzte, lehnte ich einen zweiten Drink ab, und er drückte auf einen Knopf, der in die Schreibtischkante eingelassen war. Dasselbe Mädchen öffnete die Tür, wartete, während ich Sandmarks Hand schüttelte, führte mich in die kleinere Halle und gab mir meinen Hut zurück.

Es schob mich sanft auf die kleine Veranda und schloß die Tür. Ich ging langsam den Weg zwischen den Schwertlilien hinab, durch das Bronzetor und auf die Straße.

Der Plymouth stand noch immer an der gegenüberliegenden Straßenecke. Das überraschte mich ein wenig. In Anbetracht der Nachbarschaft hätte ihn jemand auf die Müllkippe werfen können.

3

Ich öffnete gerade die Wagentür, als ein großer schwarzer Packard, ein Kabrio-Coupé mit heruntergeklapptem Dach, auf zwei Rädern um die Ecke schwang und geräuschlos die Straße entlangrauschte.

Hinter dem Lenkrad saß ein Mädchen – ein Mädchen in einem sportlichen grünen Leinenkleid aus *Vogue* und einem Band, das ihr schulterlanges, rotbraunes Haar zusammenhielt. Auf dem Sitz neben ihr lag eine braune Ledertasche, in der Golfschläger steckten. Sie fuhr an mir vorbei, steuerte die Nase des Wagens auf die Einfahrt der Sandmarks und trat auf die Bremsen.

Das ging mich nichts an. Ich glitt hinter mein eigenes Steuerrad und steckte den Schlüssel in die Zündung.

»He. Sie da.«

Ihre Stimme war ganz in Ordnung – ein wenig rauh, aber klar und nicht zu hoch. Wahrscheinlich rechtfertigte die Coupé-Sonderanfertigung, daß ihr Tonfall ein wenig hochnäsig klang.

Ich zog den Kopf ein und sah aus dem Fenster. Das Mädchen drehte sich etwas auf dem Sitz herum und starrte zu mir hinüber.

»Sie«, rief sie. »In dem Plymouth.«

»Okay«, sagte ich. »Ich höre Sie gut.«

»Kommen Sie einen Augenblick her.«

Es wäre sinnlos gewesen, sich zu weigern. Mit diesem Haarschopf war sie wahrscheinlich niemand anders als Leona Sandmark. Man hatte mir mehr oder weniger aufgetragen, mich von ihr fernzuhalten, doch mit solch einer Situation hatte niemand rechnen können.

Also stieg ich aus dem Plymouth und ging zu ihr hinüber. Sie trug einen kühlen, unpersönlichen Ausdruck auf dem hübschen Gesicht, jene Art von Ausdruck, an die sich Eintreiber von überfälligen Ratenzahlungen gewöhnen müssen.

»Entschuldigen Sie, aber haben Sie gerade dieses Haus verlassen?«

Ich nehme an, ich hätte den Hut abnehmen und dastehen und die Krempe kneten müssen wie ein Kleinpächter, der von der Herrin des Landgutes zur Rede gestellt wird. Man konnte sehen, daß sie damit rechnete. Statt dessen schob ich den Hut zurück, setzte den Fuß auf die Kotflügelleiste, bedachte sie mit einem schrägen Blick und sagte:

»Ich gestehe es nicht gern ein, aber ich kann Sie nicht ganz einordnen. Sie sind doch nicht das neue Dienstmädchen der Smiths, oder?«

Sie richtete sich auf, als hätte ich ihr ein totes Tier auf den Schoß gelegt, und ihr Gesicht lief so rot an wie ein Schlachthausboden. »Also, jetzt *entschuldigen* Sie mal . . .«

»Mein Fehler«, sagte ich. »Sie müssen sich nicht entschuldigen.«

John Sandmark hatte sich bezüglich ihrer Augen geirrt. Sie

waren grün und nicht graublau, und im Augenblick waren sie so heiß wie zwei Sechser beim Würfeln. »Ich nehme an, Sie versuchen, komisch zu sein!«

Ich schüttelte bedauernd den Kopf. »Ich bin wohl nicht sehr gut darin.« Ich drehte mich um und machte mich auf den Rückweg. »Nun, es war schön, Sie kennenzulernen.«

»Bitte, gehen Sie nicht. Es . . . tut mir leid.«

Die Lorgnette war aus ihrer Stimme verschwunden. Ich ging zurück. »Okay«, sagte ich. »Vielleicht habe ich einen Fehler gemacht. Wollten Sie etwas von mir?«

Es gelang ihr, ein Lächeln zu zeigen, doch es war das schwerste Tagwerk, das sie heute hinter sich gebracht hatte. Ihr Gesicht wirkte nicht ganz so kantig, wie das Foto andeutete, und die Unterlippe war nicht ganz so voll. Doch es bestand kein Zweifel, daß sie Leona Sandmark war. Ihr Kleid war ein gutes Stück über die Knie hochgerutscht, und ich konnte zwei großzügige Streifen rotbrauner Nylons und ein Stück Haut von der Farbe und Beschaffenheit von Elfenbein sehen.

Was sie anbetraf, hätte ich mir genausogut den Kühlerrost ansehen können. »Keiner von uns hat Grund, unhöflich zu sein«, sagte sie. »Ich wollte nur wissen, ob Sie gerade aus 1424 herausgekommen sind.«

Ich blickte zu dem Doppeltor der Einfahrt hinüber. »Wie dieses Grundstück aussieht, wäre es ganz nett, dort herausgekommen zu sein.«

Sie atmete schnell ein, und ihr Kinn hob sich um zwei oder drei Grad. »Würden Sie mir bitte meine Frage beantworten?«

»Gibt es einen Grund, warum ich sie beantworten sollte?«

Ihre linke Hand fuhr auf das Lenkrad hinab, als sei sie drauf und dran gewesen, sie mir über den Mund zu ziehen und habe sich im letzten Augenblick noch beherrschen können. Sie versuchte, mich mit den Blicken niederzuringen, doch mein Gewissen war rein, und sie sah als erste fort.

»In Ordnung«, sagte sie. »Ich bin Leona Sandmark, und ich wohne hier. Ich weiß, daß sich mein Vater über irgend etwas Sorgen macht. Als ich sah, wie Sie hier herauskamen, dachte ich, Sie hätten vielleicht etwas zu tun mit . . . nun, mit dem, weshalb er sich Sorgen macht.«

»Worüber macht er sich Sorgen?«

»Das weiß ich nicht.« Sie schien sich etwas beruhigt zu haben, und ihre Augen waren nun eher blau als grün. »Ich habe gehofft, Sie könnten es mir verraten.«

»Der Versuch war nicht schlecht«, sagte ich. »Es war toll, Sie kennenzulernen, aber jetzt muß ich gehen.«

Ich wollte mich gerade umdrehen, doch sie streckte die Hand aus und hielt mich am Ärmel fest. »Nein . . . warten Sie! Sie verschweigen mir etwas, das weiß ich genau. Was wollten Sie von meinem Vater?«

Ich sah auf ihre Finger hinab. Es waren sehr schöne Finger: lang, schlank zulaufend und ohne die knorrigen Knöchel, die man bei so vielen Frauenhänden sieht. Sie trug keine Ringe, und die Haut war gebräunt und rein. Ich ließ meinen Blick langsam an dem sanft geschwungenen nackten Arm bis zu ihrer Schulter, dem V ihres Ausschnittes und der schlecht verborgenen Panik in ihrem Gesicht emporgleiten. In diesem Augenblick sah sie älter aus, als eine Vierundzwanzigjährige aussehen durfte, älter, weil sie eine Todesangst hatte. Sie flackerte in den Augen, sie zerrte an den Mundwinkeln, sie schlug im Puls des Halses.

»Sehen Sie es doch so, Miß Sandmark«, sagte ich sanft. »Hätte ich irgend etwas vor Ihnen zu verbergen, hätte ich Ihnen schon längst eine kleine, glatte Geschichte erzählt, etwa, ich sei Versicherungsvertreter oder so. Wenn Sie es so sehen, werden Sie einsehen, daß Sie das, was ich in dieser Gegend zu tun habe, auf keinen Fall interessieren wird.«

Als der Zweifel allmählich die Furcht verdrängte, glitt ihre Hand langsam von meinem Ärmel. »Dann sind Sie kein . . . Polizeibeamter?«

Ich schüttelte feierlich den Kopf. »Nein, Ma'am.«

»Aber Sie sind bei meinem Vater gewesen?«

»Ich gebe Ihnen mein Wort, Miß Sandmark, soweit ich es weiß, habe ich Ihren Vater noch nie gesehen.«

»Verdammt noch mal«, schnappte sie, »warum haben Sie das dann nicht gleich gesagt?«

Sie schlug die Spitze ihres Golfschuhs auf die Spitze des Gaspedals, und die hundertzwanzig Pferdestärken versuchten, die Motorhaube des Coupés über die Hecke zu zerren. Ich mußte zurückspringen. Nicht, daß es Leona Sandmark etwas ausgemacht hätte. Zum Teufel mit mir. Ich war nicht mehr wichtig. Vielleicht war ich es nie gewesen.

Sie richtete die Augen strikt geradeaus und fing an, heftig auf die Hupe zu drücken. Aber es war eine dieser musikalischen Hupen, und der Klang entsprach ihrer Stimmung in diesem Augenblick genausowenig, wie rosa Bändchen zu einem Preisboxer paßten.

Ich hätte abwarten und schmollen können. Statt dessen ging ich zurück über die Straße und stieg in meinen Wagen. Als ich auf das Gaspedal trat, glitten die Torhälften zurück, und das Coupé brauste hindurch und hinter einem Wirbel aus blauen Abgasen außer Sicht.

Ich fuhr in südöstliche Richtung, bis ich die Stadtgrenze Chicagos überschritten und den Jackson Boulevard erreicht hatte, dann direkt in östlicher Richtung zum Loop. Es war schon kurz vor fünf, aber ich hatte einen Job und konnte genausogut jetzt damit anfangen wie später.

Nachdem ich den Wagen geparkt und in einem Walgreen-Drugstore ein Sandwich und eine Malzmilch verdrückt hatte, war es schon sechs Uhr vorbei. Am Stand Ecke Jackson/Wabash kaufte ich mir eine Abendausgabe der *Daily News* und ging dann dorthin, wo ich den sitzenden Teil meiner Tage verbrachte.

Das Clawson Building bestand aus zwölf Stockwerken müder roter Ziegel zwischen ein paar modernen Wolkenkratzern auf der südlichen Seite des Jackson Boulevard, genau westlich von der Michigan Avenue. Es war vor der Jahrhundertwende von einem Architekten hochgezogen worden, der sich eingebildet haben mußte, sowieso nicht bezahlt zu werden. Es hockten Drachenfiguren auf den Gesimsen und eine im Büro des Verwalters. Die Hallen waren dunkel und rochen ständig nach Lauge und feuchtem Stroh. In den Räumen befanden sich Büros, ein Büro pro Raum, und vertreten waren jene Branchen, die sehr wenig oder überhaupt kein Geld abwerfen. Ich paßte genau dort hinein.

Ich hatte ein Vorzimmer und einen Innenraum auf der achten

Etage mit einem Fenster in jedem Zimmer. Es saß niemand auf der Ledercouch aus zweiter Hand oder auf einem der beiden Sessel, und die Zeitschriften auf dem Lesetisch lagen noch genauso da, wie die Reinemachefrau sie am Abend zuvor zurückgelassen hatte.

Ich schloß die Tür zum Innenbüro auf, ging hinein und warf meinen Hut auf einen der beiden braunen Metallaktenschränke in einer Ecke. Es lagen ein paar Umschläge unter dem Postschlitz, und ich hob sie auf, legte sie auf den Schreibtisch, öffnete das Fenster und setzte es auf Kippe. Außer den Geräuschen der Wagen auf der Wabash Avenue kamen zwei Fliegen und etwas Luft hinein. Ich schob den Drehstuhl aus Färber-Eiche zurück, setzte mich hinter den Eichenschreibtisch, schaltete die Lampe ein und breitete die Zeitung aus.

Der Artikel stand unten auf der ersten Seite und konnte sich immerhin einer Überschrift brüsten, die über drei Spalten ging.

UNGEKLÄRTER MORD
OPFER BEKOMMT EINZIGARTIGES
BEGRÄBNIS

Okay, es war mein Begräbnis. Irgendein Reporter hatte sich tatsächlich die Mühe gemacht, sich die Geschichte zusammenzureimen. Anscheinend war vor etwa einem Monat irgendein Gelegenheitsarbeiter in einem Zimmer im Laycroft-Hotel, einem verlausten Ding an der West Madison Street im Herzen von Chicagos Pennerviertel, totgeschlagen worden. Niemand konnte den Toten identifizieren, und der Name, mit dem er sich eingetragen hatte, war unlesbar; also endete er in der Leichenhalle und lag einen Monat auf Eis, falls ein Verwandter vorbeikommen und ihn beanspruchen würde. Doch es tauchte niemand auf; und etwa zu der Zeit, da das Büro des amtlichen Leichenbeschauers den Toten auf dem Armenfriedhof von Oak Forest begraben wollte, war ein anonymer Brief eingegangen. Der Brief wies den Coroner an, die Leiche irgendeinem Bestattungsunternehmer zu übergeben, der sie nach einer Trauerfeier und ein paar frommen Worten am Grabesrand beisetzen sollte. Dem Brief lag Geld bei – genug Geld für die Grab- und Bestattungskosten.

Wenn der Brief Aufsehen erregt haben sollte, dann jedenfalls nicht genug, um die Story in die Zeitungen zu bringen. Da der Tote schließlich einem Mord zum Opfer gefallen war, hatte die Polizei wahrscheinlich Stillschweigen über den Brief bewahrt, in der Hoffnung, der Mörder – oder zumindest der anonyme Menschenfreund – würde bei der Beerdigung erscheinen.

Nichts dergleichen war geschehen; doch als zwölf Geistliche, ein jeder von einer anderen Konfession, eintrudelten, um den Gottesdienst abzuhalten . . . Junge, *da* hatte es einen Aufruhr gegeben! Ein jeder Prediger wartete mit einem nicht unterschriebenen Brief auf, der ihn beauftragte, die Show abzuhalten, und ein jeder wollte sie abhalten, komme da eine Dürre oder Sintflut!

Ein paar Nerven wurden ganz schön angespannt, bevor die Jungs einen Handel abgeschlossen hatten, doch schließlich kamen sie überein, daß jeder ein paar fromme Worte sprechen durfte – sowohl in der Kapelle wie am Grab.

Schließlich hatten sie John Doe unter der Erde, staubten sich die Hände ab und kehrten in ihre Kirchen zurück. Dann gab irgend jemand – nicht unbedingt einer der Jungs mit den steifen Kragen – zumindest einem Lokalredakteur einen Tip, und die Sache fing an zu summen. Man konnte seinen Bauchnabel darauf verwetten, daß die Nachrichtengeier noch nicht aufhören würden, in diesem Rätsel herumzustochern. Es waren schon Auflagen mit Stories hochgetrieben worden, die einen zahmeren Anfang als diesen genommen hatten.

Als ich den Artikel durchgelesen hatte, wußte ich, warum Lieutenant George Zarr von der Mordkommission so viele Fragen gestellt hatte. Nun, sollte er einen anderen fragen. Ich mußte für meinen Lebensunterhalt selbst aufkommen.

Ich faltete die Zeitung zusammen, warf sie in den Papierkorb und machte mich daran, das Geld zu verdienen, das mir John Sandmark an diesem Nachmittag gegeben hatte. In den Umschlägen unter dem Postschlitz steckten nur ein paar Rechnungen. Ich stopfte sie in die mittlere Schreibtischschublade, zog ein Telefonbuch von Chicago aus einer anderen und schlug es auf der Schreibtischunterlage auf.

Unter dem Namen Marlin fanden sich sechs Einträge. Keiner davon gehörte zu einem Gerald oder Jerry, und einer war eine Firma. Das bedeutete, daß ich fünf Nummern anrufen mußte.

Ich zog das Telefon zu mir hinüber und rief alle fünf an, eine nach der anderen. Darunter war ein Jerry Marlin, aber er war neun Jahre alt und arbeitete gerade an seinen Hausaufgaben, also ließ ich ihn fallen.

So weit, so gut. Ich legte den Hörer auf, steckte mir eine neue Zigarette an und drehte Däumchen, während ich nachdachte. Dann griff ich wieder nach dem Telefon und wählte eine Nummer, die ich nicht nachschlagen mußte. Sie gehörte zu einem nicht in den Telefonbüchern stehenden Anschluß in einem zwei mal drei Meter großen Zimmerchen im Criminal Courts Building, Ecke Twenty-sixth und California Street.

»H'lo.«

»Harvey«, sagte ich.

»Jau.«

»Hier ist Paul Pine.«

»Jau.«

»Immer noch der einsilbige Bursche«, sagte ich. »Wie ist es dir so ergangen, Harvey?«

»Okay.«

Ich gab es auf. »Wie wäre es mit einer kleinen Hilfestellung, Kumpel?«

»Okay.«

»Hast du je von einem Burschen namens Marlin gehört – Jerry Marlin?«

»Nee.«

»Prüfe es auf jeden Fall mal nach, ja, Harvey? Ich bleibe dran.«

»Okay.«

Ich legte die Füße auf die Schreibtischkante, lehnte mich zurück und wartete. Eine schlaffe Brise glitt durch das geöffnete Fenster hinein und zerrte an den Blättern des Varga-Kalenders, und die Brünette in dem roten Badeanzug wackelte für mich mit den Hüften. Sie verschwendete ihre Zeit. Ein Zug schrillte auf seiner Hochspur über der Van Buren Street zwei Blocks entfernt, ein schwaches dünnes Kratzen, wie die E-Saite auf einer Geige.

»Pine?« erklang es im Hörer an meinen Ohr.

»Ja, Harvey. Hast du was?«

»Nichts über ihn gefunden.«

Ich seufzte. »Okay. Danke, daß du es versucht hast.«

Ich streckte die Hand aus, drückte auf die Hörergabel, legte das Telefonbuch auf meinen Schoß und wählte das Polizeirevier an der Eleventh und State. Ich verbrachte weitere fünfzehn Minuten mit Reden und Warten – hauptsächlich Warten –, um die gleiche Antwort zu bekommen, die Harvey drüben beim Staatsanwalt mir gegeben hatte. Mr. Gerald Marlin war so sauber wie der Hemdskragen eines Studenten am Tag, da ihm feierlich ein akademischer Grad verliehen wird. Unter diesem Namen jedenfalls.

Ich dachte noch etwas nach, diesmal ein wenig verdrossen. Wenn ich herausfinden wollte, was für ein Bursche Marlin war, mußte ich damit anfangen, herauszufinden, wo er wohnte und was er für seinen Lebensunterhalt tat. Es gab drei Millionen Menschen in der Stadt. Einen davon zu finden, der nicht im Telefonbuch oder den Verzeichnissen der örtlichen Polizei stand, konnte ganz schön unangenehm werden.

In meiner Branche ist man es gewöhnt, beauftragt zu werden, Leute zu finden. Doch meine Klienten lieferten gewöhnlich ehemalige Adressen, eine Aufstellung von Freunden oder ehemaligen Arbeitsstellen: Informationen, die das Aufspüren der vermißten Person hauptsächlich davon abhängig machten, wie gut man zu Fuß war.

Alles, was John Sandmark mir gegeben hatte, war ein Name, eine Beschreibung, die auf eine Menge Leute paßte, und der Befehl, eine Romanze zu beenden. Natürlich konnte ich Marlin immer noch erwischen, indem ich Leona Sandmark beschattete, bis sie ihn irgendwo traf. Doch ich hatte die Anweisung, mich von ihr fernzuhalten, und unter diesen Umständen war das wahrscheinlich auch das beste, was ich tun konnte. Sie hatte mich vor dem Haus ihres Stiefvaters gesehen; wenn sie mich ein zweites Mal erwischte, konnte ich von dem Fall abgedrängelt werden. Ich verdiente meinen Lebensunterhalt damit, an Fällen dranzubleiben.

Ich rief mir noch mal das Gespräch mit Sandmark in Erinnerung. Als ich damit fertig war, befanden sich ein oder zwei Ideen in Reichweite. Ich blies den Staub von ihnen ab, polierte sie ein wenig auf und stellte fest, daß es ziemlich gute Ideen waren. Also nahm ich den Hut von dem Aktenschrank, schloß die Bürotür ab und schickte mich an, ins Kino zu gehen.

4

Die Nacht war klar und warm; ein halber Platinmond hing über dem Wasserturm in der Chicago Avenue, und eine Decke aus Autoabgasen senkte sich über die Michigan Avenue. Ich bog an der Huron Street ab, parkte einen halben Block vom Rush entfernt und ging um die Ecke zum Peacock Club – einem Nachtclub, der den größten Teil seiner Klientel aus den Kreisen zog, in denen man gepuderte Schultern und weiße Krawatten bevorzugte.

Ich ließ mir vom Türsteher öffnen und betrat das funkelnde Foyer. Es befanden sich gerade keine Gäste darin, und hinter dem gewölbten Eingang speisten an der halbkreisförmigen Reihe der mit weißen Tüchern gedeckten Tische kaum mehr Gäste, als auf der fast leeren Tanzfläche verstreut waren. Nur ein Teil des Orchesters stand auf dem Podest, und sie spielten leise, fast für sich selbst, wobei die meisten Blechinstrumente fehlten. Es war einundzwanzig Uhr fünfundvierzig.

Die Bar lag an einer Seite hinter einer gläsernen Querwand, die vom Boden bis zur Decke reichte. Sie bestand aus einem langen, geraden Tresen, der nach Mahagoni aussah, mit abgerundeten Ecken und am anderen Ende einem Rotschopf in einem schwarzen Abendkleid hinter einem Sechsundzwanziger-Brett unter einer Lampe mit einem grünen Glasschirm. Ein schmaler Spiegel verlief über die volle Länge des Regals hinter der Bar, mit einem Wandgemälde darüber, das hauptsächlich

Akte zeigte. Es gab nicht viel Licht, aber das gibt es an solchen Orten nie. Die einzigen Gäste waren vier Männer, die direkt neben der Tür miteinander tranken.

Ich stieg auf halber Höhe der Bar auf das rote Lederpolster eines der Chromstühle, und derjenige der beiden Kellner, der mir näher stand, nahm die Arme von der Brust und schob zu mir hinüber.

»Bitte sehr, Sir?«

Er war ein gedrungener, kleiner Mann, zusammengesetzt mit der schönen Präzision einer Schweizer Uhr. Sein schwarzes Haar klebte über einem kleinen weißen Gesicht mit einer kurzen Nase und einem Mund wie einem Bleistiftstrich. Seine kleinen schmalen Augen sahen mich nicht wirklich.

»Einen trockenen Martini«, sagte ich.

Er goß mir den Drink mit den sparsamen Bewegungen eines Routiniers ein. Als er das Glas vor mir absetzte, fragte ich: »War Marlin diesen Abend schon hier?«

Nun sah er mich, aber sonst änderte sich in seinem Gesicht nichts. Er legte zwei schmale weiße Hände mit kurzen Wurstfingern auf seine Kante der Theke und beugte sich mit höflicher Aufmerksamkeit vor. »Wie war der Name, Sir?« Seine Stimme hatte jene eigentümliche falsche Lebhaftigkeit, die zu Unflätigkeit werden würde, wenn ich es zuließ.

Aber ich hatte nicht vor, es zuzulassen. »Der Name war Marlin«, sagte ich, »und ist es wahrscheinlich noch immer. Ich habe Sie gefragt, ob er diesen Abend schon hier gewesen ist.«

Seine Lippen kräuselten sich zurück, doch er lächelte nicht. Das Licht war nicht hell genug, daß ich sehen konnte, was in seinen Augen vor sich ging, doch ich wußte es trotzdem. »Ich glaube nicht, daß ich Sie hier schon einmal gesehen habe, Sir«, sagte er.

Ich drehte den Stiel meines Glases langsam zwischen Daumen und Zeigefinger und wartete darauf, daß er noch etwas sagte oder abschob und es einem anderen sagte. Mir hatte er alles gesagt, was ich wissen wollte.

Er richtete sich steif auf, ging ein paar Schritte die Bar entlang, griff sich ein Handtuch und wischte einen Teil des bereits makellosen Holzes ab. Er wandte den Blick geflissentlich von mir ab, war sich aber bewußt, daß ich noch immer hier saß. Ich nippte an meinem Drink, zündete mir eine Zigarette an und betrachtete selbstgefällig mein Ebenbild im Spiegel hinter der Bar.

Als ich den Kopf wieder bewegte, sprach der Barkeeper in ein Telefon. Es dauerte nicht länger als dreißig Sekunden. Er legte wieder auf, wandte mir schnell den Kopf zu und sah, daß ich ihn beobachtete. Das ließ ihn einen kleinen Satz machen. Einen oder zwei Augenblicke lang war er sehr damit beschäftigt, nichts Wichtiges zu tun, dann schlich er wieder an der Bar entlang, blieb vor mir stehen, lächelte verkniffen und sagte: »Soll ich Ihr Glas noch einmal füllen, Sir?«

»Erst, wenn ich ausgetrunken habe«, sagte ich.

»Sehr wohl, Sir.« Er griff sich ein anderes Handtuch und wischte in meiner Nähe mehr von der Bar ab. Zwei Mädchen in hellen Abendkleidern kamen herein, einen großen dünnen Burschen mit langem Hals im Schlepptau. Sie setzten sich auf ein paar Stühle zu meiner Linken, riefen meinen neuen Freund herbei und bestellten Cocktails. Sie hatten noch nie Cocktails schneller bekommen, und die ganze Zeit über hielt der Barkeeper ein Auge auf mich.

Ich trank meinen Martini aus, und er hatte das Glas schon in der Hand, bevor es die Zeit hatte, auf dem Holz einen Ring zu hinterlassen. »Noch einen, Sir?«

»Immer mit der Ruhe«, begann ich. »Ich laufe schon nicht davon.«

Er stand da, hielt das Glas in der Hand und lächelte sein verkrampftes Lächeln. Ich nahm meine Geldbörse heraus und gab ihm einen Schein. Er stellte das Glas unter die Bar und ging zur Kasse, um das Wechselgeld zu holen.

Er brauchte doppelt so lange wie nötig, um das richtige Wechselgeld zusammenzubekommen. Er kam zurück und zählte es mir gerade sorgfältig vor – etwas, das kein erfahrener Kellner je tun würde –, als ein Mann mittlerer Größe in einem Smoking in die Bar trat, sich schnell umsah und zu mir hinüberkam. Der Barkeeper verlor die Steifheit aus Fingern und Gesicht, gab mir den Rest des Wechselgeldes, ohne es mir vorzuzählen, und schob ab.

»Entschuldigung«, sagte der Mann mit leiser Stimme, und ich drehte mich zu ihm um. Er war fünf oder sechs Jahre älter als ich, mit dunklem Haar, das an den Schläfen grau wurde, spitzen Ohren und einem Gesicht wie ein müder Fuchs.

»Ein Glück, daß Sie es so schnell hierher geschafft haben«, sagte ich. »Ihr Handlanger hat sich die Nägel schon bald bis zu den Ellbogen abgekaut.«

Er musterte mich sorgfältig, bevor er fragte: »Sie wollten Mr. Marlin sprechen?«

»Nicht, daß ich mich daran erinnere«, sagte ich. »Ich habe gefragt, ob er diesen Abend hier gewesen ist, mehr nicht.«

»Sie kennen Mr. Marlin?« Seine Höflichkeit gewann langsam an Schärfe.

»Ich glaube, wir haben einem gemeinsamen Freund.«

»Ach?«

»Sie werden ihn nicht kennen«, sagte ich.

Er steckte eine langfingrige Hand in die Jackentasche neben der meinen und sagte: »Das ist nicht der beste Ort für ein Gespräch. Kommen Sie bitte mit.«

Wenn er eine Pistole in der Tasche hatte, hatte das gar nichts zu bedeuten. Nur ein Fuselkopf würde hier an Ort und Stelle etwas mit der Waffe anstellen, und er war keiner. Ich war zufrieden, wie sich die Dinge entwickelten.

Ich stand auf, und er führte mich durch das Foyer in einen kleinen Privataufzug, der neben dem Raum lag, in dem die Gesichtskontrollen durchgeführt wurden. Ich ließ ihn den Knopf drücken, und wir fuhren eine Etage hinauf und gingen dann durch einen schmalen Korridor mit blauen Wänden, einem dicken Teppich und an zwei oder drei Türen vorbei zu einer am Ende des Ganges. Mein Hausführer klopfte ein paarmal leise an die Holztäfelung bis das Schloß klickte, und er stieß die Tür auf, und wir gingen hinein.

Es war kein sehr großer Raum, aber er war groß genug für einen Chromschreibtisch mit einer Öffnung für die Knie und einer blauen Auflage. Dann gab es noch drei Ledersessel mit gebogenen Metallröhren als Füße. Schwere goldfarbene Vorhänge mit langen Fransen waren vor die beiden Fenster gezogen, und der Raum fühlte sich nach einer Klimaanlage an.

Den Mann hinter dem Schreibtisch hatte ich noch nie zuvor gesehen. Er war gut einsneunzig groß, mochte zweihundertfünfzig Pfund wiegen und hatte etwa so viel Fett an sich, wie man an einem Spazierstockgriff findet. Seine Schultern waren so breit wie die eines Prachtexemplars des Frontkämpferverbandes, und der Kopf über ihnen wirkte zu klein, um wirklich ihm zu gehören. Sein Haar war schwarz, doch er hatte nicht mehr viel davon, und was er noch hatte, trug er lang und zur Seite gekämmt, um die kahle Stelle zu verbergen. Er hatte kleine Ohren, die eng an den Kopf anlagen, und kleine, schwarze funkelnde Augen auf dem Grund tiefer überschatteter Höhlen. Die Mulden unter seinen Wangenknochen waren so tief wie die Taschen in einem Baseballfanghandschuh.

Als ich vor dem Schreibtisch stand, musterte er mich mit einer Art angestrengter Gelassenheit, wie sie der Geschäftsführer eines Warenhauses an den Tag legt, wenn er einem Verkaufsassistenten den Marsch bläst. Man konnte sofort erkennen, daß er sich sehr ernst nahm, und erwartete, daß sein Gegenüber ihn nicht minder ernst nahm.

Seine ersten Worte galten dem Burschen, der mich hineingebracht hatte. »Sieh nach, ob er bewaffnet ist, Andrew.« Seine Stimme war tief, aber seltsam flach und trocken wie ein alter Knochen.

Von hinten kamen Hände, tasteten mich ab und zogen sich wieder zurück. »Er ist sauber, Sir.«

Ich wurde noch eine Weile gemustert, bevor der Mann hinter dem Schreibtisch sagte: »Mein Name ist D'Allemand, Sir. Wer sind Sie?«

Ich nannte ihm meinen Namen, doch der schien nicht viel Eindruck zu hinterlassen. Er nahm einen elfenbeinernen Brieföffner hoch, der zu dem Rest seines Schreibtischzubehörs paßte, wechselte ihn von einer schweren Hand in die andere und fuhr fort, mich zu mustern. Es wäre nett von ihm gewesen, mich zu bitten, Platz zu nehmen, doch dieser Gedanke kam ihm eindeutig nicht einmal in den Sinn.

»Was haben Sie mit Mr. Marlin zu tun?« fragte er.

»Ich habe nichts mit ihm zu tun«, sagte ich. »Ich kenne ihn nicht einmal.«

»Und doch haben Sie nach ihm gefragt?«

»Ich habe *über ihn* eine Frage gestellt«, berichtigte ich.

»Betreiben Sie keine Haarspaltereien mit mir, Mr. Pine. Ich will wissen, welches Interesse Sie an Marlin haben.«

Seine Aura eines Feudalbarons heizte allmählich meinen Nacken auf. »Was zum Teufel interessiert es mich, was Sie wollen, Kumpel«, sagte ich. »Ich bin gekommen . . .«

Irgend etwas Hartes kam aus dem Nichts und explodierte an der Seite meines Kinns. Ich taumelte zur Seite, prallte gegen einen der Rohrsessel, fiel darüber und durchpflügte mit meiner rechten Wange den groben, beigen Teppich. Ich versuchte mich abzurollen, als ich fiel, doch ein spitzer Schuh hämmerte genau unter den Rippen in meine rechte Seite, und zischend verließ mich der Atem. Das Zimmer begann in düsteren Kreisen zu verschwimmen, und ich wurde so schlaff wie eine Kerze mit Sonnenbrand . . .

Eine Hand schob sich unter meinen Jackenkragen und zerrte mich auf Gummibeine empor. Ich blinzelte ein paarmal und schwankte und wäre gefallen, wenn ich nicht die Arme ausgestreckt und mich an dem Schreibtisch vor D'Allemand festgehalten hätte.

Er saß da und spielte mit dem Brieföffner, und wenn sich sein Gesichtsausdruck verändert hatte, war es zumindest mir nicht aufgefallen. Ich streckte mich langsam und sah mich nach dem fuchsgesichtigen Andrew um. Er lächelte ein bitteres kleines Lächeln und fuhr sich mit dem Daumen leicht über die Knöchel seiner rechten Hand.

Meine Stimme klang ziemlich dickflüssig in meinen Ohren. »Da haben Sie einen Fehler gemacht, mein Freund. Irgendwann werde ich mich mal mit Ihnen darüber unterhalten.«

Er war schnell auf den Füßen, das muß ich ihm zugute halten. Ich versuchte, den Kopf zur Seite zu reißen, als seine Faust emporkam, doch meine Reflexe waren noch nicht wieder wie sonst. Der Schlag traf mich hoch oben an einer Wange, und ich saß wieder auf dem Boden und lehnte den Kopf müde gegen eins der kühlen, metallenen Schreibtischbeine . . .

»Gib mir seine Brieftasche, Andrew.«

Eine Hand glitt in die Innentasche meiner Jacke. Ich tat nichts dagegen. Ich konnte nichts dagegen tun. Sie kam mit der Brieftasche zwischen den Fingern wieder hervor und verschwand irgendwo über mir außer Sichtweite.

»Hilf ihm auf die Füße, Andrew.«

Er hob mich hoch, mit einem Ruck, der meine Zähne klappern ließ. Ich lehnte mich gegen den Schreibtisch, fuhr mit den Fingern sanft über meine Wange und sagte gar nichts.

D'Allemand blätterte müßig durch die transparenten Fächer in meiner Brieftasche. Schließlich warf er sie zu mir hinüber. »Sie dürfen sie einstecken, Mr. Pine«, sagte er. »Ich habe nichts behalten.«

Ich steckte sie ein.

»Sie sind also Privatdetektiv.« Er nickte etwa einen Zentimeter tief mit dem Kopf und wirkte aus irgendeinem Grund durchaus zufrieden. »Ich nehme an, daß Sie mir verraten möchten, wer Sie beauftragt hat, bezüglich Mr. Marlin Nachforschungen anzustellen?«

Ich sagte gar nichts.

»Nun, ich möchte Sie nicht drängen, Mr. Pine. Ich möchte Ihnen jedoch raten, Ihr Interesse an Jerry zu vergessen. Ich mag es nicht, wenn meine Angestellten belästigt werden.«

Er wartete darauf, daß ich etwas sagte, doch ich tat ihm den Gefallen nicht. Das einzige, was ich in diesem Augenblick hätte sagen können, hätte mir einen weiteren Faustschlag eingebracht.

Er hob die Achseln. »Nun gut, Mr. Pine . . . Hilf ihm, den Weg hinaus zu finden, Andrew.«

Wir gingen hinaus und ließen ihn hinter seinem Schreibtisch sitzen. Der Mann mit dem Fuchsgesicht folgte mir den Gang entlang bis in den Fahrstuhl. Er drückte den Knopf, und wir fuhren eine Etage hinab und traten ins Foyer hinaus. Und die ganze Zeit über sah keiner von uns den anderen an.

Ich drehte mich um, ging durch die Tür und ließ ihn dort stehen . . .

5

Ich parkte einen Block nördlich vom Pratt Boulevard und ging zu Fuß um die Ecke zu dem Apartment-Hotel, in dem ich meine Bücher und mein Hemd zum Wechseln aufbewahrte. Die baumgesäumte Straße war dunkel und still, und ich konnte schwach den Verkehrslärm von der Sheridan Road zwei Blocks östlich hören.

Die meisten Lampen in der Lobby des Dinsmore Arms waren erloschen, als ich durch die schwere Eingangstür trat und zu dem Tresen ging, hinter dem Wilson, der Nachtportier, in Hemdsärmeln saß und in einem Schundmagazin las.

Ich ging nicht gerade schwerfüßig, und es war ein dichter Teppich unter meinen Füßen, doch er hörte mich trotzdem. Er riß den Kopf hoch und spähte durch die dicken Brillengläser, die über seiner formlosen Nase saßen, zu mir hinüber.

»'n Abend, Sam«, sagte ich. »Irgendwelche Post?«

Er erhob sich von seinem Stuhl und trat zum Tresen, starrte mich an, den dicken Hals ein wenig vorgebeugt, wie ein Hund, der einen erkennt, einen aber beschnüffeln will, um sicher zu gehen. Als er sich das letzte Mal rasiert hatte, war er ein wenig achtlos gewesen, und es klebten ein paar Stoppeln unter seinem Doppelkinn und noch ein paar an einem Winkel des Mundes mit den breiten Lippen. Er roch nach abgestandenem Schweiß und Zigarettenqualm. Er roch immer so.

»Gut'n Abend, Mr. Pine«, sagte er mit seiner dünnen, scharfen Stimme. »Nein, Sir, keine Post. Aber diese Dame hier hat auf Sie gewartet.«

Noch vor den ersten drei Worten wußte ich, daß sie hier war. Da war das Parfum – eine so unterschwellige Duftnote, daß man sie kaum bewußt wahrnahm; man wußte nur, daß eine sehr hübsche Frau irgendwo in der Nähe war.

Ich drehte mich um, nicht zu langsam und nicht zu schnell. Es war Leona Sandmark.

»Sie haben mich angelogen«, sagte sie mit leiser, gepreßter Stimme.

Hinter mir scharrte Sam Wilson mit den Füßen und atmete mit geöffnetem Mund ein. Er dachte wahrscheinlich, meine Vergangenheit habe mich endlich eingeholt, und sie würde vielleicht eine Pistole ziehen und ihr uneheliches Kind zur Halbwaise machen, bevor es überhaupt geboren war.

»Sie sind ziemlich gut«, sagte ich und musterte sie. »Im Telefonbuch steht nur meine Büroadresse.«

Nach allem, was ich so sah, hatte sie mich überhaupt nicht gehört. »Sie haben meinen Vater heute nachmittag gesprochen, nicht wahr?« fragte sie mit der gleichen leisen, gepreßten Stimme.

Sams Atem wurde lauter. »Sollen wir das hier unten austragen«, fragte ich, »oder möchten Sie lieber mit nach oben kommen, wo wir unter uns wären?«

Sie blinzelte, und ihr Kopf fuhr leicht zurück, als hätte ich mit einem Finger nach ihren Augen gestochen. Ihr Blick ließ von mir ab und ging an mir vorbei zu dem Nachtportier.

»Einverstanden.« Sie wirbelte herum und marschierte steifbeinig durch die Lobby zu dem Fahrstuhl, und ich trottete hinter ihr her. Der Lift war in einem der oberen Stockwerke, und ich streckte vor ihr den Arm aus und drückte den Knopf, um ihn herunterzuholen. Nach all der Aufmerksamkeit zu urteilen, die sie mir widmete, hätte ich auch genausogut in Vancouver sein können.

Es schien eine gute Gelegenheit zu sein, sie anzuschauen. Sie trug lederne Lackpumps an schmalen, schönen Füßen unter schlanken Knöcheln und wunderschönen Waden in dünnen Strümpfen, die nicht kunstseiden waren. Ihre Knie konnte ich nicht sehen, doch ich erinnerte mich daran, daß genug Fleisch für Grübchen daran war. Ihr zweiteiliges Kostüm war aus sehr dunkelblauem Gabardine, der zu ihren schlanken Kurven paßte, als wisse er die Gelegenheit zu schätzen. Die Bluse war weiß und schlicht, mit einem strengen Ausschnitt, und hatte wahrscheinlich soviel gekostet, um davon eine Woche meine Hotelrechnung zu bezahlen. Sie trug ihr Haar noch immer lang und offen, doch der Wirbel und das Bändchen waren verschwunden und von einer Spange in der Mitte ersetzt worden.

Sie war sehr schön, und sie war sehr wütend. Wut, knapp beherrschte Wut, zeigte sich in der verkniffenen Miene um Nase und Mund, in der steifen Haltung ihrer Schultern, in der Art, wie sich ihre langen ringlosen Finger in die Oberfläche der leuchtend schwarzen Ledertasche gruben, die sie bei sich trug.

Ich öffnete die Fahrstuhltür und folgte ihr hinein. Sam stand noch immer am Schreibtisch und starrte uns mit geöffnetem Mund nach. Ich hatte ihm die Nacht verdorben.

Auf dem Weg hinauf wurde nichts gesprochen. Mir fiel nichts ein, was ich sagen könnte, und sie wartete darauf, mich allein sprechen zu können. Wir gingen über den Gang zu Zimmer 307, und ich holte den Schlüsselbund hervor, schloß die Tür auf und schaltete die beiden Tischlampen ein, die das blau und beige gestreifte Sofa an der gegenüberliegenden Wand flankierten.

Leona Sandmark trat ein, blieb in der Mitte des Zimmers stehen und blickte sich um, obwohl ich nicht annahm, daß sie etwas sah. Ich schloß die Tür, warf den Hut auf den Klubsessel und fragte: »Wollen Sie sich nicht setzen, Miß Sandmark?«

Ihr Blick fuhr herum und krallte sich in meinem Gesicht fest. »Das ist kein Höflichkeitsbesuch«, sagte sie mit einer Kühle, die Distanz ausdrückte. »Ich bin hierhergekommen, um herauszufinden, warum Sie mich belogen haben. Und ich will wissen, warum Sie heute nachmittag meinen Vater aufgesucht haben.«

»Hindert Sie das daran, sich zu setzen?«

Ein Teil der verkrampften Spannung um ihren Mund glättete sich und wich einem seltsam verwirrten Ausdruck, der die Wut zu überschatten drohte. »Danke«, sagte sie ausdruckslos, machte zwei oder drei steife Schritte zu der Couch hinüber und setzte sich auf die Kante.

Ich holte meine Zigaretten hervor, klopfte einige etwas heraus und hielt ihr die Packung hin. »Rauchen Sie?«

Sie nahm eine und hielt sie zwischen den Spitzen von Daumen und Zeigefinger, wobei ihre Augen niemals von meinem Gesicht abließen. Ich widmete all meine Aufmerksamkeit dem Unterfangen, ein Streichholz anzuzünden und ihr die Flamme hinzuhalten. Sie steckte die Zigarette zwischen die Lippen, schob den Kopf vor und sog den Rauch tief in die

Lungen. Dann lehnte sie sich zurück, schlug die Beine übereinander und atmete den Rauch in einer dünnen, blauen Linie aus . . .

Als ich meine eigene Zigarette angezündet hatte und aufsah, beobachtete sie mich wieder. Es überraschte mich ein wenig, daß jetzt überhaupt kein Ausdruck auf ihrem Gesicht stand, und zum ersten Mal hatte ich wirklich den Eindruck, daß Leona Sandmark an Jahren sehr jung war.

»Kann ich Ihnen etwas zu trinken anbieten, Miß Sandmark?« fragte ich.

»Sie scheinen darauf zu bestehen, dies zu einem Höflichkeitsbesuch zu machen.«

»Gibt es irgendeinen Grund, warum es keiner sein sollte?«

»Nicht, wenn Sie sich dazu entschließen, meine Fragen zu beantworten.«

»Das ist nicht ausgeschlossen.«

»Weshalb haben Sie meinen Vater gesprochen?«

»Wollen Sie nun etwas trinken?«

»Nein!«

»Okay«, sagte ich sanft. »Sie müssen mich nicht anschreien.«

Ihre Lippen zuckten . . . und sie lächelte. Nun war es an mir, sie zu mustern. Sie war nicht mehr das verzogene Gör aus reichem Elternhaus, das niemals eine Tracht Prügel bezogen hatte. Sie war eine hübsche, wohlgerundete junge Frau mit Herz und Gefühl und Sinn für Humor. Sie hatte eine Persönlichkeit – eine Persönlichkeit, die aus Feuer und Eis und Wolframstahl geboren war. Man konnte womöglich eine Menge Spaß mit ihr haben . . . und es könnte auch damit enden, für diesen Spaß zu bezahlen.

»Verdammt«, sagte sie ohne Groll. »Ich nehme doch einen Drink.«

»Entschuldigen Sie mich«, sagte ich leutselig, wankte in die Küche, holte eine Flasche Scotch und ein paar große Gläser, etwas Soda und Eiswürfel. Ich brachte das Zeug ins Wohnzimmer und setzte es auf dem Kaffeetisch ab. Sie lehnte einen Highball ab, nahm mir die Scotchflasche ab, goß mehr als nur einen Fingerbreit in eins der Gläser und trank den Scotch wie Wasser nach einem Aspirin.

Als sie das Glas abstellte, verzog sie das Gesicht. »Ich halte nicht viel von dem Schnaps, den Sie bevorzugen, Mr. Pine.«

»Wie können Sie wissen, welchen Schnaps ich bevorzuge?« fragte ich eklig. »Ich wette, der da ist noch nie auch nur an Ihre Zunge gekommen.«

Sie beobachtete mit nachdenklichem Blick, wie ich an meinem Glas nippte. Gerade, als sie etwas sagen wollte, biß sie sich auf die Lippe, stand abrupt auf und wanderte ziellos im Zimmer umher. Ich blieb sitzen, wo ich war, und beobachtete, wie sich ihre Schenkel unter dem blauen Gabardinerock bewegten.

»Wenigstens wissen Sie, wie man ein Zimmer einrichtet«, sagte sie, mir den Rücken zugewandt.

»Na ja, das ist ja schon etwas«, sagte ich.

Sie hatte mich vergessen. Sie fuhr mit dem Finger über die Buchrücken im Eckregal, während ihre Zigarette in der anderen Hand eine dünne, zitternde Rauchlinie emporschickte. Das gelbe Licht der Lampen betonte das Rot in ihrem Haar und bildete einen verschwommenen Halo von der Farbe eines Blutflecks.

»Für einen Privatdetektiv«, sagte sie über die Schulter, »lesen Sie aber komische Bücher. Wilkinsons *Botanische Enzyklopädie; Krieger der Dämmerung* von John Evans – wer auch immer das ist; und Marx' *Das Kapital*. Was ist mit Ihrer Ausgabe von *Fünf kleine Frühlingsboten* passiert?«

»Ich habe sie einem anderen Privatdetektiv geliehen«, sagte ich.

Sie ging weiter, berührte einige Gegenstände, schob die Ecke eines Bilderrahmens gerade, glättete die Fenstervorhänge, betastete das Material der Stehlampe. Sie versuchte, in mir den Eindruck zu wecken, völlig ruhig zu sein, doch die gespannten Linien in ihrem Gesicht erzählten eine andere Geschichte . . .

»Wollen Sie sich um Himmels willen nicht irgendwo setzen?« fragte ich.

Sie hielt mitten in der Bewegung inne, mir den Rücken zugewandt, und es dauerte eine halbe Minute, bis sie sich umdrehte. Das Licht glitzerte so in ihren Augen, daß es nur Tränen gewesen sein können. Wenn es welche waren, liefen sie zumindest nicht die Wangen hinab. Sie breitete die Hände in einer Art vergeblicher Geste aus und sagte:

»Ich kann genausogut gehen. Ich glaube, dieser Besuch ist reine Zeitverschwendung.«

Ich musterte sie weiterhin, ohne etwas zu sagen.

»In Ordnung.« Sie ging zu dem Klubsessel, hob meinen Hut auf, legte ihn auf den Kaffeetisch und setzte sich, die schwarze Ledertasche auf dem Schoß umklammernd. »Ich sitze, Mr. Pine. Wollen Sie jetzt mit mir sprechen?«

»Sicher«, sagte ich. »Woher haben Sie meine Adresse?«

Sie runzelte ungeduldig die Stirn. »Was für eine Rolle spielt das?«

»Wahrscheinlich keine. Ich würde es nur gerne wissen.«

»Ich habe mir Ihr Nummernschild notiert. Ein Freund im Rathaus beschaffte mir daraufhin die Information.«

»Sie gehen lange Wege, um Ihre Neugier zu befriedigen, Miß Sandmark.«

Das brachte ein wenig mehr Farbe auf ihre Wangen. »Es war nicht nur Neugier. Ich mußte mit Ihnen sprechen. Ich *muß* wissen, warum Sie meinen Vater aufgesucht haben.«

»Hat Ihr Vater gesagt, ich hätte ihn aufgesucht?«

»Nein. Ich . . . habe ihn nicht gefragt.«

»Woher wissen Sie es dann?«

»Rose sagte es mir.«

»Rose?«

»Das Mädchen.«

»Sie muß Ihnen meinen Namen genannt haben. Warum dann all dieser Hokuspokus um mein Nummernschild?«

»Sie wußte nur, daß Ihr Name Pine lautet . . . Werden Sie mir eine Frage beantworten, Mr. Pine?«

»Das kommt darauf an.«

Ihre Finger verkrampften sich um die Tasche, und sie beugte sich ein wenig vor und sah mir in die Augen. »Haben Sie angerufen und meinen Vater um ein Gespräch gebeten, oder hat er Sie von sich aus kommen lassen?«

Ich drehte das Highball-Glas sanft in den Fingern, und das Klicken der Eiswürfel gegen die Seiten war ein kühles Geräusch gegen das Schweigen. Leona Sandmark blieb in ihrer vorgebeugten, aufgerichteten Haltung sitzen, die Lippen ein wenig geöffnet; ihre Brüste hoben und senkten sich in flachen, unregelmäßigen Atemzügen. Ihre Zigarette glomm vergessen zwischen den Fingern einer Hand.

»Wer legt Ihnen Daumenschrauben an, Miß Sandmark?« fragte ich.

Das ließ sie zurückzucken, als hätte ich sie geschlagen. Die Handtasche glitt von ihren Knien hinab und fiel mit einem dumpfen Geräusch zu Boden. Ich bückte mich und hob sie auf, bevor sie sich bewegen konnte. Sie kam mir schwerer als nötig vor, und meine Finger ertasteten einen Gegenstand, den man normalerweise nicht in einer Damenhandtasche mit sich trägt.

Ich klappte den Verschluß auf, griff hinein und holte eine Pistole heraus. Es war ein blauer, stählerner Colt, Kaliber 32 Pocket Positive, der mit dem Zweieinhalb-Zoll-Lauf und dem Gewicht von fünfzehn oder sechzehn Unzen.

»Irgendwer«, sagte ich und blickte zu ihr auf, »sollte sich wegen Ihrer Vorliebe für Handfeuerwaffen mit Ihnen unterhalten.«

Sie war wieder wütend auf mich. Ihre Augen blitzten, und die volle Unterlippe hatte sich gespannt, bis ihr Mund nur noch ein ungleichmäßiger roter Strich war. »Sie . . . Sie Schnüffler!« fuhr sie mich an. »Sie hatten kein Recht dazu. Stecken Sie ihn dorthin zurück, wo Sie ihn gefunden haben, und geben Sie mir meine Tasche.«

Ich schob die Trommel heraus und drehte sie. In jeder Kammer steckte eine Patrone. Ich ließ die Trommel wieder zurückklicken, nahm das Taschentuch aus der Brusttasche meiner Jacke, breitete es über meine rechte Hand aus und ließ die Pistole in dessen Mitte fallen. Ich wischte sie sorgfältig ab und ließ sie von dem Taschentuch in die Handtasche gleiten, verschloß die Handtasche wieder und legte sie an das andere Ende des Kaffeetisches.

Ich steckte das Taschentuch in meine Tasche zurück. »Es verstößt gegen das Gesetz, Pistolen mit sich zu führen, Miß Sandmark«, sagte ich sanft. »Haben Sie das nicht gewußt?«

Sie schüttelte ungeduldig den Kopf. »Bitte. Ob ich in meiner Handtasche eine Pistole mit mir führe oder nicht, geht Sie nichts an. Ich habe Sie gefragt, ob der Besuch bei meinem Vater seine Idee oder Ihre war.«

»Und ich«, sagte ich, »habe Sie gefragt, wer Sie erpreßt.«

Ihre Augen betrachteten mich ruhig. »Ich habe Sie verstanden. Die Frage ergibt keinen Sinn. Warum sollte jemand versuchen, mich zu erpressen? Ich habe nichts Unrechtes getan.«

»Jeder hat dann oder wann einmal etwas Unrechtes getan, Miß Sandmark«, bemerkte ich trocken. »Ich verdiene mir den Lebensunterhalt damit, Detektiv zu sein, und ich sehe die Dinge aus einem gewissen Blickwinkel. Hören Sie: Heute nachmittag brachen Sie in Schweiß aus, weil Sie sahen, wie ich aus Ihrem Haus kam. Ich hätte der neue Freund des Dienstmädchens sein können, oder der Gasmann, oder ein Vertreter für Dosenöffner. Aber Sie wurden so nervös, daß Sie sich mein Nummernschild notiert und herausgefunden haben, wer ich bin. Sie hatten Angst, den alten Herrn zu fragen, was er mit mir zu tun habe. Dann stecken Sie eine Pistole in Ihre Handtasche und kommen hier hinausgestürmt, um mich zu fragen, ob das Gespräch mit John Sandmark meine Idee oder die seine war. Ihre Nerven vibrieren wie ein Tanzlokal am Samstagabend.

Wissen Sie, welchen Eindruck das auf mich macht? Es erweckt den Eindruck, als seien Sie mit Ihrem Zeh über etwas gestolpert, und der falsche Bursche habe Ihnen aufgeholfen. Er will Zaster, damit er den Mund hält – jede Menge Zaster. Entweder drücken Sie ihm die Scheinchen in die Flossen, oder man wird Ihren Vater bitten, für Sie zu bezahlen. Sie haben versucht, ihn zu vertrösten, aber Sie sind sich nicht sicher, ob er warten wird.

Dann kreuze ich auf. Vielleicht arbeite ich mit dem Erpresser zusammen. Sie finden heraus, daß ich Privatdetektiv bin. Ich könnte dem anderen noch immer helfen, Sie auszuquetschen, oder man hat schon Kontakt mit Ihrem alten Herrn aufgenommen, und er hat mich beauftragt, für ihn zu arbeiten. So oder so, Sie müssen es erfahren.«

Es lag eine seltsame Mischung aus Angst und Erleichterung und Wut auf ihrem Gesicht. Selbst damit sah sie noch immer wunderschön aus. Sie stand langsam auf, nahm die Handtasche vom Tisch und steckte sie unter den Arm.

»Ich will wissen, warum Sie heute meinen Vater gesprochen haben, Mr. Pine. Wieviel wird es mich kosten, das zu erfahren?«

Ich musterte sie durch den Rauchschleier meiner Zigarette. Sie war wieder auf der müßiggängerisch-reichen Seite der Straße. Ihre Augen blickten heiß und verächtlich, ihr Mund war ein Schnauben, das besagte, jedermann habe seinen Preis, und wie hoch sei meiner?

»Wieviel haben Sie dabei?« fragte ich.

Sie machte mir das Kompliment, daß sie sich durch diese Frage überrumpelt fühlte. Das bedeutete, daß sie mich eigentlich nicht als Burschen eingeschätzt hatte, der einen Klienten verkaufen würde.

»Würden . . . würden vierhundert reichen?«

»Nee.«

»Nun?«

»Soll ich Ihnen eine Predigt über das menschliche Verhalten halten, Miß Sandmark? Wenn Sie etwas von jemandem wollen, lassen Sie ihn nicht glauben, er sei ein Verräter, wenn er es Ihnen gibt.«

Ihre schmalen Nasenflügel zitterten. »Ich werde *Ihnen* etwas sagen. Sich überheblich und herablassend zu geben, bringt einen auch nicht weiter.«

»*Ich* will nichts haben«, erinnerte ich sie.

Noch so eine Bemerkung, und ich würde diese schwarze Lederhandtasche gegen mein Kinn bekommen.

»Werden Sie mir sagen, warum Sie meinen Vater aufgesucht haben, Mr. Pine?«

»Nein.«

»Werden Sie mir die Information verkaufen?«

»Hmm-hm.«

»Warum nicht?«

»Wenn ich Ihnen das sage, würden Sie immer noch nicht wissen, warum ich sie Ihnen nicht verkaufe.«

»Sie tun schon wieder überlegen.«

»Dann hören Sie auf, mir dieses Gefühl zu geben.«

»Sie . . . Sie sind unmöglich!«

Ich grinste und streckte die Beine aus. »Ich bin auch ein Ungeheuer. Darf ich Ihnen noch einen Schluck von meinem schlechten Whisky anbieten, Miß Sandmark?«

Einen Augenblick lang funkelten mich ihre Augen auf eine wütend-aussichtslose Art und Weise an; dann preßte sie die Zähne aufeinander, drehte sich abrupt um und ging blindlings zur Tür. In dem Versuch, ein wahrer Gastgeber zu sein, erhob ich mich, um sie ihr zu öffnen und mich zu verabschieden.

Es war eine vergebliche Liebesmüh. Die Tür schlug zu, bevor ich den Raum halbwegs durchquert hatte. Ich ging zurück zur Couch, zog Jacke und Schuhe aus und machte mir einen Highball.

Anscheinend gab es bei *l'affaire* Sandmark noch ein paar Aspekte, von denen der alte Knabe mir nichts erzählt hatte. Vielleicht hatte er mir nichts davon erzählt, weil er nichts davon wußte. Oder er hatte vielleicht mehr im Sinn, als nur eine Romanze zu beenden. Vielleicht eine ganze Menge Vielleichts.

Anscheinend war meine ursprüngliche Idee, Marlin ausfindig zu machen, noch immer die beste Methode. Zumindest die schnellste – und so, wie sich die Dinge entwickelten, käme ich am besten ganz schnell dort hinein, oder ich würde ganz draußen bleiben.

6

Ein backofenheißer Wind wehte durch den Canyon, der den Namen Jackson Boulevard trug. Ich stand am Bürofenster und sah zu, wie die Zeitungen an dem Kiosk unter den Hochgleisen über der Wabash Avenue flatterten. Windböen peitschten mit wütenden Fingern Röcke, doch vom achten Stockwerk aus war mein Interesse rein akademisch. Die Sonne war hinter den Bürogebäuden auf der LaSalle Street untergegangen, hatte jedoch genug Hitze hinterlassen, um sich noch an sie zu erinnern. Graublauer Staub erfüllte die Straßen wie Nebel in einem Tal. Die Schaufensterbeleuchtungen waren schon eingeschaltet, und farbige Neonröhren schnitten Tunnel in den dünnen Glanz. Meine Zigarette schmeckte, als habe sie eine Woche unter einem Haartrockner verbracht.

Chicagos Loop . . . in den Stunden zwischen der Stechuhr und dem Kino. Der einsamste Ort auf Erden. Die Sahara hätte nicht einsamer sein können.

Durch die Wand des benachbarten Büros kam schwach das moskitohafte Summen eines Zahnarztbohrers. Für den Fall, daß eine Brise aufkam, öffnete ich das Fenster weit, zog die Jacke aus und hing sie über die Lehne des Besucherstuhls, schaltete die Schreibtischlampe ein, schlug die Abendausgabe der *Daily News* auf, die ich auf dem Rückweg vom Abendessen im Ontra gekauft hatte, und setzte mich, um mit der Welt Schritt zu halten.

Auf der dritten Seite fand ich einen mäßig interessanten Artikel: eine weitere Folge der Beerdigungsstory vom Vortag, in der sich zwölf Geistliche überschlagen hatten, um einem Mann, der nur als John Doe bekannt war, den Weg ins Jenseits zu bahnen.

John, so hatte sich herausgestellt, war ein Mann Anfang Fünfzig gewesen, etwa hundertfünfzig Pfund schwer, auf seine durchschnittliche Art recht gutaussehend, ansatzweise kahl und fast schwarzgebräunt. Trotz seines schmächtigen Körperbaus, so behauptete der Artikel, war Doe ungewöhnlich muskulös gewesen, und seine Hände waren die schwieligen Hände eines Arbeiters.

Der Mörder hatte alle Etiketten von der Konfektionskleidung seines Opfers entfernt, und man hatte nicht einmal eine gebrauchte Rasierklinge in dem Zimmer gefunden. Der Portier des Laycroft berichtete der Polizei, Doe habe sich eines Spätnachmittags eingetragen und für eine Woche im voraus bezahlt, da er kein Gepäck gehabt habe. Am folgenden Morgen fand ein Zimmermädchen Doe mit eingeschlagenem Schädel tot auf dem Fußboden neben dem unbenutzten Bett.

Keiner der Hotelangestellten erinnerte sich daran, am vorangegangenen Abend irgendwelche geheimnisvollen Fremden bemerkt zu haben, doch da die Treppen direkt neben dem Hoteleingang lagen, konnte man die oberen Stockwerke erreichen, ohne an der Rezeption vorbei zu müssen.

Lieutenant George Zarr von der Mordkommission Central Station, so führte der Artikel abschließend aus, erklärte, seiner Meinung nach sei der Tote ein kleiner Gangster aus einer anderen Stadt gewesen. Ein Gegenspieler habe ihn aufgespürt, getötet und dann die Beerdigung als unheimlichen Streich inszeniert. Obwohl in dem Artikel nichts dergleichen stand, war es klar, daß Zarr die ganze Sache leid war und sie am liebsten vergessen hätte.

Als ich an der Sportseite vorbei zu den Comics vorgedrungen war, zeigte meine Armbanduhr Viertel vor zehn. Ich warf die Zeitung in den Papierkorb, öffnete die untere Schreibtischschublade und holte ein Glas und die Büroflasche hervor. Das Glas war verschmiert, und es lag eine tote Fliege darin. In Anbetracht der Schnapsmarke, die ich trank, hätte die Fliege es besser wissen müssen.

Ich spülte den Rauch in meiner Kehle mit Bourbon aus der Flasche herunter, zündete mir eine neue Zigarette an und stellte die Flasche sowie das unbenutzte Glas beiseite. Ich saß weitere zehn Minuten da, vergiftete die Luft mit Qualm und lauschte den polnischen Stimmen der Reinemachfrauen auf dem Gang. Der muffige Gestank nach nassem Stroh, der sich in dem Gebäude festgesetzt hatte, sickerte in das Büro und kämpfte den Tabakgeruch nieder. Ich wäre gern nach Hause gegangen, um zu duschen und mich vor dem offenen Fenster nackt aufs Bett zu legen und die *Oahspe Bible* durchzublättern, die ich vor ein paar Tagen gekauft hatte . . .

Um zehn Uhr nahm ich den Telefonhörer ab, wählte die Auskunft und bat um die Nummer, unter der Miß Leona Sandmark, 1317 Austin Boulevard, eingetragen war.

Es gab keine. Ich legte wieder auf und nagte an meinen Lippen. Wenn sie ein Telefon hatte, war der Anschluß nicht verzeichnet. Okay, es gab eine Möglichkeit, das zu umgehen. Ich rief eine andere Nummer an . . .

»Gregg?«

»Ja.«

»Pine.«

»Paul? Wie geht's denn so, Kumpel? Wir haben dich vermißt.«

»Was du nicht sagst«, sagte ich. »Kannst du mir einen Gefallen tun, Gregg?«

»Klar.«

»Ich brauche eine Telefonnummer. Sie ist nicht eingetragen.«

»In Ordnung. Wie heißt sie?«

»Vielleicht ist es ein Mann«, sagte ich. »Es *muß* keine Frau sein, oder? Ihr Beamte seid alle gleich . . . immer . . .«

»Wie heißt sie?«

Ich gab ihm den Namen und die Adresse. »Das wird etwas dauern. Gib mir deine Nummer, und ich rufe dich zurück.«

Fünf Minuten später klingelte das Telefon. »Austin 0017.«

»Danke, Gregg.«

»Gib ihr einen Schmatz von mir.«

»Sie hat einen kleinen Busen«, sagte ich.

»Ich sagte Schmatz. Das bedeutet Kuß. S-c-h-m-a-t-z. Kuß.«

»Hab schon verstanden«, sagte ich. »Ich bewundere nur deine Bildung.«

Er grunzte und legte auf. Ich drückte auf die Telefongabel, ließ sie wieder los und wählte die Nummer in Austin.

Es klingelte zweimal. Ein Klicken. »Hallo?« sagte eine männliche Stimme, ein Tenor.

Ich war darauf vorbereitet. »Mr. Martin?« fragte ich, den Namen undeutlich aussprechend.

Es gefiel ihm nicht. Es gefiel ihm nicht im geringsten. Seine Stimme ging drei Oktaven hinab und wurde so schnorrend wie die einer Jungfrau bei einem Picknick.

»Wer ist da?«

»Hier ist Ed McGuire, Mr. Martin«, sagte ich. »Ich habe darüber nachgedacht und mich entschlossen, doch nicht zu verkaufen. Ich hoffe, Sie nehmen es mir nicht übel.«

»Welche Nummer wollen Sie?« Seine Stimme war wieder normal.

»Austin 0117«, sagte ich jetzt etwas knapper. »Ist da nicht Mr. . . .«

»Falsch verbunden.« Die Verbindung wurde unterbrochen.

Ich nahm den Hörer vom Ohr, schielte ihn scharf an, sagte: »Was du nicht sagst, Bruder!« und legte ihn sanft auf die Gabel. Ich setzte den Hut auf, zog die Jacke an, steckte ein zusätzliches Päckchen Zigaretten ein, schaltete das Licht aus, schloß die innere Bürotür ab und ging hinaus.

Der Nachtportier nahm mich im Fahrstuhl mit hinab, und ich ging um die Ecke zu dem Parkhaus und ließ mir von einem der Angestellten den Wagen bringen. Er wischte mit einem Lappen über die Windschutzscheibe und kam zu meinem Fenster, als ich den Motor anließ.

»Er muß mal wieder gewaschen werden, Mr. Pine.«

»Das muß er immer«, sagte ich und griff nach der Gangschaltung. »Das ist ein Hinweis auf meinen Charakter.«

Er blieb höflich, lachte aber nicht darüber. Ich rollte auf die Wabash, fuhr südlich um die Säulen der Hochbahn in Richtung Jackson, wandte mich nach Westen und machte mich an die Arbeit.

Im Westen hatten sich schwere Wolken aufgetürmt und verdeckten die Sterne. Gelegentlich blitzte ein Wärmegewitter auf, und eine zunehmende Kühle in der Luft versprach Regen. Regen war schon in Ordnung, wenn ich nicht hinaus mußte. Ich rechnete nicht damit, in ihn hinaus zu müssen.

Um Viertel vor elf bog ich in nördlicher Richtung auf den Austin Boulevard. Hinter der Lake Street wurden die Einfamilienhäuser allmählich seltener, und hochgeschossige Wohnhäuser überwogen. Bäume umsäumten die Parkstreifen zwischen der Straße und dem Bürgersteig, und obwohl genügend Straßenlampen vorhanden waren, konnten sie wegen der vielen Blätter nicht viel ausrichten.

Der 1300er-Block war genauso dunkel und still wie all die anderen dort. Ein paar Wagen, die meisten von ihnen jenseits der Mittelklassekategorie, standen parallel an beiden Bordsteinen. Ihre Umrisse verschwammen in den tiefen Schatten der Bäume. Es roch jetzt stärker nach Regen, die Luft war kühler, und weit entfernt donnerte es.

Es gab genug Parkplätze vor dem Gebäude, das nach meiner Einschätzung die Nummer 1317 sein mußte. Ich fuhr an den

Straßenrand, schaltete das Licht und den Motor aus und trat auf den Grasstreifen hinaus.

Es war ein sechsgeschossiges, gelbes Ziegelsteingebäude, sehr neu, mit fünf Eingängen, die auf einen Hof mündeten. Der Hof war mit Sträuchern und Blumenbeeten geschmückt, die ein phantasieloser Gärtner in schnurgeraden Reihen angeordnet hatte, und von dem Rechteck umsäumt, das die zu den Eingängen führenden Gehwege bildeten. Ein rankenüberwucherter Bogen aus gelben Ziegelsteinen mit einer massiven Eisenlampe an jedem Pfeiler grätschte sich über den Bürgersteig vor dem Hof. Lampen mit gelbem Licht erhellten die Kupferschilder direkt darunter. Die Nummer zur Linken war 1317, die zur Rechten 1325.

Ich ging langsam durch den Bogen und wandte mich dort, wo sich der Bürgersteig teilte, nach links. Die scharfen, geraden Linien der Dachkante vor dem flimmernden Himmel verliehen mir die Illusion, auf dem Grund einer offenen Grube zu stehen.

Ein paar Fenster waren erleuchtet. Ihr weiches Licht hob sich von der Dunkelheit der Nacht ab. Doch die meisten Fenster waren dunkel. Aus einem sehr guten Radio trieben die gedämpften Melodien eines Tanzorchesters auf den Hof, und eine Frau lachte in der Nähe aus voller Kehle, aber dennoch irgendwie verhalten.

Auf der ersten Eingangstür stand in eleganten Goldziffern in Schrägschrift die Zahl 1317 auf dem Türglas. Ich stieß die Tür auf und gelangte in ein Foyer mit Wänden aus imitiertem Marmor und einem in zwei Farbtönen mit Mosaiksteinen ausgelegten Fußboden. Er sah so sauber aus wie in einem Krankenhaus; wahrscheinlich sah er immer so sauber aus.

In der Wand zu meiner Rechten waren zwei Reihen mit Klingelknöpfen und eine Sprechanlage eingelassen. Sechs Knöpfe pro Reihe; das bedeutete zwölf Wohnungen, zwei pro Stockwerk. Der oberste linke Knopf lag gegenüber einem glasüberzogenen Schild, auf dem stand: *L. Sandmark, 6A.*

Wie ich mich erinnerte, waren die Fenster der obersten Etage dunkel gewesen. Das konnte mehreres bedeuten. Um es herauszufinden, drückte ich auf den Knopf neben *L. Sandmark, 6A.*

Nichts geschah. Ich scharrte mit dem Fuß, um der Stille den Garaus zu machen, drückte den Daumen wieder auf den Knopf und ließ ihn für vielleicht zehn Sekunden dort.

Es hätten genausogut zehn Jahre sein können. Entweder hatten sie Angst, an die Sprechanlage zu gehen, was mir nicht gerade wahrscheinlich erschien, oder sie waren nach meinem Anruf ausgegangen. Und wenn sie zu dieser Stunde ausgegangen waren, würde es wahrscheinlich heller Tag sein, bevor sie daran dachten, nach Hause zu gehen.

Na gut. Ich würde warten. Ich hatte Zeit. Ich hatte alle Zeit der Welt. Ich zündete mir eine Zigarette an und warf das Streichholz auf den eleganten, sauberen Mosaikboden, wodurch ich in die gleiche Klasse rutschte wie ein Bursche, der sich auf der Mona Lisa die Füße abputzte. Ich ging auf die Straße zurück und setzte mich hinter mein Lenkrad.

Eine Weile tat ich nichts Aufregendes, außer dort zu sitzen, blauen Rauch durch die Nase zu blasen, dem Flüstern der Autos zu lauschen und die Leute zu beobachten, die auf ihrem Nachhauseweg vom Kino in der Nähe oder der Kneipe um die Ecke an mir vorbeikamen. Was eine leichte Brise gewesen war, wurde nun ein launenhafter Wind, der mit kurzen, wütenden Stößen blies, wie ein dicker Mensch, der sich in Rage arbeitete. Er hatte das klebrige, feuchte Gefühl aufkommenden Regens, und das Flackern der Blitze hielt fast ununterbrochen an.

Zwei- oder dreimal gingen Leute durch den gelben Ziegelbogen des Apartmenthauses, doch nur einmal öffnete jemand die Tür zu 1317, und das war ein älteres Ehepaar.

Die Fußgänger kamen in immer größeren Abständen vorbei, und ich sah kaum noch einen Wagen. Ich zündete ein Streichholz an und sah auf meine Armbanduhr. Viertel vor eins. Ich gähnte und nahm den Hut ab, schaltete das Radio sehr leise ein, rutschte tiefer in den Sitz, legte die Füße auf das Armaturenbrett und ließ die Minuten vorbeiziehen . . .

Ein vorbeidröhnender geschlossener Kastenwagen riß mich aus einem leichten Dösen. Donner. Ein Blitz gabelte den Himmel hell genug, daß man dabei lesen konnte, und noch ein Kübel Lärm ergoß sich über den Wagen. Und dann kam der Regen.

Ich blieb sitzen, kurbelte die Seitenfenster hoch, schaltete das Radio aus und lauschte, wie die Tropfen aufs Dach trommelten. Der Regen kam sehr hart herunter – zu hart, um lange anzuhalten. Einer dieser Sommerregen, von denen man annimmt, daß sie die Stadt für ein paar Tage abkühlen, die einem diesen Gefallen aber selten tun.

Ein Wagen fuhr hinter mir an den Straßenrand; in seinem Scheinwerferlicht sprangen die Regentropfen kniehoch auf dem schwarzen Pflaster. Eine Minute später schlug die Tür zu, und ein Mann und eine Frau in Abendgarderobe stürzten über den Bürgersteig. Es war nicht mein Paar; das sah ich sofort. Sie verschwanden schnell, und der Wagen zog wieder vor und rollte an mir vorbei und davon. Es war ein Checker-Taxi.

Ich sah noch mal auf die Uhr. Fünf nach halb vier. Allmählich fragte ich mich, ob Marlin und die Sandmark nicht zurückgekehrt waren, während ich mich aufs Ohr gelegt hatte. Er hätte sie hereinbringen und wieder gehen können, und alles wäre umsonst. Paul Pine, das Detektiv-As. Dazu zu gebrauchen, den Hund auszuführen und den Koch zu feuern.

Weitere zwanzig Minuten verstrichen so, als würde ich einen Felsen hügelaufwärts rollen. Der Regen hatte sich zu einem beharrlichen Wolkenbruch entwickelt, und das Gewitter legte sich tüchtig ins Zeug. Ich rauchte noch eine Zigarette, fröstelte ein- oder zweimal und dachte sehnsüchtig an den Scotch, den ich am Nachmittag zuvor in John Sandmarks Bibliothek getrunken hatte.

Scheinwerfer schnitten einen Streifen in den Regen, und ein großer schwarzer Packard mit aufklappbarem Dach bewegte sich langsam an mir vorbei und bog keine zwei Meter vor meinem Kühler an den Straßenrand. Im gleichen Augenblick hatte ich den Eindruck, im Rückspiegel das Licht eines anderen Scheinwerferpaares erhascht zu haben, doch es war verschwunden, bevor ich sicher sein konnte. Die Hecklichter des Packards leuchteten naß und rot, wie die trüben Augen eines Betrunkenen bei einem Weinkrampf.

Die Wagentür öffnete sich, und ein Mann in einem gelbbraunen Trenchcoat trat auf den Parkstreifen. Er war nicht ganz einsachtzig, schlank, und der Regen funkelte auf dichtem, schwarzem, gewelltem Haar. Aufleuchtende Blitze zeigten ihn mir deutlich genug, um sicher zu sein, daß es Jerry Marlin war.

Er streckte die Hand aus und half einem Mädchen in einer roten Abendstola über einem langen weißen Kleid hinaus. Es hielt eine Zeitung hoch, um die bis auf die Schultern fallende dunkle Haarwolke zu schützen. Marlin schlug die Tür zu, und sie liefen Seite an Seite auf den gelben Bogen zu. Ich saß da und beobachtete sie.

Gerade, als sie den Bürgersteig erreicht hatten, trat ein Mann in einem dunklen Regenmantel und mit einem hinabgezogenen Filzhut hinter meinem Wagen hervor und machte vier lange, schnelle Schritte, die ihn dicht hinter Marlin brachten. Sein rechter Arm, am Ellbogen gebeugt, war steif ausgestreckt, und etwas glänzte stumpf in seiner Hand.

Soviel sah ich während eines Blitzes. Dann erlosch das Licht, und der Donner dröhnte, als hätte man in einer Höhle eine Kanone abgeschossen. Und während des Donners leuchteten drei gelbe Feuerstreifen auf und es erklangen drei schwache, flache Geräusche.

Mittlerweile hätte ich aus dem Wagen und auf dem Weg dort hinüber sein können. Ich hätte auch aussteigen und im Rinnstein kleine Zweige auf den Weg schicken können. Das wäre genauso sinnvoll, aber wesentlich sicherer gewesen. Ich strahlte etwa genausoviel Wärme aus, wie man in einem Eiszapfen findet, und ohne Pistole machte ich mich nicht an einen Killer heran. Auch nicht mit einer Pistole, wenn ich es vermeiden kann.

Ich blieb sehr still sitzen und wartete auf den nächsten Blitz. Er kam innerhalb von ein paar Sekunden, genau, als hinter mir plötzlich ein Motor aufdröhnte. Scheinwerfer blitzten in einem geschwungenen Bogen durch mein Fenster, und ein kleines dunkles Coupé brauste an mir vorbei und verschwand in der Nacht.

Jetzt schien die Gelegenheit gut, tapfer zu sein. Ich öffnete die Tür und ging hinüber, um dabei zu helfen, die Reste wegzuräumen.

Jerry Marlin lag einen oder zwei Meter vor dem rankenbedeckten Bogen auf dem Bauch. Ich beugte mich über ihn und sah im Stoff des gelbbraunen Trenchcoats zwischen den Schultern drei kleine runde Löcher. Wenn einem der Sinn nach solchen Experimenten stand, hätte man alle drei mit einem Silberdollar bedecken können. Es war noch kein Blut durchgesickert, doch unter ihm würde es jede Menge davon geben. Er war tot. Selbst mit einiger Übung hätte er nicht toter sein können.

Das Mädchen stand da, ein wenig schwankend, die Hände verschränkt und gegen den Magen gedrückt, den Mund im Schock dümmlich geöffnet, mit kleinen, wimmernden Geräuschen, die über ihre Zähne kletterten. Sie hatte mich nicht gehört, sie sah mich nicht, es gab nichts in der Welt außer dieser steifen Leblosigkeit vor ihren Schuhen mit offenen Spitzen.

Ich schaute mich um, konnte aber niemanden sehen. Ich legte die Finger um ihren Arm und sagte: »Sie werden naß, Miß Sandmark. Wir gehen lieber hinein, was?«

Sie hörte mich, wie man mich auf dem Mars hörte. Ich zerrte ein wenig an ihrem Arm, um sie in Bewegung zu setzen. Das brachte Ergebnisse, aber nicht der Art, wie ich sie gebrauchen konnte. Sie öffnete den Mund noch etwas weiter, atmete tief ein und fing an zu schreien. Bevor der erste Ton über ihre Lippen gekommen war, schlug ich ihr so hart übers Gesicht, daß nur mein Griff sie am Stürzen hinderte.

Das gebot dem Schrei Einhalt. Sie fuhr sich mit der freien Hand an die Wange, und ihre Augen konzentrierten sich wieder. Klar und deutlich sagte sie: »Das war nicht nötig.«

»Den Teufel war es«, sagte ich. »Setzen Sie sich jetzt in Bewegung, oder muß ich Sie tragen? Kommen Sie endlich mit.«

Sie kam mit. Sie kam mit, als schlafwandle sie. Ich steuerte sie in die Halle mit dem imitierten Marmor, nahm ihr die mit Ziermünzen benähte Tasche aus der Hand, fischte einen Schlüssel heraus und schloß die Innentür auf. Es gab einen Fahrstuhl, aber die Kabine war irgendwo oben. Ich drückte den Knopf, und das »Kommt« leuchtete hinter seinem kleinen Kreis aus bernsteinfarbenem Glas auf.

Sie stand da, die Schultern eingefallen, das Gesicht ein weißes Oval der Verzweiflung. Ihre Augen waren halb geschlossen und sahen nichts, überhaupt nichts. Kinn und Lippen zitterten – kleine, ungleichmäßige Bewegungen, die heftig anfingen und langsam ausklangen, nur um sofort wieder anzufangen.

Sie duldete willenlos, daß ich sie hineinführte, und wir fuhren zur sechsten Etage hinauf und stiegen dort aus. Es war ein kleiner, schmaler Gang mit zwei gegenüberliegenden elfenbeingetäfelten Türen. Die zur Linken trug die Aufschrift 6A. Ich schloß sie auf und fand direkt neben der Türöffnung einen Lichtschalter, der eine Stehlampe auf einem dunklen Holztisch in einem kleinen, hellgelb tapezierten Flur erhellte. Über dem Tisch hing ein runder Spiegel in einem goldenen Rahmen.

In der Wand gegenüber der Tür befand sich eine gewölbte Öffnung zu einem abgedunkelten Raum. Leona Sandmark schüttelte den roten Abendumhang ab, ließ ihn blindlings auf den Tisch fallen und betätigte einen anderen Wandschalter, der zwei Tischlampen hinter dem Bogen erhellte.

Ich folgte ihr dort hinein. Es war ein langer, ziemlich schmaler Raum mit fünf Fenstern in einer Reihe, die auf den Hof hinausblickten. Ein beiger Teppich erstreckte sich bis zu den elfenbeinfarbenen Wandleisten, und dunkelblaue Samtvorhänge erhoben sich am Fenster hinter der dick gepolsterten Couch. Die Einrichtung war modern und recht spärlich. Ein elfenbeinfarbenes Klavier beanspruchte den größten Teil der hinteren Wand.

Ich sah mich schnell um. »Wo ist Ihr Telefon, Miß Sandmark?« fragte ich.

Sie stand da, blinzelte mich an, und langsam stieg die Erkenntnis in ihre Augen. Zum ersten Mal war ich für sie etwas außer eine Stimme. Ein Ausdruck, den ich nicht identifizieren konnte, überschattete ihr Gesicht, sehr schnell gefolgt von guter, altmodischer Furcht.

»Sie!« keuchte sie. »Sie haben ihn umgebracht!«

»Na sicher«, sagte ich angewidert. »Ich bringe zur Zeit alle um. Wo ist Ihr Telefon?«

Sie drückte den Rücken einer Hand vor die Lippen und schritt langsam und vorsichtig zurück, wie jemand, der versucht, aus einem Löwenkäfig herauszukommen, ohne den Löwen aufzuregen. Das Sofa stand ihr im Weg, und sehr vorsichtig setzte sie sich auf die Kante, ohne auch nur einmal den Blick von meinem Gesicht zu wenden.

»Hören Sie«, sagte ich, »morgen spielen wir *East Lynne,* und ich lasse Sie das Baby tragen. Doch im Augenblick müssen Sie meinen Anweisungen Folge leisten, oder Sie werden Ihren Hals in eine Schlinge stecken. Erstens: Wo ist Ihr Telefon? Und lassen Sie mich nicht noch einmal fragen.«

Sie nahm die Hand vom Mund und musterte sie verschwommen, doch dann deutete sie auf eine der beiden elfenbeinfarbenen Türen, die aus dem Zimmer führten. »D-da drinnen.«

»Na also«, sagte ich. Ich bedachte sie mit einem Lächeln, das ihr deutlich machen sollte, ich sei eigentlich ein sehr netter Bursche – ein Bursche, dem man vertrauen konnte. »Ich habe ihn nicht umgebracht, Miß Sandmark. Aber vielleicht kann ich herausfinden, wer es getan hat.«

Ich ging hinüber und durch die Tür, auf die sie gezeigt hatte, und schloß sie hinter mir. Es war ein Schlafzimmer mit Spiegeln und Kristalldingsdas und einem französischen Bett von der Größe eines Lastwagenparkplatzes. Das rosa Satinbettuch war etwas zerknittert, mit ein paar Abdrücken darin, als hätten zwei Menschen nebeneinander darauf gelegen. Ich schnalzte ein- oder zweimal mit der Zunge, als ich diese Abdrücke sah, und sah mich um, bis ich ein elfenbeinfarbenes Telefon entdeckt hatte, das auf einem Nachttisch neben dem Bett stand. Ein elfenbeinfarbenes Telefonnummernverzeichnis lag daneben; ich schlug es bei dem Buchstaben S auf, fand die Nummer, die ich suchte, wählte die Vermittlung und gab ihr eine Nummer in Oak Park.

Eine weibliche Stimme mittleren Alters antwortete angesichts der vorgerückten Stunde ohne allzugroße Verzögerung. Sie klang schläfrig und vorsichtig ungehalten. »Holen Sie Mr. Sandmark ans Telefon, und zwar schnell«, sagte ich. »Hier spricht Paul Pine.«

Die Frau war entrüstet. »Mr. Sandmark schläft, und ich . . .«

»Gottverdammt, holen Sie ihn schon, und hören Sie auf, die wilde Frau zu spielen.«

Der Hörer knallte herunter, als hätte sie ihn zu Boden geworfen. Ich stand da und wartete; mein freies Ohr lauschte auf das Heulen der Polizeisirenen. Kalte Schweißrinnsale rannen an meiner Stirn hinab . . .

»Hallo.« Die Frau war wieder dran.

»Was ist los mit Ihnen? Ich will Mr. Sandmark sprechen.«

»Er ist nicht hier, Sir.« Sie war zu besorgt, um empfindlich zu reagieren. »Ich weiß nicht, was ich davon halten soll. Ist schon vier Uhr durch, und er . . .«

Ich legte auf und ging ins Wohnzimmer zurück. Leona Sandmark saß noch immer steif da, die Hände schlaff im Schoß. Gegen das Weiß ihres Kleides wirkte ihr Gesicht viel zu farblos. Schwache rote Flecke auf der Wange zeigten, wo ich ihr eine Ohrfeige versetzt hatte.

»Hören Sie zu, und verpassen Sie kein Wort«, sagte ich. »Gehen Sie ins Schlafzimmer und rufen Sie die Polizei an. 1313. Erzählen Sie, was passiert ist. Werden Sie ein wenig hysterisch; das erwarten die Jungs. Sie müssen etwas schauspielern, Schwester, und vergessen Sie das nicht.«

Sie hörte nur mit einem Ohr zu. Ich ging zu ihr hinüber, legte die Hand unter ihr Kinn und schob den Kopf zurück, bis sich unsere Blicke begegneten. Sie machte keine Anstrengung, sich mir zu entziehen. Der Schock ließ nach, wodurch sie allmählich wieder einigermaßen gradlinig denken konnte.

»Was, wenn er nicht tot ist?« fragte sie. »Wir hätten ihn nicht einfach im Regen liegenlassen sollen wie einen . . .«

»Hören Sie auf damit«, sagte ich scharf. »Er war tot, bevor er fiel. Sie sind die einzige, die im Regen steht, und bald wird es hier ungemütlicher sein als auf einem öffentlichen Scheißhaus – Entschuldigung – im Bahnhof, wenn Sie nicht diesen Hörer nehmen und Ihre Sprüche aufsagen. Die späte Stunde und der Regen haben Sie wahrscheinlich bis jetzt geschützt, aber Ihr Glück kann nicht ewig währen. Jemand wird Marlins Leiche entdecken und die Bullen anrufen. Bullen sind sehr kluge Leute, Miß Sandmark; bevor Sie sich die Nase putzen können, werden sie herausgefunden haben, daß er Ihr Freund war. Schließlich werden sie herausfinden, daß Sie bei ihm waren, als es ihn erwischte, und sie werden sauer und argwöhnisch sein, weil Sie sie nicht sofort wissen ließen, was hier passiert ist. Sie können es sich nicht leisten, daß sie sauer sind; aber bei Gott, daß sie argwöhnisch werden, können Sie sich noch weniger leisten.«

Sie nahm ihr Kinn aus meiner Hand, indem sie aufstand. Sie schwankte ein wenig und legte eine Hand auf meinen Arm, um Halt zu finden. Wir sahen einander über so gut wie keine Entfernung an. Damit sie mir in die Augen sehen konnte, hatte sie den Kopf ein wenig zurückgeschoben. Parfum stieg von ihrem Körper in meine Nase – ein so schwaches Parfum, daß ich nicht einmal genau wußte, ob es wirklich eins war. Vielleicht roch sie auch einfach.

In ihrem Gesicht stand keine Panik mehr. Keine Furcht. Wenn überhaupt, war sie im Augenblick ruhiger als ich.

»Wenn Sie Jerry nicht erschossen haben«, sagte sie leise, »weshalb waren Sie denn da draußen?«

»Okay«, sagte ich. »Jetzt haben Sie ein Recht, das zu wissen. Ihr Stiefvater hat mich gestern beauftragt, ein Auge auf Sie zu halten. Er macht sich Ihretwegen Sorgen; weshalb, hat er nicht gesagt.«

»Kein anderer Grund?«

»Kein anderer Grund.«

»Haben Sie gesehen, wer . . . wer es getan hat?«

»Ja«, sagte ich.

Ihre Stimme wurde zu einem Flüstern. »War es mein . . . Stiefvater?«

»Das bezweifle ich, Miß Sandmark. Das ergäbe keinen Sinn.«

»Aber es hätte sein können?«

Ich trat aus der Reichweite all dieses Charmes zurück und sagte: »Sollen wir tanzen? Natürlich liegt da unten auf dem Bürgersteig eine Leiche, aber die Polizei wird ihre Partie Pinokel wegen solch einer Kleinigkeit nicht unterbrechen.«

Sie stieß ihren Atem aus und verkniff die Lippen. »In Ordnung. Ich werde die Polizei anrufen.«

Ich ging mit ihr ins Schlafzimmer. Sie griff nach dem Hörer, doch ich stieß meine Hand an ihr vorbei und drückte sie auf die Gabel. »Sagen Sie ihnen genau, was passiert ist. Nur sagen Sie nichts von mir. Vergessen Sie nicht, Miß Sandmark; sagen Sie nichts von mir. Das ist wichtig, und wenn wir mehr Zeit haben, werde ich Ihnen erklären, wieso es wichtig ist. Okay?«

»Ich glaube schon.« Es haftete ihr noch immer der schläfrige, schwerlidrige Blick an, der von Anspannung und Schock kündete. »Vielleicht sagen Sie mir lieber, was ich ihnen erzählen soll.«

»Er hat Sie von dort, wo auch immer Sie waren, nach Hause gebracht. Ihr beide seid aus dem Wagen gestiegen und, wegen des Regens, zum Hauseingang gelaufen. Sie haben drei Schüsse gehört, und Marlin stürzte, und Sie sahen einen großen schlanken Mann in einem grauen Regenmantel und mit einem tief ins Gesicht gezogenen Hut auf die Straße laufen und in einem Wagen davonfahren – ein Coupé vielleicht, Sie wissen es nicht genau. Er fuhr in nördliche Richtung. Danach erinnern Sie sich nicht mehr an viel. Das nächste, was Sie genau wissen, ist, daß Sie in Ihrer Wohnung auf einem Stuhl saßen und versuchten, sich wieder zu fassen. Es können zwei Minuten gewesen sein; es können aber auch zehn gewesen sein. Dann haben Sie begriffen, daß Sie die Polizei benachrichtigen müssen.

Und das ist alles, was Sie sagen, Miß Sandmark. Nichts davon, daß Ihr Stiefvater nichts für Marlin übrig hat; nichts davon, warum Sie das Haus in Oak Park verlassen und sich diese Wohnung genommen haben. Nun machen Sie schon, und rufen Sie an.«

Ihre Augen verengten sich mit einem Stirnrunzeln, und Ärger ließ ihre Stimme tiefer klingen. »Hat John – mein Stiefvater – Ihnen gesagt, daß er nichts für Jerry übrig hat?«

Ich schüttelte den Kopf. »Begreifen Sie nicht, daß wir dafür jetzt keine Zeit haben?« Ich hob den Hörer ab und wählte die Central Station; dann drückte ich ihn ihr in die Hand. »Machen Sie schon. Jetzt sind Sie auf sich angewiesen.«

Sie drückte den Hörer gegen das Ohr, die Augen niemals von meinem Gesicht weichend. »Hallo . . . Ich will einen . . . Schüsse melden. Ja. Mein Begleiter wurde von jemandem erschossen, als wir vor meiner Wohnung aus meinem Wagen stiegen . . . Miß Leona Sandmark, 1317 North Austin Boulevard.« Sie buchstabierte den Namen und wiederholte die

Adresse. »Es tut mir leid, aber . . . ich . . . ich weiß es nicht genau . . . Nein, er liegt wahrscheinlich noch da . . . Diese Nummer? Austin 0017. Es ist meine eigene . . . Danke.«

Sie legte den Hörer auf wie eine Seifenblase, die sie nicht zum Platzen bringen wollte. »Sie schicken jemanden . . . armer Jerry.« Sie sank auf die Knie, lehnte den Kopf auf den Nachttisch und begann mit einer Art unterdrückter Heftigkeit zu weinen.

Ich ließ sie für zwei Minuten nach meiner Uhr gewähren, obwohl ich die Zeit nicht gern vergeudete. Schließlich legte ich eine Hand auf ihre nackte weiße Schulter und schüttelte sie ein wenig. »Das reicht für den Augenblick. Legen Sie kein Make-up auf, bis die Polizei Sie gesehen hat. Ihr wird es besser gefallen, wenn sich Ihre Augen ein wenig gerötet haben.«

Sie riß den Kopf hoch und sah mich durch Tränen an, als sei ich aus dem Gebälk gekrochen. »Wie können Sie *so* reden? Glauben Sie, ich weine, um die Polizei zufriedenzustellen? Wir wollten h-heiraten, und jetzt ist er . . . ist er . . .«

»Tot«, sagte ich. »Das ist schlimm, und es tut mir leid. Doch es kann noch schlimmer kommen, und vielleicht wird es das auch. Ich werde Sie für eine Weile den Wölfen vorwerfen. Solange Sie sich an das halten, was Sie sagen sollen, werden Sie damit durchkommen. Ich bin mir ziemlich sicher, daß die Polizei Sie nicht festnehmen wird; aber Sie dürfen keinen Augenblick glauben, die Bullen tippen sich nur an die Hüte und marschieren ab. Doch Sie sehen gut aus, und Ihr Stiefvater hat eine Menge Geld; und wegen dieser Kombination werden die Jungs wie auf Eiern gehen, bis sie etwas verdammt Zugkräftiges gegen Sie in der Hand haben . . .

Noch etwas. Ziehen Sie John Sandmark erst in diese Sache hinein, wenn Sie es unbedingt müssen. Wenn es zu hart wird, rufen Sie ihn an. Aber erst in der letztmöglichen Minute.«

Sie war wieder beunruhigt und verängstigt. »Warum?«

»Nicht, was Sie denken. Machen Sie es einfach so, wie ich es sage. Okay?«

»Ja.«

»Sie wissen, daß ich auf Ihrer Seite stehe, Miß Sandmark?«

»Ja . . . ja.«

Ich bedachte sie mit einem breiten Grinsen. »Dann belassen wir es auch dabei. Guten Morgen, Miß Sandmark.«

Ich ging aus der Wohnung und ließ sie zurück, während sie noch immer im Schlafzimmer neben dem Nachttisch kniete. Ich stieg in den Fahrstuhl, fuhr ins Parterre hinab und trat auf den Hof hinaus. Der Regen fiel immer noch, als würde er die Erde hassen, doch das Gewitter hatte nachgelassen.

Die Leiche lag noch immer da, wohin sie gefallen war, nachdem die Kugeln sie durchschlagen hatten. Ich ging um sie herum, schritt weder schnell noch langsam aus und stieg in den Plymouth. Der Motor sprang sofort an, doch es gab zwei Auspuffknalle, und ich hätte mein Herz wie einen Kaugummi kauen können.

Kurz, bevor ich die North Avenue erreichte, kam mir ein Streifenwagen des achtundzwanzigsten Reviers entgegen. Er fuhr sehr schnell; die Jungs hatten die Sirene nicht eingeschaltet, und das war auch gut so. Der Lärm wäre meinen Nerven nicht bekommen.

7

Nachdem eine heiße Dusche die Kälte aus meinen Knochen vertrieben hatte, stieg ich in den Schlafanzug und ging ins Wohnzimmer. Ich zog den Klubsessel zu dem großen Fenster hinüber, legte die nackten Füße auf die Fensterbank und zündete mir mit Fingern, die kaum zitterten, eine Zigarette an.

Kurz vor Anbruch der Dämmerung hatte es zu regnen aufgehört, aber der Himmel war noch immer schwer bewölkt, und es versprach, doch noch ein kalter Tag zu werden. Ich saß dort, dachte zwei Zigarettenlängen nach und sah von Zeit zu Zeit auf die Armbanduhr.

Um halb acht ging ich in die Küche, füllte Bourbon, Wasser und Eis in ein Glas, nahm es mit zum Klubsessel und stellte das

Telefon auf meinen Schoß. Um Viertel vor acht wählte ich die Vermittlung und gab ihr John Sandmarks Nummer.

Eine junge, weibliche Stimme antwortete. Ich nannte meinen Namen und sagte ihr, sie solle Sandmark an den Apparat holen.

»Es tut mir sehr leid, aber Mr. Sandmark schläft noch, Mr. Pine.« Ihre Stimme deutete an, daß das sogar der bescheuertste Dorftrottel aus dem hinterletzten Kaff gewußt hätte. »Rufen Sie später noch einmal zurück?«

»Das werde ich nicht tun«, sagte ich. »Versuchen Sie es, indem Sie seine Füße kitzeln.«

Ihr Keuchen war ein halbes Kichern. »Aber . . . sind Sie sicher, daß es wichtig genug ist, um ihn zu wecken?«

»Ja.«

»Bleiben Sie bitte am Apparat.«

Ich legte den Fuß auf die Fensterbank, nippte an meinem Glas und wartete. Schließlich wurde ein Nebenapparat abgehoben, und Sandmarks tiefe Stimme sagte:

»Pine? Was ist denn so wichtig?«

»Einen Augenblick bitte, Mr. Sandmark«, sagte ich. Etwa fünf Sekunden später hörte ich, wie mit einem leisen Klick der andere Hörer aufgelegt wurde. »Haben Sie meine Nachricht bekommen?« fragte ich.

»Welche Nachricht?«

»Ich habe Sie heute morgen um kurz nach vier angerufen. Hat man Ihnen das nicht gesagt?«

»Nein.«

»Es hieß, Sie seien ausgegangen.«

»Ja.«

»Sind Sie ausgegangen?«

»Ja. Aber ich verstehe nicht . . .«

»Wohin?«

»Wohin was?«

»Wo waren Sie heute morgen um vier Uhr?«

»Sie übertreiben es ein wenig, nicht wahr, Mr. Pine?« Seine Stimme war so frostig, daß ich mich fragte, ob ich mir das Ohr mit Schnee abreiben solle, um eine Frostbeule zu vermeiden.

»Ich bin kein Anfänger«, sagte ich. »Und ich stelle keine Fragen, weil es mir einfach nur Spaß macht.«

»Wenn Sie etwas zu sagen haben, sagen Sie es.«

»Okay«, sagte ich. »Heute morgen um vier Uhr wurde Jerry Marlin vor dem Gebäude 1317 Austin Boulevard erschossen. Zu dieser Zeit war eine junge Frau bei ihm. Wenn Sie ihren Namen haben wollen, den kann ich Ihnen auch noch liefern. Sie . . .«

»Leona!« Es war nicht viel mehr als ein Flüstern, aber ich hatte schon Schreie gehört, die weniger Schrecken enthalten hatten. »Das kann ich nicht glauben . . . Hören Sie zu, Pine.«

»Ja, Sir?«

»Sie . . . Leona . . . sie hat nicht . . . ich meine, es war doch nicht Leona, die . . .«

»Ich weiß, was Sie meinen«, sagte ich beschwichtigend. »Sie hat ihn nicht erschossen, nein. In der Tat hat sie die Blauen sogar selbst angerufen.«

»Die Blauen?«

»Die Polizei.«

»Wer hat ihn getötet?«

»Das kann ich nicht sagen, Mr. Sandmark.«

»Sie haben ihn nicht getötet, oder?«

»Nee.«

»Was hat die Polizei diesbezüglich unternommen?«

»Was sie immer unternimmt, wenn es einen Mord gegeben hat«, sagte ich. »Fragen gestellt und in den Lebensläufen der Beteiligten gewühlt und nach Motiven gesucht und Zeugen ausgequetscht und jeden verhört, der zufällig in der Nähe herumstand, als es passierte.«

»Was für eine Waffe hat der Mörder benutzt?«

Den Grund für diese Frage konnte ich mir nicht denken. »Das weiß ich nicht, Mr. Sandmark«, sagte ich. »Weshalb fragen Sie?«

»Nun . . . nun, meine Stieftochter trägt oft eine Waffe. Sie hat manchmal beträchtliche Geldsummen dabei, besonders wenn sie spielt.« Es behagte ihm nicht, diese letzten vier Worte auszusprechen. »Sie besitzt zwei Colt-Revolver und weiß, wie man damit schießt. Ein Freund von ihr, der bei der Stadt angestellt ist, hat ihr einen Waffenschein besorgt.«

Ich dachte an die 32er Pocket Positive, die sie mit in mein Apartment gebracht hatte. Vielleicht hatte sie sie doch nicht meinetwegen in der Handtasche gehabt. »Sie hätte durchaus eine davon bei sich haben können, als es Marlin erwischte«, sagte ich. »Aber ich weiß, daß sie sie nicht benutzt hat.«

»Na gut.« Er klang erleichtert, aber zweifelnd. »Hat die Polizei sie festgenommen?«

»Das glaube ich nicht. Sie werden sie wahrscheinlich aufs Polizeipräsidium Central Station mitgenommen haben, damit sie dort eine Aussage macht. Aber ich bezweifle sehr, daß sie sie festhalten werden.«

Die Leitung summte. Sandmark dachte nach. Ich wackelte mit den Zehen und leerte mein Highball-Glas ein wenig.

»Es kommt mir seltsam vor«, sagte er langsam, »daß sich bislang weder Leona noch die Polizei bei mir gemeldet haben. Ich bin ihr Vater.«

»Nicht so seltsam«, sagte ich. »Sie macht auf mich den Eindruck eines Mädchens, das nicht so leicht schreit. Die Cops werden früher oder später auf Sie stoßen, aber nicht, weil sie sie auf die Idee gebracht hat.«

»Woher wissen Sie das alles, Pine?«

Ich stellte das leere Glas auf den Boden, steckte eine Zigarette zwischen die Lippen und zündete das auf- und abhüpfende Ende an, während ich diese Frage beantwortete. Eigentlich war es keine Antwort. Ich sagte: »Lassen wir diesen Teil davon für eine Weile außer acht, Mr. Sandmark. Hören Sie, wahrscheinlich werden die Jungs von der Mordkommission herausfinden, was Sie von Marlin hielten. Darüber hinaus besteht die Möglichkeit, daß sie erfahren werden, daß Sie nicht zu Hause waren, als er umgelegt wurde. Wenn Sie also für vier Uhr morgens ein nettes, dichtes Alibi haben, schön und gut; wenn nicht, wäre es ziemlich klug von Ihnen, eins zu arrangieren. Denn wenn die Bullen Wind von diesen Umständen bekommen, können Sie darauf wetten, daß sie Fragen stellen werden. Eine Menge Fragen . . . unter Verhörlampen, und ein Bursche mit einem Notizbuch schreibt die Antworten mit.«

»Beschuldigen Sie mich eines Mordes?« fragte er mit einer Stimme, die so eng war wie die Schuhe einer dicken Frau.

Ich sah meine Finger an. »Nein. Ich bezweifle, daß Sie es getan haben, Mr. Sandmark. Mir leuchtet der Gedanke nicht recht ein, daß Sie mich angeheuert haben, etwas über Marlin herauszubekommen, und ihn dann in derselben Nacht noch erledigen. Außer – nein.«

»Was raten Sie mir, Pine?« fragte er leise. »Sie scheinen sich mit solchen Angelegenheiten auszukennen. Und Sie arbeiten für mich.«

Die letzte Bemerkung entlockte mir ein Grinsen. »Nicht mehr, Mr. Sandmark. Sie haben mir den Auftrag gegeben, etwas über Marlin herauszufinden, um zu verhindern, daß er Ihr Schwiegersohn wird. Ich habe herausgefunden, daß er eine Leiche ist. Das sollte eigentlich reichen.«

Er seufzte. Atlas mußte so geklungen haben, als man ihm die Welt auf die Schultern legte. »Ich weiß nicht, was ich tun soll, Mr. Pine. Ich weiß es einfach nicht . . . Und ich mache mir Sorgen um Leona. Sie ist so . . . Ich begreife nicht, warum sie mich nicht angerufen hat. Ich kann doch nicht einfach abwarten, während die Polizei sie einer . . . nun . . . Zerreißprobe unterzieht.«

»Da müssen Sie aufpassen«, sagte ich ihm. »Da sie Sie nicht angerufen hat und die Story auch noch nicht in den Zeitungen steht, können Sie von dem Mord noch nicht erfahren haben. Warten Sie, bis Sie es offiziell erfahren, bevor Sie irgend etwas in die Wege leiten. Die Polizei könnte dahinter kommen.«

Ich zog ein paarmal an meiner Zigarette, während er an seinen Nägeln kaute, oder was immer er tat. Schließlich sagte er: »Ich brauche Zeit, um darüber nachzudenken. Währenddessen werde ich Ihrem Ratschlag folgen und nichts unternehmen. Es gibt noch immer die Chance, daß die Polizei den wirklichen Mörder findet.«

»Genau«, sagte ich. Es konnte nichts schaden, ihn ein wenig aufzumuntern. »Es ist die Aufgabe der Polizei, Morde aufzuklären, Mr. Sandmark, und sie ist auch ganz gut darin.«

Er seufzte wieder. Falls ihn meine Worte etwas aufgemuntert hatten, merkte ich zumindest nichts davon. »Also gut. Also gut. Danke, daß Sie mich angerufen haben. Wenn ich Sie brauche, werde ich Sie . . .«

So reden die Leute manchmal. »Tun Sie das, Mr. Sandmark«, sagte ich und legte auf.

Fünf vor acht. Ich blies ein paar schiefe Rauchringe, wackelte noch etwas mit den nackten Zehen und entschloß mich, nicht zu Bett zu gehen. Anscheinend hatte ich keinen Klienten mehr, und so schien es eine ganz gute Idee zu sein, ins Büro zu gehen und darauf zu warten, daß das Telefon klingelte und mir wieder einen bescherte.

Ich setzte frischen Kaffee an, während ich mich rasierte, in frische Unterwäsche, ein frisches weißes Hemd und den braunen Anzug schlüpfte, der gerade aus der Reinigung gekommen war. Während ich die beste meiner drei Sulka-Krawatten band, sah ich, daß die rote Stelle auf meinem Gesicht, wo mir D'Allemands fuchsgesichtiger Andrew eins übergezogen hatte, fast verschwunden war. Die Erinnerung an diese Begegnung bereitete mir kein Vergnügen. Ich ging in die Küche zurück und trank zwei Tassen Kaffee, die so schwarz wie des Teufels Ruf und so stark wie Tarzan waren.

Danach stellte ich mich ans Fenster, während ich meinen Regenmantel zuknöpfte und den pistolengrauen Himmel und die regennassen Äste der Bäume auf dem Grasstreifen zwischen dem Bürgersteig und der Straße betrachtete.

Ich ertappte mich dabei, wie ich an Leona Sandmark dachte. Zuerst hatte ich sie für ein Mädchen gehalten, das damit angefangen hatte, eine High-School-Romanze zu weit zu treiben, um dann fragwürdige Flitterwochen mit dem Mann einer anderen und einem Schurken aus einer langen Ahnenreihe folgen zu lassen.

Mit solch einer Art von Herumknutscherei sowie dem Geld des alten Herrn und einer Vorliebe für Roulette hätte sie zu einer Cocktail-Lounge-Süßen werden können, einer jener glattgesichtigen Schwestern, die stets nur gelangweilt aussehen und für alles vom körperengen Tanz bis zum Mord ein Bonmot auf der Zunge haben.

Ich konnte Leona Sandmark dort nicht einordnen. Es war sowieso schon schwer, sie irgendwo einzuordnen. Bei unseren drei Begegnungen war sie entweder arrogant, wütend oder verängstigt gewesen. Wenn man den Charakter mit solchen Emotionen verhüllt, ist es schwer, an den wirklichen Kern heranzukommen.

Aber ihre körperliche Seite stellte alles andere in den Schatten. Ich dachte an die schlanken, eleganten Kurven ihrer Figur; an die schmalen Augen, die manchmal grün waren und manchmal graublau; an die volle Unterlippe, an der man so schön knabbern könnte; daran, wie sie roch.

Und ich dachte an den Doppelabdruck auf dem rosafarbenen Satinbezug ihres Bettes . . .

Ich ging in einen Morgen hinaus, der wie der Dampfraum eines Türkischen Bades war. Es würde doch kein kühler Tag werden. Der Plymouth sprang an, als hätte ich ihn aus einem tiefen Schlaf aufgescheucht. Ich fuhr östlich zur Sheridan und drehte nach Süden zum Loop ab.

Ich übergab den Wagen einem aus der Tagesschicht des Parkhauses, ging über die Jackson und betrat das Clawson Building. Um genau neun Uhr öffnete ich die Tür meines Empfangsraumes.

Ein großer Mann mit fleischigen Schultern und dem Hut noch auf dem Kopf saß auf der Couch und las eine Zeitung, als ich eintrat. Es war Lieutenant George Zarr vom Mord- und Sittendezernat. Er senkte die Zeitung. »Ich will Sie sprechen, Pine«, sagte er mit einer verkniffenen, kalten Stimme, die zu seinen Augen paßte.

In der Nacht zuvor mehr oder weniger in einen Mord verwickelt zu sein und am nächsten Morgen einen Bullen von der Mordkommission auf der Schwelle vorzufinden, kann einen ein wenig nervös machen. Ich war ein wenig nervös. »Klar«, sagte ich. »Weshalb – Mord oder Sitte?«

Er fand das nicht lustig. Nichts, was ich jemals sagte, würde er lustig finden. Er stand auf, faltete die Zeitung mit wohlerwogenen Bewegungen seiner Wurstfinger zusammen, steckte sie in die Innentasche seines Mantels und wartete, daß ich die Innentür meines Büros aufschloß.

Er folgte mir hinein, setzte sich in den Besuchersessel neben dem Schreibtisch und brach das Zellophan einer Zigarre auf, während ich die Jalousien hochzog und das Fenster öffnete. Verkehrslärm drang hinein und legte sich über das Mobiliar. Der Bohrer in der Praxis des Zahnarztes nebenan war ein schwaches, fernes Summen.

Ich gähnte, zog den Regenmantel aus, ging zur Tür und holte vier Umschläge aus dem Korb unter dem Postschlitz. Zarr strich sich am Daumennagel ein Streichholz an, und es entzündete sich mit einem Geräusch, wie es auch eine Pistole mit Schalldämpfer von sich gibt. Er zündete die Zigarre an und drehte sie langsam, damit sie gleichmäßig brannte. Seine ausdruckslosen Blicke verfolgten mich, während ich um den Schreibtisch herumging, mich setzte und die Umschläge auf eine Ecke der Schreibtischauflage legte. Der Raum roch ein wenig nach abgestandenem Zigarettenqualm und feuchtem Putz.

Zarr nahm die Zigarre aus dem Mund und begutachtete beifällig das glühende Ende. »Haben Sie in letzter Zeit Zeitung gelesen?« fragte er ein wenig zu beiläufig.

Ich atmete innerlich auf. Es war noch zu früh, daß der Mord an Marlin in den Zeitungen stehen konnte. »Nicht mehr als sonst auch. Warum?«

»Ihr Freund hat eine Menge Platz in Anspruch genommen.«

Vielleicht war der Schlafmangel daran Schuld, aber ich kapierte das nicht sofort. Ich bedachte ihn mit einem Stirnrunzeln und sagte: »Wer soll das sein?«

Er preßte ein Lächeln heraus, das mir sagen sollte, er würde mitmachen, wenn ich ihm dumm kommen wollte – innerhalb gewisser Grenzen. »Den, den man vorgestern beerdigt hat. Erinnern Sie sich?«

»Hören Sie doch auf, so affektiert zu tun«, sagte ich. »Er war kein Freund von mir; das habe ich Ihnen schon damals gesagt. Ich habe Ihnen auch erzählt, wie ich zufällig in diesen Leichenzug geriet. Vielleicht wohnen meine Freunde nicht in Penthäusern, aber sie hängen auch nicht in Flohfallen in der Madison Street herum.«

Sein Atem erzeugte ein plötzliches, raschelndes Geräusch in seinen Nasenlöchern, und seine schweren Augenbrauen schoben sich scharf zusammen. »Ich erinnere mich nicht daran,

Ihnen irgendwas von einer Absteige erzählt zu haben, Schnüffler. Lassen Sie doch mal mehr davon hören.«

Ich schnalzte mit den Lippen. »Quatsch. Sie können sich den Gummischlauch aus den Brauen kämmen, Lieutenant. Ich habe in der *News* von diesem Engel gelesen.« Ich fand mein Zigarettenpäckchen, schüttelte eine heraus und zündete sie an. »Klären wir beide das doch ein für allemal, Zarr. Ich weiß nur über diese groteske Beerdigung, was ich da draußen gesehen habe und was die *News* zu sagen hatte. Ich will Ihnen aber immerhin eingestehen, daß ich neugierig bin, warum man zwölf Harfenpolierer braucht, um einen nicht identifizierten Nichtsnutz unter die Erde zu bringen. Aber ich übe meine Neugierde für keinen Klienten aus. Wenn die Mordkommission will, daß ich an der Sache arbeite – okay; nicht, dann zum Teufel damit, und hören Sie auf, mich zu belästigen.«

Ich öffnete die mittlere Schreibtischschublade und nahm einen kupfernen Brieföffner mit einem blauen Emailmedaillon am Griff heraus – ein Weihnachtsgeschenk von meiner Fahrzeugversicherung – , nahm den ersten der vier Briefe und schlitzte die Oberkante auf. Der Brief war weiß und von der Größe, wie sie die Versandhäuser benutzen. Weder vorn noch hinten war ein Absender angegeben, und es klebte eine Drei-Cent-Briefmarke, wo sie hingehörte.

Zarr streckte die breite, wurstfingrige Hand aus, bevor ich mitbekam, was er tat. Er riß mir Brieföffner und Brief aus den Händen und knallte sie so hart auf den Schreibtisch, daß es wie ein Schuß klang.

Ich starrte ihn mit weit aufgerissenem Mund an. Seine Augen waren nicht mehr kalt. Sie waren heißer als eine Zwei-Dollar-Pistole, und sein Gesicht war rot, und seine Lippen zuckten ein wenig.

»Was meinen Sie, wen Sie da hinauswerfen, Schnüffler? Ich bin gekommen, um mit Ihnen zu reden – und, bei Gott, Sie werden reden – wenn nicht hier, dann in einem Kellerraum im Revier! Sie stoßen keinen schäbigen Klienten herum, um ihm zu zeigen, was für ein toller Hecht Sie sind. Ich bin das Gesetz, Kumpel; wenn ich eine Frage stelle, will ich eine schnelle und respektvolle Antwort, kapiert?«

Ich grinste – das letzte in der Welt, das er erwartet hatte. »Passen Sie bloß auf sich auf, George, sonst platzt Ihnen noch ein Äderchen im Gehirn. Ich habe Sie nicht hinausgeworfen; ich habe Ihnen gesagt, was ich weiß. Soll ich noch ein paar Einzelheiten erfinden, um Sie glücklich zu machen?«

Die zusätzliche Rötung sickerte langsam aus seinen Wangen, seine Augen kühlten sich etwas ab, und seine Lippen hörten zu zittern auf. Er steckte die Zigarre wieder in den Mund, schob sie in eine Ecke und starrte meinen Schlips an. Als er wieder sprach, war seine Stimme klar.

»Ich bin von der Mordkommission, Pine. Mein Job ist es, Leute zu finden, die andere Menschen getötet haben – sie zu finden und dem Staatsanwalt genug Informationen zu beschaffen, daß er sie auf den elektrischen Stuhl setzen kann – falls man ihn dazu bringen kann, so weit zu gehen.

Wenn der, der umgebracht wird, prominent ist, dann wird jemand dafür bezahlen. Die Zeitungen spielen die Sache hoch, der Bürgermeister hat am dritten Tag Ameisen im Hintern und macht dem Polizeichef die Hölle heiß. Dann kommt es darauf an, den Mörder zu finden – oder ein vernünftiges Faksimile – oder die Abteilung wird durcheinandergeschüttelt . . . und irgendein ehrlicher, schwer arbeitender Cop wird in den Regen gestellt und muß ganz von vorn anfangen, wieder dahin zu kommen, wo er mal war – und er hat wahrscheinlich Jahre gebraucht, um erst einmal dorthin zu kommen.«

Nichts davon war mir neu. Ein Privatdetektiv hat gelernt, was es mit dem Leben in der Großstadt auf sich hat, bevor seine Lizenz einen hellen Fleck an der Bürowand hinterläßt. Doch Zarr hatte den Ball und wollte damit vorpreschen und war in der Stimmung, auf jeden zu treten, der ihn ihm abnehmen wollte.

Er schlug die Beine übereinander, wippte mit dem Fuß leicht auf und ab und fuhr fort. »Normalerweise ist der Bursche, den es erwischt, jedoch ein Niemand. Der Mord steht auf der dritten Seite und fällt am nächsten Tag ganz aus der Zeitung. Das heißt nicht, daß wir nicht versuchen, den, der es getan hat, zu erwischen; Sie wissen verdammt genau, daß wir es versuchen, Pine. Aber wenn wir nicht darauf kommen – was selten genug vorkommt – , dann gleitet die ganze Sache langsam zu den Akten mit den ungelösten Fällen, und zum Teufel damit. Niemand gibt viel darum, bis vielleicht auf die Verwandten, und die sind die Bullen und Fragen mittlerweile so leid, daß sie keinen Ärger machen.«

Sehr beiläufig hob ich den aufgeschlitzten Umschlag auf und drehte ihn um meine Finger. Er beobachtete mich angestrengt und sprach weiter. Normalerweise reden Cops nicht so viel.

»Irgendwann einmal taucht so ein ungelöster Fall, nachdem er schon längst vergessen sein sollte, wieder an die Oberfläche. Die Zeitungen bekommen von irgendeiner verrückten Sache Wind, und ehe man sich versieht, sprechen alle davon, und die Abteilung muß sich wieder an die Arbeit machen. Und man kann in nichts Härterem graben als in einem Mord, der Zeit gehabt hat, sich abzukühlen.

Und das ist in dieser John-Doe-Sache passiert. Es war schlimm genug, als irgendein verschrobener Kerl den Zaster für die Beerdigung auslegte. Aber wenn er *zwölf* Prediger anheuert, um die letzten Worte zu sprechen – nun, da steckt Sprengstoff drin. Eine der Abendzeitungen steckte die Zündschnur an; jetzt haben beide Morgenzeitungen die Sache auch gebracht. Ich weiß zufällig, daß Malone von der *Tribune* Anweisung hat, an der Sache dranzubleiben, bis er die vollständige Geschichte hat. Wenn er sie vor der Abteilung knackt, kann ich mich noch glücklich schätzen, wenn ich nicht weiter versetzt werde als nach Roseland.«

Er paffte ein- oder zweimal an seiner Zigarre, nahm sie aus dem Mund, musterte sie und ließ die Nägel seiner linken Hand leicht über den Rücken seines anderen Daumens gleiten. Draußen stiegen allmählich die Wolken hoch, und ein unnatürliches gelbes Licht fiel durch das Fenster.

»Ich bin Cop, seit ich vor über zwanzig Jahren in diese Stadt kam, Pine. Ich fing klein an, wurde aber ziemlich groß . . . und ich werde noch viel größer werden, wenn ich bei solch einer lausigen Sache nicht ins Hintertreffen gerate. Deshalb muß ich sie knacken, bevor sie mir aus der Hand gerät, und ich gebe verdammt noch mal nicht das geringste darum, wer sich weh tut, während ich sie knacke.«

»Na ja, werden Sie nicht wütend auf mich«, sagte ich.

Er beäugte mich freudlos. »Sie stecken darin, nicht wahr? Sie sagen, es wäre ein Zufall gewesen. Ich glaube nicht an solche Zufälle, mein Freund. Ich glaube, vielleicht wurden Sie aus irgendeinem Grund von jemandem dorthin geschickt. Das bedeutet, daß Sie etwas wissen, was ich nicht weiß, und deshalb bin ich jetzt hier und unterhalte mich etwas länger mit Ihnen, als mir eigentlich Spaß macht.«

»Na schön«, sagte ich. »Ich habe Sie angehört; jetzt bin ich an der Reihe. Niemand hat mich zu dieser Beerdigung geschickt; ich habe Ihnen das schon so oft gesagt, daß meine Mandeln sauer werden. Fragen Sie bei dem Verkehrspolizisten nach, der auf dieser Kreuzung Dienst hatte, und er wird Ihnen sagen, wie ich in den Leichenzug kam. Doch anstatt das erst einmal zu überprüfen, kommen Sie hier hereingeplatzt und schießen aus vollem Ofenrohr auf mich und sagen mir, wenn das nicht paßt, kann ich zur Hölle fahren. Nun, es gefällt mir nicht, Bruder. Wenn Sie mir aus dieser Sache irgendwas drehen wollen, nur zu. Mal sehen, wie weit Sie kommen. Ich kenne meine . . .«

Das Telefon klingelte.

Ich machte einen kleinen Satz, und Zarr gestattete sich ein sardonisches Lächeln. Ich hob stirnrunzelnd ab und bellte: »Hallo?«

»Mr. Pine?« Es war die Stimme eines Mannes, ruhig, angenehm, nicht jung und nicht alt. Eine Stimme wie zum Händeschütteln, voll, glatt und in einer bescheidenen Art und Weise voller Selbstvertrauen. Die Stimme eines Radioansagers oder Alleinunterhalters.

»Stimmt genau«, sagte ich.

»Mein Name ist Baird, Mr. Pine. C. L. Baird. Sie haben meinen Brief bekommen?«

»Nicht, daß ich wüßte«, sagte ich.

»Ich habe ihn gestern nachmittag abgeschickt.« Er klang ein wenig besorgt. »Vielleicht ist die Post bei Ihnen noch nicht gekommen.«

Mein Blick glitt zu den vier Umschlägen im Postkorb. »Ich bin noch nicht zur Morgenpost gekommen, das ist alles.«

»Ja. Nun, ich habe Sie in diesem Brief um einen Termin für elf Uhr heute morgen gebeten. Würde Ihnen das passen?«

»Das läßt sich machen«, sagte ich und ließ den Blick zu Zarrs Stuhl gleiten. Er bemühte sich, den Eindruck zu erwecken, dem Gespräch keine Aufmerksamkeit zu schenken. »Wollen Sie ins Büro kommen, oder wäre es Ihnen lieber, wenn ich Sie besuche?«

»Es wäre besser«, sagte die Stimme scharf, »wenn ich zu Ihnen käme.«

»In Ordnung«, sagte ich. »Ich erwarte Sie.«

Er verabschiedete sich und hing ein. Ich legte den Hörer wieder auf, fischte mir eine Zigarette aus der Packung auf dem Schreibtisch und griff nach einem Streichholz. »Ich habe zu tun, Lieutenant. Kann ich Ihnen sonst noch etwas sagen, bevor Sie gehen?«

Zarr grunzte, stand auf und zog seine Hutkrempe hinab. »Was soll das heißen – *sonst* noch etwas?« sagte er heftig. Er ging zur Tür und legte eine Hand auf die Klinke, dann drehte er sich langsam um und bedachte mich mit einem langen, nachdenklichen Blick.

»In Ordnung, Pine. Vielleicht ist es so gewesen, wie Sie es sagen. Vergessen Sie aber nicht, daß ich an dieser Sache arbeite . . . und wenn Sie wieder zufällig hineinstolpern . . . nun, bei Zufällen kann mir furchtbar übel werden.«

Er ging und schlug die Tür hinter sich zu.

Plötzlich schien es sehr still in dem Raum zu sein. Ich hob den aufgeschlitzten Umschlag hoch, zog ein einzelnes weißes Blatt Briefpapier heraus, faltete es auseinander und las die wenigen, sauber mit der Schreibmaschine getippten Zeilen.

Lieber Mr. Pine,

Ich würde Sie gern morgen, Donnerstag, um elf Uhr in Ihrem Büro aufsuchen. Ich möchte mich Ihrer Dienste in einer überaus vertraulichen Angelegenheit von äußerster Bedeutung versichern.

Hochachtungsvoll
C. L. Baird

Das klang wie einer der Briefe, die Sherlock Holmes immer bekam. Ich faltete das Blatt wieder zusammen, steckte es in den

Umschlag zurück und legte den Brief wieder in die Schublade. Dann setzte ich den Hut auf und machte mich auf, mir ein Sandwich zu besorgen.

8

»Guten Morgen«, sagte er. »Sind Sie Mr. Pine?«

Ich sagte ihm, daß ich der sei. Er kam vollends ins Büro hinein, drehte sich um und schloß sehr leise die Tür. Dann drehte er sich wieder um, lächelte gewinnend und sagte: »Ich hoffe, Sie haben nichts dagegen, daß ich die Tür geschlossen habe, Mr. Pine. Ich möchte nicht, daß jemand belauscht, was ich zu sagen habe.«

Es war niemand im Vorzimmer, der ihn belauschen konnte, doch ich ließ ihm seinen Willen. Ohne aufzustehen nickte ich und deutete auf den Besuchersessel. Er setzte sich geziert, schlug die Beine übereinander, die in einer rotbraunen Kammgarnhose steckten, die ein Schneider genäht hatte, der seine Arbeit liebte, und rückte die Aufschläge seines braunen Fünfzehn-Dollar-Madrashemdes zurecht. Das rotbraun gemusterte Taschentuch mit handgerollten Säumen in seiner Brusttasche paßte zu seiner Foulardkrawatte, und die braunen und weißen Halbschuhe an seinen schlanken, hochgebogenen Füßen hatten wahrscheinlich mehr gekostet als mein bester Anzug.

Es war ein Vergnügen, ihn nur anzusehen. Er entblößte wieder seine weißen Zähne zu einem Lächeln, lehnte sich in dem Sessel zurück und sagte:

»Mein Name ist Baird, Mr. Pine.« Er sprach mit einer weichen, fast schnurrenden Stimme. »Sie haben meinen Brief bekommen?«

»Hmm.«

»Sie haben Zeit, einen Auftrag für mich zu erledigen?«

»Das«, sagte ich, »kommt darauf an, was für ein Auftrag es ist.«

Er nickte beifällig. Er mochte mich. Er hielt mich für wundervoll. Ich wußte nicht warum. »Natürlich, das werden Sie zuerst wissen wollen.«

Er war ein oder zwei Jahre über Dreißig und ein oder zwei Zentimeter unter einsachtzig, mit langen, schlanken Beinen, keinem nennenswerten Bauch und typischen Football-Schultern. Er trug das gekräuselte Haar auf der linken Seite gescheitelt, mit Koteletten, die bis zu den Ohrläppchen hinabreichten. Er hatte ein rundes Kinn, dünne, schmale Lippen, eine ziemlich spitze Nase mit einem hohen Bein, braune, weit auseinanderstehende Augen, dichte schwarze Brauen und eine hohe glatte Stirn mit einem in der Mitte spitz zulaufenden Haaransatz. Die Haut seiner Hände war ein wenig zu weiß, doch sein Gesicht zeigte eine leichte Bräune, die man entweder in Florida oder in einem Sonnenstudio bekommt.

Wäre ich ein Mädchen gewesen, hätte ich mich nur allzugern von ihm zum Tanzen ausführen lassen.

Er holte ein Zigarettenetui aus einer Tasche und zündete sich eine aus dessen Inhalt an. Es war ein billiges Plastiketui, das gar nicht zu dem Rest seines Aufzugs paßte. Er lehnte sich wieder zurück, musterte mich und bedachte mich wieder mit seinem Versicherungsvertreterlächeln.

»Sollen wir direkt zur Sache kommen, Mr. Pine? Mein Partner und ich besitzen eine kleine Fabrik draußen an der Belmont Avenue. Wir stellen Spielbedarf her: Würfel- und Roulette-Tische, Chuck-a-Luck-Käfige und so weiter.

Vor zwei Tagen erschien mein Partner nicht zu einer Verabredung zum Golf, die er mit mir hatte. Ich rief an ein paar Orten an, wo er vielleicht sein könnte, hatte jedoch keinen Erfolg. Ich war nicht gerade beunruhigt; zahlreiche Gründe hätten seine Abwesenheit erklären können. Dann, gestern nachmittag, fand ich diese Nachricht im Briefkasten meiner Wohnung.«

Er stieß eine Hand in die Innentasche seiner Jacke, zog ein zusammengefaltetes Blatt Papier heraus und reichte es mir. Ich faltete es auseinander und glättete die Kniffe. Mit einem harten

Bleistift hatte man Worte in Druckbuchstaben darauf geschrieben. Sie lauteten:

Baird!

Wir haben Taggart. Sie können ihn für fünfundzwanzig Riesen zurückhaben. Bringen Sie sie in kleinen gebrauchten Scheinen zu der unbefestigten Straße hinter dem Glenhaven-Friedhof. Die Straße biegt genau westlich von Harlem bei Addison ab. Fahren Sie sie dreißig Meter entlang und halten Sie dann. Wir nehmen mit Ihnen Kontakt auf. Donnerstag morgen, ein Uhr. Sie haben nur eine Chance. Wir müssen Ihnen wohl nicht extra sagen, die Cops herauszuhalten.

Die Nachricht war nicht unterschrieben. Sie mußte auch nicht unterschrieben sein. Ich schob ihm das Blatt am Tintenlöscher vorbei zurück, und er faltete es zusammen und steckte es wieder in die Tasche. »Was soll ich für Sie tun, Mr. Baird?« fragte ich.

Er legte die Daumenspitzen zusammen und sah sie an. Sein Mund zeigte jetzt nicht mehr das Vertreterlächeln und war um die Winkel wesentlich härter, als mir zuvor aufgefallen war.

»Ich möchte, daß Sie die Angelegenheit für mich regeln«, sagte er, weiter den Blick auf die Daumen gerichtet. Zwischen dem Zeige- und Mittelfinger seiner rechten Hand schickte die Zigarette eine dünne graue Rauchspur hinauf. »Ich werde Ihnen das Geld übergeben, und Sie fahren dort hinaus und nehmen den Kontakt auf.«

Ich stieß mit der Zeigefingerspitze den Brieföffner hin und her. »Warum erledigen Sie das nicht selbst, Mr. Baird?«

Er hörte auf, mit den Daumen zu spielen, und sog tief an seiner Zigarette. »Ich bin ziemlich neu in der Spielclubbranche, Mr. Pine, und ich bin es nicht gewohnt, mit der Art Menschen zu verhandeln, die unsere Waren kaufen. Sie nehmen harte Worte in den Mund und handeln auch ziemlich hart, und ehrlich gesagt . . . nun, sie machen mir ein wenig Angst.« Er lachte kurz, und sein Gesicht rötete sich. »Taggart war schon einmal Opfer einer Entführung. Er sagte, das sei eine Art Berufsrisiko für jeden in seiner Branche.«

Das hörte sich einleuchtend an. Nur sah er nicht gerade wie

ein Feigling aus. Aber man weiß ja nie. »Was ist Ihnen der Job denn wert, Mr. Baird?« fragte ich.

Die breiten Schultern unter der Kammgarnjacke hoben und senkten sich. »Dreihundert sollten eigentlich reichen. Die könnte ich aufbringen.«

»Der Preis ist in Ordnung«, sagte ich. »Wo ist das Geld, das ich übergeben soll?«

»Das werde ich Ihnen heute nachmittag bringen.«

»Wie?«

Er sah leicht erstaunt drein. »Macht das einen Unterschied?«

»Darauf können Sie wetten«, sagte ich. »Einen großen Unterschied. Ich möchte nicht, daß irgendein kleiner Junge hereinmarschiert, mir ein Päckchen gibt und wieder verschwindet. Wenn ich das Päckchen dann öffnete, könnte ich ein paar zurechtgeschnittene Blatt Zeitungspapier finden, und Sie wären dann wütend auf mich, weil ich Ihr Geld gestohlen habe.«

Er schüttelte den Kopf und lächelte. »Ich vertraue Ihnen, Mr. Pine.«

»Wie schön«, sagte ich. »Es gefällt mir, wenn man mir vertraut. Aber vielleicht vertraue ich Ihnen nicht.«

Seine schönen, weichen, braunen Augen wurden hart wie Pflastersteine. »Vielleicht sollten Sie mir das lieber erklären.«

Ich nickte gleichgültig. »Das ist doch ziemlich offensichtlich. Sie kommen hier herein, sehen mich zum ersten Mal in Ihrem Leben und bieten mir an, fünfundzwanzig Riesen wie eine Tüte gebuttertes Popcorn herumzutragen. Das würden Sie vielleicht tun, wenn mich jemand, dem Sie sehr vertrauen, empfohlen hätte. In diesem Fall hätten Sie jedoch sofort seinen Namen erwähnt. Aber Sie haben keinen Namen erwähnt.«

Das Lächeln kehrte zurück. »Das ist doch klar. Ich werde Ihnen das Geld persönlich bringen.«

»Wann? Ich wäre dann gern hier.«

»Gegen fünf Uhr.«

»Das ist in Ordnung. Dreihundert, sagten Sie. Sie können mir die Hälfte jetzt bezahlen, und die Hälfte, wenn die Sache erledigt ist. Okay?«

Er holte aus derselben Tasche, aus der der Brief gekommen

war, eine braune Brieftasche aus Krokodilleder hervor und zog drei Hundert-Dollar-Scheine heraus. Er fächerte sie ein wenig, damit ich die Zahlen in den Ecken sehen konnte, und legte sie sanft vor mir auf den Schreibtisch. »Im voraus«, sagte er leichthin. »Die gesamte Summe. Ich sagte doch, ich vertraue Ihnen, Mr. Pine.«

Ich öffnete die mittlere Schublade und warf die Scheine mit einer achtlosen Bewegung hinein, als lägen darin schon hundert andere der gleichen Sorte. Baird erhob sich, drückte die Zigarette in dem gläsernen Aschenbecher aus, streckte sich, setzte seinen Panamahut auf, zog ihn über dem rechten Auge ein wenig hinab und streckte die Hand aus. Ich erhob mich aus meinem Sessel, schüttelte sie und ging mit ihm bis zur Korridortür.

»Gegen fünf dann, Mr. Pine«, sagte er, öffnete die Tür und ging die Halle entlang, ohne einen Blick zurück zu werfen. Ich schloß die Tür wieder, ging zum Schreibtisch zurück und nahm die drei Scheine heraus.

Es schienen keine Markierungen darauf zu sein, die nicht darauf gehörten. Ich holte meine Geldbörse hervor und steckte sie zu den Fünfzigern, die John Sandmark mir vor zwei Tagen gegeben hatte. Vierhundertundfünfzig Dollar in nicht ganz achtundvierzig Stunden. Der Hausbesitzer würde mir wieder mit mehr Hochachtung begegnen.

Der Wecker klingelte um Viertel vor zwölf, doch ich brauchte ihn nicht. Ich war gar nicht eingenickt. Ich streckte mich, griff hinüber und schaltete ihn ab, legte ein Lesezeichen zwischen die Seiten meiner Ausgabe von *Modern Criminal Investigation* und stieg aus dem Bett. Ich ging in die Küche, zündete unter dem Wasserkessel die Gasflamme an, kehrte dann ins Schlafzimmer zurück, duschte schnell und zog ein lohfarbenes Sporthemd und dunkle Hosen an.

Ich trank einen mit schwarzem Melasserum versetzten Kaffee, kehrte ins Wohnzimmer zurück und nahm einen Revolver – einen 38er Colt Detective Special –, ein schwarzes Schulterhalfter aus Leder und ein mit braunem Packpapier umhülltes Päckchen aus der Schublade eines der Beistelltische neben der Couch.

Nachdem ich das Halfter unter dem linken Arm befestigt hatte, steckte ich den Revolver hinein und zog mein Jackett über.

In dem Paket befanden sich fünfundzwanzigtausend Dollar – in Einhundert-Dollar-Scheinen. Ich wußte das, weil ich es heute nachmittag um Viertel vor fünf im Beisein von C. L. Baird geöffnet und das Geld nachgezählt hatte. Ich rechnete nicht damit, daß ich den Revolver brauchte, aber wenn man es mit Leuten zu tun hat, die so wenig Achtung vor dem Gesetz haben, daß sie einen recht respektablen Geschäftsmann kidnappen, kann es nicht schaden, neben Muskeln noch etwas anderes unter dem Mantel zu haben.

Ich schaltete das Licht aus und ging den Korridor entlang, am Fahrstuhl vorbei und durch die Tür zur Treppe. Ich ging die beiden Stockwerke hinab und trat vor dem Empfangstresen in die Lobby.

Wilson, der Nachtportier, saß hinter der Klapptheke und las in einem Schundmagazin. Er winkte mir zu, bedachte das braune Packpapierbündel unter meinem Arm mit einem strahlenden Blick und sagte mit seiner schrillen Stimme: »Sie gehen aus, Mr. Pine?«

»Scharfe Schlußfolgerung, Sam«, sagte ich.

Er war der pedantischste Bursche, den ich kannte – und der neugierigste. Sein Blick blieb auf dem Päckchen haften. »Die Wäschereien werden jetzt wohl schon geschlossen haben, Mr. Pine.«

»Sie meinen das hier?« Ich deutete auf das Paket. Ich sah mich auffällig um, ob die Lobby verlassen war. »Behalten Sie es für sich, Sam, aber da sind fünfundzwanzig Riesen drin.«

Er sagte verdrossen »Ha, ha!« und wandte sich wieder seiner Detektivgeschichte zu. Ich ging durch die Milchglastür hinaus, blieb auf dem Bürgersteig stehen und betrachtete den Himmel.

Die Sterne waren zu sehen, ein Halbmond ebenfalls. Das war eine Erleichterung; es hätte mir gar nicht gefallen, in einer dunklen und regnerischen Nacht eine unbefestigte Straße zu benutzen. Draußen war es heiß und stickig, und der leichte

Luftzug war nicht einmal stark genug, um einen Rauchring zu brechen. Ich atmete aus, wandte mich nach links und ging langsam um die Ecke, wo ich meine Karre am Straßenrand geparkt hatte.

Ich schloß die Tür auf und glitt hinter das Steuerrad. Die Luft war heiß und leblos, wie sie es immer ist, wenn die Sonne auf das Dach eines geschlossenen Wagens knallt. Ich drehte die Fensterscheiben hinab, ließ den Motor an und fuhr in östlicher Richtung. Es waren ein paar Wagen hinter mir, bis sich der Verkehr auf der Sheridan schließlich so weit ausgedünnt hatte, daß ich nach Süden abdrehen konnte.

Beim Irving Park bog ich auf den Marine Drive und folgte der Innenspur zum Addison Boulevard. Als ich dort abbog, folgte mir ein anderer Wagen, und einen Augenblick lang fragte ich mich, ob ich vielleicht beschattet wurde. Doch der Verkehr war so dicht, daß ich mich nur schwer vergewissern konnte; ich hätte durch ein paar Nebenstraßen fahren können, um sicherzugehen, doch dafür war auch später noch Zeit.

Der fahrende Wagen bewegte genug Luft, um die Illusion von Kühle zu erzeugen. Ich steckte mir mit dem Zigarettenanzünder im Armaturenbrett eine Zigarette an und schlüpfte aus meiner Jacke. Ich schnallte die 38er los und legte sie neben das Paket auf den Beifahrersitz.

Aus dem Radio erklang »Whispering«, sehr leise, mit einer Menge Streicher, einer brummenden Viola da gamba und einer schluchzenden Trompete. Die nassen Halbmonde unter meinen Armen trockneten allmählich. Irgendwo in der Ferne trauerte eine Zugsirene um die Meilen, die die eisernen Räder hinter sich ließen. Dann und wann brauste ein Wagen an meinen offenen Fenstern vorbei, deren Scheinwerfer unruhige Teppiche in den Weg legten. Ein gewaltiger Überlandbus, ein Greyhound, zischte mich kurz mit seinen Luftdruckbemsen an und fuhr vorbei, die Nase in die Luft gehoben.

Als die Harlem Avenue fünfzig Meter vor mir lag, kam ich auf die Idee, es sei an der Zeit, clever zu sein. Die Verkehrsampel an der Kreuzung zeigte mir grün; doch ich nutzte dies nicht aus, sondern drosselte meine Geschwindigkeit und zog an den rechten Bordstein, um den Wagen hinter mir die Gelegenheit zu geben, die Ampel zu schaffen.

Es waren zwei: einer sehr nahe, der andere in beträchtlichem Abstand. Der Bursche hinter mir schien verwirrt; anstatt an mir vorbeizuziehen, bremste er auch und behielt seine Position bei. Der zweite Wagen kam schnell heran, war aber zu weit hinter mir gewesen; die Ampel schaltete auf Rot, und er blieb neben mir an der Kreuzung stehen.

Es war ein großer, dunkelblauer LaSalle mit einer Menge Chrom und einer kleinen Beule im rechten vorderen Kotflügel. Es saßen zwei Männer vorn, doch es war zu dunkel, um die Gesichter unter den Filzhutkrempen auszumachen. Ich hielt die linke Hand am Lenkrad, senkte die andere langsam, tastete nach dem Revolver und legte ihn zwischen meinen Beinen auf den Sitz.

Die Ampel schaltete auf Gelb, und die Limousine zog mit einem trommelnden Röhren an und wurde zu zwei kleiner werdenden Rückscheinwerfern. Ich saß da und sah ihr nach, wie sie verschwand, bis die Hupzeichen des anderen Wagens nicht mehr höflich, sondern ungeduldig klangen.

Ich atmete tief aus und gab gerade genug Gas, daß sich die Räder drehten. Als ich halbwegs über die Kreuzung war, war es der Bursche hinter mir leid. Er drückte noch ein- oder zweimal auf die Hupe, zog dann hinaus und fuhr links an mir vorbei. Ein dicker Mann, der seine Jacke ausgezogen hatte, fuhr den Ford Tudor, der nicht so alt sein konnte, wie er aussah; und neben ihm saß, ein Baby in den Armen, eine magere Frau in einem Hauskleid. Die Frau steckte den Kopf aus dem Fenster und rief etwas, als sie vorbeifuhren, aber ich verstand nur ein paar Worte, die ich selbst normalerweise nicht in den Mund nehme.

Ich grinste, um zu zeigen, daß Paul Pine stählerne Nerven hat, legte den Revolver auf den Beifahrersitz zurück und beschleunigte auf etwa fünfundzwanzig km/h. Der Glenhaven-Friedhof lag nun hinter einem verzierten Eisentor zu meiner Linken, und meine Scheinwerfer erhaschten dann und wann einen weißen Grabstein zwischen den Bäumen. Es kam mir in den Sinn, daß es in letzter Zeit in meinem Leben eine Menge Friedhöfe gegeben hatte.

Ich benutzte erneut den Zigarettenanzünder und hielt schon mal die Augen auf, damit ich die unbefestigte Seitenstraße nicht übersah, die in dem Brief an Baird erwähnt wurde.

Schließlich tauchte sie auf, zwei gute Häuserblocks – wenn es welche gegeben hätte – hinter der Harlem Avenue. Eine zwei Meter fünfzig hohe rote Ziegelmauer flankierte sie zur Linken; das mußte das westliche Ende des Friedhofs sein. An der rechten Straßenseite gab es Bäume und Büsche und Gras und genug Unkraut, um das Tadsch Mahal zu verbergen.

Ich wartete, bis ich aus keiner Richtung mehr Scheinwerfer sah, schaltete dann meine aus, bog von der Addison ab und rollte auf der Nebenstraße entlang, bis ich wohl dreißig Meter zurückgelegt hatte.

Ich ließ den Motor mit einem einsamen Husten sterben, blieb sitzen, die Hände auf dem Lenkrad, und drehte den Kopf ruckartig von einer Seite auf die andere. Ich konnte ein wenig sehen, aber nicht genug. Nicht annähernd genug. Direkt vor mir standen zwei große Pappeln, deren obere Äste sich mit denen einer riesigen Ulme auf der anderen Seite der Friedhofsmauer in die Haare kriegten. Gemeinsam bildeten sie einen Tunnel, in dem man sich vorkam wie mitten in einem alten Ofenrohr. Das wäre eine gute Stelle gewesen, wenn man eine Decke und eine Blondine dabeigehabt hätte.

Ich saß da und zog an meiner Zigarette und lauschte den leisen, tickenden Geräuschen, die der Motor machte, als er abkühlte. Nach ein oder zwei Minuten versuchten ein paar Grillen, mich aufzuheitern. Sie hätten sich die Mühe sparen können. Selbst Spike Jones und seine Jungs hätte ich im Augenblick nicht hören wollen.

Genau über meinem Kopf machte ein Baumfrosch plötzlich »Ää-ää«, und ich machte einen Satz und prellte mir das Knie an der Lenksäule. »Zum Teufel damit«, sagte ich laut, griff hinter mich, nahm meinen Mantel von der Rückenlehne und zog ihn an. Ich steckte die 38er unter meinen Arm, zog den Türknopf heraus, stieg aus und ließ das braune Packpapierpaket liegen, wo es lag.

In Anbetracht des Regens der letzten Nacht war die Straße noch ziemlich fest. Ich reckte die Arme, nahm den Hut ab und kratzte mich, nur, um etwas zu tun, am Kopf, obwohl er nicht juckte; dann setzte ich den Hut wieder auf. Ich ging zehn Schritte die Straße entlang, drehte mich um und ging wieder zurück, um zu beweisen, daß ich nicht nervös war. Ich bewies es jedem außer mir.

Meine Armbanduhr zeigte zehn Minuten vor eins. Ich machte ein paar Schritte, diesmal fünfzehn. Bei dieser Geschwindigkeit würde ich, wenn die zehn Minuten vorbei waren, einem Tiger ins Auge spucken können.

Ich ging zum Wagen zurück, lehnte mich auf den Kühler und übte mich darin, im Dunkeln sehen zu können. Allmählich war ich imstande, die Umrisse der Büsche und des Unterholzes auszumachen; allerdings war nichts davon der Mühe wert. Es war jetzt ein wenig kühler, wenn auch nicht viel, und eine müde Brise war aufgekommen und raschelte im Unkraut, als schliche dort jemand herum. Ich hätte einen verteufelt guten Pfadfinder abgegeben.

Irgend etwas hinter mir machte ein Geräusch. Es war nicht gerade ein Knall, eher Zigarettenasche, die auf eine Schneewehe fiel. Ich wollte mich umdrehen.

Ich hätte mich besser schneller umgedreht. Etwas knallte gegen meinen Hinterkopf. Der Anker der *Queen Mary* konnte es nicht gewesen sein; dafür war nicht genug Wasser in der Nähe.

Ich tauchte in ein uferloses Meer aus schwarzer Tinte, zog ein schwarzes Samttuch über den Kopf und grub mich in ein Kohlenbergwerk.

Ich war weg.

9

Verschwommene Geräusche . . . eine Art ungleichmäßiger Gesang, der über ein schwarzes Universum dumpfen Schmerzes kam. Kleine Feuerflecke erschienen, Lichtjahre entfernt, tanzten wie verrückt und verschwanden. Dann nichts . . .

Der Gesang kehrte zurück. Er wurde laut, sehr laut. Der Abgrund war noch da. Aber diesmal war er mit einem grüngelben Licht erfüllt, in das man kaum hineinblicken konnte.

». . . der andere Bursche meint: ›Nee, mir ist's gleich, ob sie einen hat.‹ Da sagte der erste Bursche: ›Dann nehmen wir die verdammten Dinger runter!‹ Hah hah hah!«

»Ha, ha! Ja, der war gut. Wirklich gut.«

»Ja, der gefällt mir selbst. ›Dann nehmen wir die verdammten Dinger runter!‹ sagt er. Ha ha, hah!«

Ich öffnete die Augen. Ich war in einem Zimmer. Es war ein sehr schönes Zimmer, auch wenn ich eine Weile brauchte, bis ich wieder gut genug sah, um das feststellen zu können. Es wies eine Eichentäfelung auf, eine angestrahlte Decke und einen fuchsroten Teppich. Ein schwerer Nußbaumschreibtisch mit einer blauen Lederauflage stand vor einem rechteckigen Flügelfenster mit Bleiglasecken. Es standen ein paar eckig gemusterte Ledersessel herum und vor einer Wand ein blaues Ledersofa. Das mit dem Sofa wußte ich allerdings noch nicht, weil ich ausgestreckt darauf lag.

Zwei Männer standen neben dem Schreibtisch, standen einfach da. Der Gesang, den ich gehört hatte, während ich den Schlag auf den Kopf verdaute, waren ihre Stimmen gewesen.

Nach dem, was ich ausmachen konnte, waren es einfach nur zwei Männer. Der Bursche in dem formlosen grauen Anzug war ziemlich groß, mit dicken, runden Schultern, einem massigen Gesicht von der Farbe von Fischködern und dichtem, schwarzem Haar, das dringend eines Kamms bedurft hätte. Der andere Mann war beinahe mittelgroß, und sein plumper Körper wurde von einem sauber gebügelten braunen Anzug bedeckt, der überall fünf Zentimeter zu klein war. Er hatte Hüften wie eine Frau und ein rundes, rosafarbenes geduldiges Gesicht mit Zügen, die für einen Mann eine Spur zu zierlich wirkten.

Der große Bursche erzählte einen anderen Witz, der nicht so alt war wie der, den ich gerade gehört hatte, aber auch nicht so komisch.

Ich bewegte ein paar Finger; nicht sehr, gerade genug, um mich zu versichern, daß die Befehle aus der Einsatzzentrale ordentlich zu ihnen durchkamen. Ich ließ die Füße auf den Boden hinab und setzte mich auf. Augenblicklich sackte das Zimmer in ein Luftloch, und das Licht von der Deckenlampe wurde etwas undeutlich. Ich legte beide Hände um eine Sofalehne und schloß die Augen. Doch das Stöhnen kam über meine Lippen, bevor ich etwas dagegen tun konnte.

Die Toilettenballade wurde unterbrochen – das Stöhnen war also nicht völlig umsonst gewesen –, und Füße kamen über den Teppich und blieben vor mir stehen. Ich sah nicht auf. Ich öffnete nicht einmal die Augen.

»Du siehst ein wenig mitgenommen aus, Kumpel.« Eine Stimme, deren Stimmbänder wohl aus Sandpapier bestanden.

Ich sagte nichts. Ich hörte nicht einmal viel.

»Dir steht nicht der Sinn nach Reden, was?«

Ich bekam die Augenlider wieder auseinander. Das machte es auch nicht leichter. Es waren zwei trübe Flecken auf den Knien meiner dunklen Hose. Aus irgendeinem verschwommenen Grund machten diese Flecke mich fast genauso wütend wie der Schlag, den ich auf den Kopf bekommen hatte. »Wer von euch Arschlöchern hat mir eins verpaßt?« fragte ich. Meine Stimme klang, als käme sie aus einem Schacht.

»Du solltest so was nicht sagen, Kumpel. Wir sind Freunde. Wir ham dir keins verpaßt.«

Dünne Beine in grauen Hosen. Das mußte der mit dem käsigen Gesicht sein. Ich fuhr mit dem Blick an seinen Knien empor, dem Zwickel, dem Gürtel, dem grünen Schlips . . . Ja, es war der Bursche mit dem käsigen Gesicht. Der mit den breiten Hüften war auch da, ein wenig abseits.

»Okay«, sagte ich. »Ihr habt mir keins übergezogen. Irgend

jemand hat es aber. Ich glaub', ich werd' mal nach Hause fahren.«

»Klar, Kumpel.« Der Junge hatte Humor. »Nur nicht im Augenblick. Du bist nicht in der Verfassung, schon zu fahren.«

»Sagt mir nicht, in was für einer Verfassung ich bin.« Ich stand auf. Es war nicht ganz einfach, aber ich stand auf. Der Bursche mit dem Fischködergesicht legte mir einen Zeigefinger an die Brust und drückte ein wenig, und ich saß wieder. Das Zimmer bewegte sich wie eine dicke Frau auf einer harten Matratze, und das Licht verschwamm.

»Jetzt glaubst du mir, was?« sagte Käsegesicht und zeigte mir seine großen, kalkweißen Zähne. »Du bist in keiner guten Verfassung, ehrlich. Wenn wir uns ein Weilchen unterhalten, fühlst du dich vielleicht besser, was?«

Ich glaube, er mochte nicht, wie ich ihn ansah. Er schob die Zungenspitze heraus und entfernte seinen Zigarettenstummel. Er fiel auf den Teppich, doch das ignorierte er. Er spannte die schlaffe Linie seiner Lippen und grinste kalt und drohend. Neben seinen Hüften schlossen und öffneten sich seine Hände.

»Sieht so aus, als hättest du keine guten Manieren, Kumpel«, sagte er. »Gibst keine Antwort, wenn man dich was fragt, eh?«

Ich sagte zwei Worte. Es waren Worte, mit denen sich keiner gern bezeichnen läßt.

Er schob eine Hand vor, die hauptsächlich aus Knochen zu bestehen schien, und knallte sie mir so hart ans Kinn, daß ich von der Couch fiel. Nichts in seinem Gesicht hatte den Schlag angekündigt, so daß ich nicht darauf vorbereitet war. Ich versuchte aufzustehen, doch in meinen Armen und Beinen war zuviel Gummi. Dann griffen ein paar Finger unter meinen Kragen, hoben mich hoch und stießen mich in eine sitzende Position auf der Couch.

Der Nebel hob sich, stückweise, um zehn Zentimeter. Das käsige Gesicht sah zu mir hinunter. Es war die Art von Gesicht, die in Schlafzimmerfenster späht. Ich gab meinem Bein einen Ruck und rammte die Spitze meines Halbschuhs gegen sein Schienbein.

Es tat ihm weh. Es gab nur eine Stelle, an der es ihm noch weher getan hätte, doch ich konnte den Fuß nicht ganz so hoch heben. Er stieß einen Schrei aus, wankte zurück, zog einen Totschläger aus schwarzem Leder aus seiner Brusttasche und schwang ihn auf meinen Kopf zu, als wolle er seine Rückhand im Tennis üben.

Aber diesmal sah ich ihn kommen. Ich duckte mich unter den Schlag, kam langsam von der Couch hoch und stieß ihm die Schulter in den Magen. Sein Atem pfiff zwischen den Zähnen, und er fiel zu Boden und nahm einen Ledersessel mit, der zufällig im Weg stand.

Er kam nicht sofort wieder hoch. Ich allerdings auch nicht. Mein Kopf fühlte sich an wie ein ausgedienter Poloball, und jemand spielte schon wieder mit dem Licht herum . . .

»Hilf ihm hoch, Cleve«, sagte eine Stimme. Ich hatte diese Stimme schon einmal gehört – vor hundert Jahren. Es war eine tiefe Stimme, eine undeutliche Stimme, eine Stimme, so trocken wie Talkumpuder.

Zwei nicht sehr starke Hände glitten unter meine Achselhöhlen und hoben mich erneut auf die Ledercouch. Dieses Mal war ich bereit, dort sitzen zu bleiben.

Drei von ihnen bauten sich vor mir auf: der kleine Bursche mit den Hüften; Käsegesicht (er hielt sich an einer Sessellehne fest und stand ein wenig vornübergebeugt, das Gesicht noch käsiger als zuvor und seine Augen so boshaft wie die eines Sizilianers, dessen Tochter man verführt hatte); und der Mann, den ich am Abend zuvor hinter einem Schreibtisch über dem Peacock Club kennengelernt hatte. Zweihundertfünfzig Pfund, gute zwei Meter. D'Allemand.

»So sehen wir uns wieder, Mr. Pine«, sagte er.

Ich wackelte versuchsweise mit dem Kinn, und es war eine angenehme Überraschung, als es nicht auf meinen Schoß fiel. Mein Kopf tat noch immer weh, jetzt aber dumpfer, wie eine Liebesaffäre des vergangenen Sommers.

D'Allemand versuchte es noch einmal. »Wie fühlen Sie sich, Sir?«

»Was zum Teufel kümmert Sie das?« fragte ich. Es war nicht sehr originell. Ich war zu erschöpft, um originell zu sein.

Er streckte die Hand aus, zog einen Sessel heran und ließ sich langsam hineinsinken. Mit dieser Körpermasse würde er sich immer langsam in den Sessel sinken lassen. Er zog eine Zigarette aus einer Tasche, gab sie mir und zündete ein Streichholz an. Ich füllte meine Lungen mit Rauch, ließ ihn langsam hinausströmen und sah zu den Höhlen hinunter, in denen seine Augen lagen.

»Es scheint Leute zu geben, die Sie nicht mögen, Mr. Pine«, sagte er.

»Das verraten mir schon meine Kopfschmerzen«, sagte ich. »Auf die Art und Weise, wie Ihr käsegesichtiger Fatzke dort einen Totschläger handhabt, wird er es wohl gewesen sein, der mir die Kopfschmerzen eingebracht hat. Bei Gelegenheit werde ich ihm seinen Totschläger zu fressen geben, ohne daß er den Mund aufmachen muß.«

Käsegesicht knurrte irgend etwas und machte einen Schritt auf mich zu. »Ownie«, sagte D'Allemand leise und ohne den Kopf zu drehen, und mein Sportsfreund erstarrte an Ort und Stelle.

»Ich habe Sie hierher bringen lassen, Mr. Pine«, sagte D'Allemand, nun zu mir gewandt, »um Antworten auf ein paar Fragen zu bekommen, die mich beschäftigen.«

»Ich kenne die Antworten nicht«, sagte ich. »Ein Mann namens Baird hat mich engagiert, um Ihnen fünfundzwanzig Riesen zu übergeben, damit Sie einen Burschen namens Taggart freilassen. Im Augenblick würde ich meinen, daß die ganze Sache getürkt war, damit Sie mich in die Hände bekamen. Ganz sicher bin ich mir aber nicht, weil Baird mir wirklich die fünfundzwanzig gegeben hat und es eine Menge einfachere Wege gäbe, mich zu schnappen, falls Sie es darauf anlegten.«

D'Allemand musterte mich gleichmütig. »Nehmen Sie mein Wort darauf: Ich habe nicht die geringste Ahnung, wovon Sie sprechen.«

Das konnte durchaus die Wahrheit sein. Ich hob die Achseln. »In Ordnung. Worüber wollen Sie mit mir reden?«

»Ich möchte über einen Mann sprechen. Einen Mann namens Jerry Marlin.«

Es wurde sehr still im Zimmer. Niemand schien zu atmen. In D'Allemands tiefgelegenen Augen standen Funken – kleine, heiße Funken, bei denen es sich wahrscheinlich um Reflexionen der Deckenlampe handelte. Seine beiden Muskelmänner standen da und starrten mich auch an.

»Sie scheinen überrascht zu sein, Mr. Pine«, sagte D'Allemand leise.

»Warum nicht?« sagte ich. »Man kann mich überraschen. Was ist mit Marlin?«

»Gestern abend haben Sie nach ihm gesucht.«

»Das hatten wir doch schon mal.«

»Wissen Sie, wo er jetzt ist?«

»Nein.«

»Lügen Sie mich nicht an, Sie Hurensohn.«

Es lag keine Erregung in seinen Worten. So klang es aber schlimmer.

»Schmeichelei bringt Sie auch nicht weiter«, sagte ich.

Er schlug die Beine übereinander und betrachtete die Fingernägel seiner linken Hand. Seine Lippen bewegten sich ein wenig, als zähle er bis zehn. Von der Zigarette, die verloren zwischen Zeige- und Mittelfinger seiner rechten Hand klemmte, kräuselte sich elegant Rauch empor.

»Vielleicht sollten die Jungs Sie ein wenig in die Mangel nehmen, Mr. Pine.«

Den Satz spürte ich im Magen, aber ich sagte nichts.

Ownie, der Junge mit dem Giftpilzteint, ballte die Finger einer Hand zur Faust und rieb die Knöchel leicht über ein Bein seiner grauen Hosen. »Ein Versuch kann ja nicht schaden, Boß«, sagte er.

D'Allemand schien sich entschieden zu haben. »Laßt die Hände von ihm«, sagte er, erhob sich aus dem Sessel, ging zu einer Tür in der gegenüberliegenden Wand und verschwand.

Ownie und Cleve, der mit den Hüften, blieben stehen und beobachteten mich. Ich beobachtete sie, drehte die Daumen und fragte mich, was mit Bairds Hunderter-Bündel passiert war. Ownie fummelte in seiner Hemdtasche, holte eine zerdrückte Zigarettenschachtel hervor, zündete sich eine an und steckte das Päckchen zurück, ohne Cleve eine anzubieten. Daraus schloß ich, daß Cleve keine Laster hatte, denen man öffentlich frönen konnte. Ownie warf mir das benutzte

Streichholz auf den Schoß und sagte: »Ich vergesse diesen Tritt gegens Schienbein nicht, Schnüffler.«

»Dann fang dir nicht noch einen ein.«

Er dachte darüber nach und nickte. »Ich kann warten. Ich bin ziemlich gut im Warten. Gewöhne dich schon mal an den Gedanken, ohne Zähne herumzulaufen, Kumpel.«

Ich ließ meinen Zigarettenstummel auf den Teppich fallen und trat ihn aus. Fünf Minuten vergingen, dann öffnete sich die Tür wieder und D'Allemand kam herein, eine zusammengefaltete Zeitung unter dem Arm. Er warf sie mir zu und sagte: »Sie finden es unter der Karikatur auf der ersten Seite, Mr. Pine.«

Als ich die Zeitung aufschlug, wußte ich schon, was ich zu lesen bekommen würde. Der Artikel hatte eine einspaltige Überschrift.

GEHEIMNISVOLLER MORDANSCHLAG
AUF BEGLEITER EINES MÄDCHENS

Kurz vor Anbruch der Dämmerung wurde gestern Gerald Marlin, 34, 1291 Dearborn Parkway, vor einem Wohnhaus am 1317 North Austin Boulevard erschossen. Er war auf der Stelle tot.

Marlin, der von einer gewissen Miß Leona Sandmark begleitet wurde, die in jenem Haus am Austin Boulevard wohnt, hatte das Mädchen gerade von einem Zug durch die Nachtclubs nach Hause gefahren. Das Paar lief über den Bürgersteig, um einem Regenschauer zu entgehen, als Marlin drei Kugeln trafen und ihn augenblicklich töteten.

Völlig verängstigt floh Miß Sandmark in ihre Wohnung und benachrichtigte die Polizei, die Marlins leblosen Körper im Regen liegend vorfand.

Miß Sandmark, fast hysterisch durch den Schock, erklärte der Polizei, sie habe den Mörder nicht gesehen. Captain Locke vom Morddezernat teilte uns mit, über Marlin sei nur wenig bekannt; es werde jedoch eine Untersuchung stattfinden.

Da stand noch mehr, aber das war alles, was ich im Augenblick brauchte. Ich faltete die Zeitung wieder an den ursprünglichen Knicken zusammen, legte sie auf die Couch und sagte:

»Na gut. Ich habe es gelesen. Marlin war einer Ihrer Jungs, und jemand hat ihn erschossen, und das gefällt Ihnen nicht besonders. Wo passe ich da hinein?«

Er setzte sich in den Sessel vor mir, zog ein kleines Taschenmesser mit einem Platingriff hervor, in dessen eine Seite in einem Kreis sechs Diamanten eingesetzt waren, und schickte sich an, seine Fingernägel zu säubern. Wenn ich solch ein Messer besessen hätte, hätte ich es versetzt und mir von dem Geld einen Cadillac gekauft.

Er säuberte den linken Daumen, dann sah er auf und erwiderte meinen Blick. Sehr leise sagte er: »Haben Sie Marlin getötet, Mr. Pine?«

Ich blinzelte. »Bestimmt nicht.«

»Wer war es?«

»Ich weiß es nicht. Woher soll ich das wissen?«

»Sie waren dort, Mr. Pine.«

»Wer sagt, daß ich dort war?«

Er schien ein wenig von mir enttäuscht zu sein. Er wandte den Blick wieder von mir ab, richtete ihn zurück auf seine linke Hand und machte sich an dem Zeigefingernagel zu schaffen. Hinter ihm scharrten Ownie und Cleve ein wenig mit den Füßen, als wollten sie sich setzen, wagten es aber nicht, ohne ein Okay vom Boß erhalten zu haben.

»Ich will aufrichtig zu Ihnen sein, Mr. Pine«, sagte D'Allemand, zu seinen Nägeln sprechend. »Mir gehören zahlreiche Spielclubs in und um Chicago. Nicht viele Leute wissen, daß sie mir gehören.

Jerry Marlin arbeitete für mich. Er hatte eine höchst diffizile Aufgabe. Er ließ sich mit ungebundenen Frauen ein, die meine Kasinos besuchten, freundete sich mit ihnen an und fungierte als ihr Begleiter. Wenn sie spielen wollten, führte er sie dorthin, wo es für mich profitabel war. Möchten Sie einen Highball?«

Ich sagte, ich hätte gern einen, und er gab Cleve ein Zeichen, der mit schwingenden Hüften hinausging.

»Jerry war zuverlässig«, fuhr D'Allemand fort, »und wir

kamen gut zurecht. Er sah gut aus, hatte angenehme Umgangsformen und war bei den Ladies sehr beliebt. Dann kam eines Abends diese kleine Sandmark ohne Begleitung in meinen Club an der Rush Street – den Peacock Club.«

»Klar«, sagte ich. »Dort haben wir uns zum ersten Mal unterhalten.«

»Ja. Nun, Jerry freundete sich mit Miß Sandmark an. Sie spielte gern und verlor normalerweise mehr, als sie gewann. Eine Menge mehr. Jerry war immer bei ihr, und an mehreren Abenden in der Woche hielten sie sich in dem einen oder anderen meiner Clubs auf.

Das ging bis etwa vor einem Monat so weiter. Dann kamen sie nicht mehr so oft. Als schließlich zwei Wochen zwischen den Besuchen lagen, wunderte ich mich allmählich etwas.«

Cleve kam mit zwei Highball-Gläsern herein, zog einen großen Kupferaschenbecher, der dem Kompaßhaus eines Schiffes nachempfunden war, herüber, so daß wir beide ihn erreichen konnten, und stellte die Gläser auf den Tisch. D'Allemand ignorierte das seine, doch ich nahm einen Schluck. Der Highball war in Ordnung.

»Jerry war immer ziemlich verschwiegen«, fuhr D'Allemand fort. »Doch er hatte einen sehr guten Freund. Ich ließ diesen Freund zu mir kommen, steckte ihm ein paar Scheine und stellte ihm ein paar Fragen. Die Antworten halfen mir nicht viel weiter. Der Freund sagte, Jerry habe ein- oder zweimal angedeutet, er stehe vor einer sehr wichtigen Sache; er wisse, wo die Leiche begraben liege, und wenn er sie ausgrabe, würde für ihn eine Million Dollar in dem Sarg liegen. Manchmal redet Jerry ziemlich geschwollenes Zeug.«

»Anscheinend.«

Er nahm sein Glas auf, blickte es geistesabwesend an und setzte es wieder ab, ohne vom Inhalt probiert zu haben. Ich drückte die Zigarette in dem Aschenbecher aus, steckte mir eine von meinen eigenen an und sah auf die Armbanduhr. Zwei Uhr dreiundzwanzig. Alle Verkäufer und Bürohengste waren zu Hause im Bett. Aber ich mußte Privatdetektiv sein.

»Ich wurde ein wenig neugierig, Mr. Pine«, fuhr D'Allemand fort. »Also ließ ich Jerry von einem meiner Jungs beschatten.

Das erwies sich als ziemliche Zeitverschwendung. Jerry sah das Mädchen fast jeden Abend. Manchmal gingen sie aus, in ein paar schöne Lokale, manchmal fuhren sie nur in ihrem Wagen herum, gelegentlich begnügten sie sich damit, in ihrem Apartment zu bleiben. Er blieb dann und wann zum Frühstück, doch das war seine Sache . . . und die ihre.«

Ich dachte an den Doppelabdruck auf dem rosafarbenen Bettlaken, doch ich sagte nichts dazu. Es erschien mir jedoch ein wenig seltsam, daß mich das Wissen, daß Jerry Marlin tot war, in diesem Augenblick sehr zufrieden stimmte.

D'Allemand schloß eine seiner gewaltigen Hände um sein Glas, und diesmal nahm er einen Schluck von dem Highball. Er setzte das Glas ab, fuhr sich mit der Zunge über die Lippen und durchbohrte mich mit diesen tiefgelegenen Augen. »All dies führt uns zu einem wichtigen Punkt, Mr. Pine. Einer meiner Jungs folgte Jerry an dem Morgen, als er erschossen wurde.«

»Und was erwarten Sie jetzt von mir?« fragte ich. »Soll ich aus der Haut fahren?«

Tief in seiner Kehle machte er ein Geräusch, doch sein Gesichtsausdruck änderte sich nicht. »Lassen Sie es mich erklären, Mr. Pine«, sagte er. »Mein Mann war an diesem Morgen ein wenig achtlos. Er hat Jerry und das Mädchen den ganzen Abend über beobachtet, und als er sah, daß sie auf dem Weg zu ihrer Wohnung waren, ließ er ein wenig locker. Er hielt an einer Kneipe, um sich Zigaretten zu holen und ein Bier zu trinken, und fuhr dann weiter zur Austin, um sich zu versichern, daß Jerry und Miß Sandmark wirklich bei ihr zu Hause waren.

Er sah die Leiche auf dem Bürgersteig und erkannte sie als die Jerrys. Er parkte auf der anderen Straßenseite und lief im Regen hinüber, um sich zu vergewissern. Gerade, als er zu seinem Wagen zurückkehrte, kamen Sie aus dem Haus, Mr. Pine. Die Interesselosigkeit, die Sie der Leiche entgegenbrachten, reichte. Mein Mann folgte Ihnen in Ihr Hotel, verschaffte sich bei dem Nachtportier Ihren Namen und rief mich an.«

Mit dem Zeigefinger prüfte er vorsichtig die Spitze des Taschenmessers und atmete dann mit einem pfeifenden Seufzen aus. »Und nun sagen Sie lieber etwas dazu, Mr. Pine.

Ich fürchte, ich werde ein Nein als Antwort nicht akzeptieren können.«

»Ein paar Antworten kann ich Ihnen geben«, sagte ich, »andere aber nicht. Zuerst können Sie mal darauf wetten, daß ich Ihren Gigolo nicht umgepustet habe. Ich habe einen Klienten – sagen wir lieber, ich hatte einen –, der sich für Marlin interessierte. Fragen Sie mich nicht nach seinem Namen, denn er hat nichts mit dem Mord zu tun, und ich würde ihn Ihnen sowieso nicht verraten. Als die Schüsse fielen, parkte ich vor dem Haus.«

Ich erzählte ihm den Rest der Geschichte und hielt nur zurück, warum ich mich für Marlin interessiert hatte. Er hörte zu, ohne mich zu unterbrechen, und konzentrierte sich die ganze Zeit über darauf, seine Nägel zu säubern.

Als ich fertig war, blieb er sitzen, ohne sich zu rühren, und dachte darüber nach. Schließlich sah er zu mir auf und sagte: »Sie haben den Mörder nicht genau gesehen?«

»Nein.«

»Woher wissen Sie, daß er nicht Ihr Klient war?«

»Das sagt mir die Vernunft. Was die Lehrbücher als Deduktion bezeichnen. Er würde keinen guten Killer abgeben. Es waren drei Löcher in Marlins Rücken – Löcher, die so eng zusammen lagen, daß man sie mit einem Milchflaschenverschluß bedecken könnte. Man braucht viel Erfahrung, um so gut zu schießen, D'Allemand. Ein professioneller Killer hat Ihren Jungen umgebracht. Das vermute ich jedenfalls.«

»Vielleicht hat er für Ihren Klienten gearbeitet.«

»Dann wäre es sinnlos gewesen, mich auch noch zu engagieren.«

Er nickte langsam. »Nun gut . . . Ich würde Ihr Wort nicht so einfach akzeptieren, Mr. Pine, wenn ich mich nicht bei einem Freund, der bei der Polizei ist, nach Ihnen erkundigt hätte. Soweit ich mich an seine genauen Worte erinnere, sagte er, Pine sei ein Arschloch mit einer vorlauten Lippe, dem man schon vor langem die Ohren hätte langziehen sollen.« Er runzelte die Stirn, worauf sich die dünnen Brauen hochzogen, und lächelte wie ein Warenhausbesitzer, der einem Verkaufsassistenten verziehen hatte. »Des weiteren sagte er, Sie seien einigermaßen ehrlich und würden härter für einen Klienten als für sich selbst kämpfen. Er erwähnte, daß Sie in etwa halb so klug sind, wie Sie gern annehmen, und nicht einmal zehn Prozent so hartgesotten.«

»Sie sollten mich mal sehen, wenn mein Haar gewellt ist«, sagte ich.

Er nahm noch einen Schluck aus seinem Glas, womit er es endlich leerte, und stellte es vorsichtig neben das Kompaßhaus. Er tupfte sich die Lippen mit einem weißen Taschentuch für zehn Dollar aus der Brusttasche seines dunkelblauen Anzugs ab, steckte es wieder fort, lehnte sich zurück und spielte mit dem Taschenmesser, während er sagte:

»Sie schulden mir etwas, Mr. Pine. Wäre nicht mein Interesse an Ihnen gewesen, würden Sie Ihr Gehirn jetzt auf dem Jackenkragen tragen.«

Ich legte eine Hand behutsam auf den Hinterkopf. »Ihre Jungs hätten heute abend beinahe dafür gesorgt.«

»Dazu wollte ich gerade kommen. Verstehen Sie, weil ich die Möglichkeit in Betracht zog, Sie könnten vielleicht für Jerrys Tod verantwortlich sein, ließ ich Sie von gestern nachmittag um kurz nach fünf, als Sie Ihr Büro verließen, von meinen Jungs beschatten. Sie folgten Ihnen nach Hause; und als Sie Ihren Wagen beim Hotel um die Ecke stehen ließen, schlossen sie, daß Sie vielleicht noch mal ausgehen würden; also holten sie sich bei mir telefonisch Anweisungen und blieben an Ihnen dran.

Kurz vor Mitternacht kamen Sie heraus, und zwar mit demselben braunen Packpapierpaket, das Sie schon vom Büro mit nach Hause genommen hatten. Sie hängten sich an Sie, bis Ihr Fahrstil andeutete, daß sie argwöhnisch wurden; dann überholten sie Sie auf der Harlem Avenue, bogen an der nächsten Kreuzung ab und warteten, um sich wieder an Sie zu hängen, wenn Sie vorbeifuhren.«

»Sie sollten an diesem blauen LaSalle den Kotflügel reparieren lassen«, sagte ich.

»Ja.« Er zog den Kopf etwa anderthalb Zentimeter ein, um meinem Scharfblick Respekt zu zollen oder so. »Jedenfalls fuhren sie schließlich zurück, in der Annahme, Sie seien auf den Weg eingebogen, der am hinteren Ende des Friedhofs vorbeiführt. Dies schien die einzige Möglichkeit zu sein, wo Sie abgebogen sein konnten.

Sie stellten den Wagen ab, und Cleve hier ging zu Fuß weiter. Er stammt aus dem nördlichen Michigan und ist es gewohnt, zwischen Büschen und Bäumen zu gehen, ohne großen Lärm zu machen.«

»Das muß ich ihm zugestehen«, sagte ich. »Eine halbe Sekunde, bevor er mir den Totschläger über die Ohren zog, dachte ich noch, meilenweit sei niemand.«

Er ließ den Daumen leicht über die Klinge des Taschenmessers gleiten. »Nein, Mr. Pine. Cleve hat Sie nicht niedergeschlagen.«

»Wer zum Teufel war es dann?«

»Ich weiß es nicht, Cleve behauptet, er habe Sie erreicht, als gerade ein Mann hinter einem Busch hervortrat und Ihnen eins mit dem Totschläger überzog. Offenbar wollte er so lange weiter auf Sie einschlagen, bis Sie tot waren. Cleve, in der Annahme, dies sei nicht in meinem Sinne, da ich Ihnen ja ein gewisses Interesse entgegenbrachte, rief dem Mann etwas zu, der sich augenblicklich umdrehte und davonlief. Ownie, der den Schrei hörte, kam hinzu; gemeinsam schafften die beiden Sie in Ihren Wagen, und Cleve fuhr Sie hierher.

Verstehen Sie das nicht falsch, Mr. Pine. Doch wenn Cleve nicht eingegriffen hätte, wären Sie jetzt tot.«

»Scheint so«, sagte ich. Ich dachte einen Augenblick darüber nach. »Wie hat dieser Bursche mit dem Totschläger ausgesehen?«

»Es war zu dunkel, um viel erkennen zu können, sagt Cleve. Ziemlich groß und nicht so massig, glaubt er. Obwohl das nicht viel mehr als eine Vermutung ist.«

Etwas anderes kam mir in den Sinn. »In diesem braunen Packpapierpaket waren fünfundzwanzigtausend Dollar in Scheinen«, sagte ich. »Ich würde gern wissen, was damit ist.«

Seine Augen wurden kalt, und die Mulden unter den Wangenknochen traten deutlicher hervor. »Was würden Sie gern darüber wissen?«

»Das Geld gehört einem Klienten. Da mein Botengang nicht geklappt hat, wird er sein Geld zurückhaben wollen.«

»Woher wissen Sie, daß wirklich Geld in dem Paket war?«

»Doch nicht mit mir«, sagte ich. »Ich habe es selbst gezählt. Es waren zweihundertundfünfzig Scheine – in Bündeln zu je fünfundzwanzig. Alles Hunderter.«

»Aufeinanderfolgend numeriert?«

»Darauf habe ich nicht geachtet. Es war nicht meine Aufgabe, darauf zu achten. Mein Interesse ging nur so weit, die Gesamtsumme zu überprüfen. Ich bin verantwortlich für dieses Geld, D'Allemand. Bekomme ich es zurück, oder wollen Sie mir diese Summe für die hübsche Geschichte berechnen, verhindert zu haben, daß mein Gehirn auf dem Kragen meiner Jacke klebt?«

Er ließ die Klinge des Taschenmessers zurückschnappen und steckte es zurück in die Westentasche. Er stand auf, ging über den Teppich und um den Schreibtisch herum. Er öffnete die mittlere Schublade, nahm das braune Packpapierpaket heraus und riß das Papier ab. Es waren zehn Bündel von Scheinen darin, ein jedes mit einer Papierbanderole, auf der in schönen Druckbuchstaben »First National Bank« stand.

D'Allemand beobachtete mich, das Totenschädelgesicht bar jeden Ausdrucks, während ich die Bündel einzeln durchzählte. Es waren zweihundertfünfzig Scheine, genau, wie es auch der Fall sein sollte. Ich schob die Bündel zu einem schönen Stapel zurecht, glättete die Ecken und sagte:

»Nicht, daß ich Sie in Verlegenheit bringen wollte, Mr. D'Allemand, aber ich mußte sichergehen. Haben Sie zufällig einen Umschlag?«

Er musterte mich weiterhin, und eine Art verwirrter Unsicherheit beschattete seine tiefgelegenen Augen. »Sie sind zufrieden, Mr. Pine?«

»In etwa. Ich setze voraus, daß Sie mich mit dem Geld hier hinausspazieren lassen. Oder bin ich zu optimistisch?«

»Ganz und gar nicht. Obwohl ich gestehen muß, daß ich von Ihnen ein wenig enttäuscht bin.«

Ich schlug mit dem Stapel Scheine leicht auf den Schreibtisch.

»Zum Teufel mit diesem Katz-und-Maus-Spiel, Kumpel. Wo ist der Haken?«

Als Antwort griff er wieder in die Schublade, holte eine kleine Lupe mit einem schwarzen Gummigriff heraus und schob sie mir über den Schreibtisch hinüber. »Ich würde vorschlagen«, sagte er, »Sie sehen sich einmal ein paar Scheine an, Mr. Pine.«

Das alles verriet mir schon, was ich durch die Lupe sehen würde. Ich sah trotzdem nach . . . nur, um ganz sicher zu gehen.

Als ich mir den fünften Schein angesehen hatte, hatte ich genug. Ich legte die Lupe sanft nieder, zündete mir eine Zigarette an, lehnte eine Hüfte gegen eine Ecke des Schreibtisches und betrachtete düster den ordentlichen Stapel Falschgeld.

»Nun?« sagte D'Allemand leise.

»Na gut, es sind Blüten«, sagte ich. »Und zwar sehr gute. Es mußten auch gute sein. Die Falschmünzer schießen normalerweise nicht so hoch. Die Leute haben die Angewohnheit, sich Hunderter immer genau anzusehen.«

»Sie hätten sich diese Gewohnheit auch aneignen sollen, Mr. Pine«, sagte D'Allemand trocken.

Mir fiel nichts darauf ein, also beließ ich es dabei. Ich schnippte Asche auf den fuchsroten Teppich und sprach zu dem glühenden Ende meiner Zigarette. »Also war es eine Falle«, sagte ich. »Eine schöne, nette Falle, mit allem Drum und Dran. ›Bringen Sie diese hübschen Bilder von Mr. Franklin hinter die Friedhofsmauer‹, sagt er, ›und geben Sie sie dem Mann mit dem grünen Hut.‹ Nur hat er vergessen, mir zu sagen, daß der Mann vorhatte, mir den Kopf abzureißen.«

Ich griff in die Tasche und holte meine Brieftasche hervor; ich hatte nicht den geringsten Zweifel, daß sie noch dort sein würde. Sie war da. Ich nahm die drei Scheine heraus, mit denen Baird mich bezahlt hatte, und hielt sie unter die Lupe. Sie waren natürlich in Ordnung; Baird hatte annehmen müssen, daß ich sie vielleicht prüfte, bevor ich seinen Botengang für ihn ausführte. Ich steckte die Scheine in die Brieftasche zurück und sagte:

»Ich scheine Ihnen tatsächlich was schuldig zu sein. Wie wollen Sie es zurückbezahlt haben?«

Er deutete auf einen Stuhl neben dem Schreibtisch. »Setzen Sie sich, Sir. Das könnte etwas Zeit erfordern.«

Ich setze mich, und er nahm auf dem breiten Drehstuhl Platz. Er faltete die Hände auf dem Schreibtisch, beugte sich etwas vor und sagte:

»Ich möchte Sie engagieren, Mr. Pine. Ich möchte, daß Sie herausbekommen, wer Jerry Marlin getötet hat. Das dürfte aber vielleicht nicht im Interesse Ihres anderen Klienten liegen.« Er bedachte mich wieder mit einem seiner Dolchstoßblicke.

»Ich habe Ihnen doch gesagt, daß er nicht mehr mein Klient ist.«

»Dann werden Sie den Auftrag übernehmen?«

»Ja. Ich glaube schon. Wenn Sie damit einverstanden sind, daß alles, was ich erfahre, an die Bullen geht. Ich werde für Sie nicht mit dem Finger auf jemanden zeigen, damit Sie ihm dann Zement um die Zehen gießen und ihn in die Kanalisation werfen.«

Auf dem Grund der Höhlen, in denen seine Augen lagen, flackerte es – ein Flackern wie von einem Hitzegewitter in einer bewölkten Nacht. »Ich habe nichts dagegen, daß der Staat von Illinois meine Exekutionen für mich durchführt, Mr. Pine. Ich ziehe es so vor. Nur . . . ich möchte die Story zuerst erfahren. Die *gesamte* Story.«

Er hob den rechten Arm, betrachtete hingebungsvoll die Handfläche, und seine Stimme wurde um ein paar Stufen tiefer. »Sie schulden mir etwas, Sir. Ich werde mich damit zufriedengeben.«

Ich erkenne einen Haken, wenn ich einen sehe. Der wohlunterrichtete Mr. D'Allemand gab keinen zerbrochenen Roulette-Chip darum, ob Marlins Mörder gefaßt wurde. Er wollte Informationen – Informationen über die Million Dollar, die Marlin ergattern wollte, wenn die Leiche gefunden wurde . . . was auch immer das bedeutete. Mr. D'Allemand hoffte, die Hand vielleicht als erster in den Sarg stecken zu können.

Ich drückte die Zigarette aus und stand auf. »Ich werde tun, was ich kann«, sagte ich. »Wie setze ich mich mit Ihnen in Verbindung?«

Er erhob sich schwerfällig und kam zu meiner Seite des Schreibtisches hinüber. »Hinterlassen Sie eine Nachricht bei Larson im Peacock Club. Sie werden von mir hören.« Seine Hand glitt in eine Hosentasche und brachte ein Bündel Scheine hervor. Er zog einen aus der Mitte hervor und gab ihn mir.

Fünfhundert Dollar in einem einzigen länglichen Stück Papier. »Sagen wir, das ist ein Vorschuß, Mr. Pine.«

»Ein Vorschuß«, sagte ich.

Auf ein Wort D'Allemands trieb Cleve mir einen Bogen Papier auf, und ich wickelte das Falschgeld darin ein und schob es in eine meiner Jackentaschen. Als ich noch damit beschäftigt war, holte D'Allemand einen Revolver aus einer Schreibtischschublade und reichte ihn mir, den Griff voran. »Ich habe mir die Freiheit genommen, dies für Sie aufzubewahren, Sir«, sagte er.

Es war mein 38er. Ich nahm ihn entgegen. Er beobachtete mich ohne einen besonderen Ausdruck auf seinem hageren Gesicht. Anstatt den Revolver ins Schulterhalfter zu stecken, hob ich den kurzen Lauf hoch und schnüffelte an der Mündung. Sie roch nach frischem Pulverdampf. Ich schob die Trommel hinaus. Eine der Kammern war leer. Ich sah D'Allemand an. Sein Gesichtsausdruck hatte sich in etwa so geändert wie die Meinung der *Tribune* über Roosevelt.

»Er muß losgegangen sein, was?« fragte ich.

»Zufällig«, murmelte er.

»Klar«, sagte ich. »Zufällig. Nur hat Colt diese Revolver so gebaut, daß sie nicht zufällig losgehen. Man muß am Abzug drücken, Bruder.«

»Es ist niemand mit Ihrem Revolver erschossen worden, Mr. Pine«, sagte D'Allemand geduldig.

»Erzählen Sie mir doch nichts«, sagte ich. »Sie haben eine Kugel abgefeuert, damit Ihr Freund bei der Polizei sie mit denen vergleichen kann, die man aus Marlin geholt hat. Sie übersehen nicht viel.«

Er lächelte leicht. »Ich habe gelernt, nichts zu übersehen, Sir. Deshalb habe ich mir Ihr Geld auch mit der Lupe angesehen.«

Ich schob den Revolver in mein Halfter und knöpfte die Jacke zu. »Ich gehe jetzt besser«, sagte ich. »Bevor Sie sich entschließen, das kleine Fädchen in meinem Bauchnabel zu untersuchen.«

Er nickte geistesabwesend. »Zeig ihm, wo du seinen Wagen abgestellt hast, Cleve.«

Ich folgte Cleves schwingenden Hüften durch die Tür, einen schmalen Gang entlang und aus der Eingangstür hinaus. Es war ziemlich dunkel, aber ich konnte ein paar Fliederbüsche vor der Veranda ausmachen, und zwischen dem Haus und dem Highway erhoben sich drei oder vier große Bäume. Wir gingen die drei Stufen hinab und dann um die Ecke des altenglischen Bungalows aus roten Ziegelsteinen. Nach ein paar Metern erreichten wir eine Schotterauffahrt, und da stand der Plymouth.

Als ich hinter dem Steuerrad saß, schloß Cleve die Wagentür und blieb neben dem geöffneten Fenster stehen, das Gesicht ein bleicher Fleck in der Dunkelheit. »Du bist ein Stück von der Stadt entfernt, Schnüffler. Bieg auf dem Highway rechts ab und bleib darauf, bis du auf die Peterson Road stößt. Von da an müßtest du den Weg eigentlich kennen.«

Er trat zurück, und ich ließ den Motor an und rollte vorsichtig über den Schotter zum Highway. Er war vierspurig, und zu dieser frühen Morgenstunde herrschte kein nennenswerter Verkehr.

Nachdem ich den Highway dreihundert Meter entlanggefahren war, kam ich an einer Raststätte vorbei. Hinter einer kreisrunden Auffahrt sah ich eine Fassade aus Glasbausteinen, und ein blaues und rotes Neonschild auf dem Dach verkündete: LEON'S. Der Parkplatz auf der einen Seite war fast ganz mit Wagen der gehobenen Preisklasse gefüllt, und ich erhaschte den Rhythmus eines Tanzorchesters, der sich über mein Motorgeräusch erhob.

Ich hatte von Leon's gehört. Würfeln und tanzen und trinken . . . Und wenn man eine Karte mit Tony Leonardis Initialen in einer Ecke hatte, durfte man in den Hinterraum und sich wie Nick der Grieche vorkommen – wenn man das Geld hatte.

Vielleicht brauchte man Tonys Initialen, um bei Leon's spielen zu können. Doch für mich sah es ganz so aus, als gingen die Einnahmen an einen Mann namens D'Allemand.

10

Am Dearborn Parkway und der North State gibt es westlich bis hin zur LaSalle eine Menge Hotels wie das Northcrest. Einige erheben sich über fünfzehn oder zwanzig Stockwerke, und einige kommen niemals über das dritte hinaus, aber in Wirklichkeit sind sie alle gleich. Sie vermieten an Leute, die sich selbst Bohemiens nennen, und das Personal bedenkt sie mit jenem permanenten Seitenblick, der von einer langen Vertrautheit mit den psychopathischen Mätzchen einiger Gäste zeugt.

Ich lehnte mich im Northcrest auf den Tresen aus schwarzem Glas und zeigte einem kleinen Portier mittleren Alters mit den Augen eines Neunzigjährigen und Rouge auf den Lippen drei Zacken eines Deputy-Sterns aus dem Jahr 1928. Ich hätte ihm einen Hosenträgerknopf zeigen können und hätte die gleiche Reaktion erzeugt. Er schnaubte den Summer an und schnaubte mich an und wartete darauf, daß ich etwas Kluges sagte.

»Es geht um den Mord an Marlin«, sagte ich. »Ich hätte mir gern mal sein Apartment angesehen.«

Er war nicht beeindruckt. Seit seinem fünfzehnten Geburtstag hatte ihn nichts mehr beeindruckt. »Da müssen Sie erst den Geschäftsführer sprechen, Mister.«

»Wo finde ich den Geschäftsführer?«

Ein stämmiger Bursche in einem Blaumann und mit einer Kappe kam in die Lobby, ein paar neue Telefonbücher unter jedem Arm. Er legte sie neben mir auf die Theke und sagte zu dem Portier: »Das sind die vier, die Ihnen fehlen.«

Der Portier schnaubte ihn auch an . . . aber nicht ganz so offen, wie er mich angeschnaubt hatte. »Was ist mit den alten?«

»Die holen wir ab.«

»Wann? Die liegen schon seit zwei Tagen hier herum und nehmen Platz weg.«

»Wir holen sie ab, Mister«, sagte der Mann. Er klang, als hätte er seit Tagen schon immer das gleiche gesagt. »Ich bringe nur die neuen. Die alten holt ein anderer ab.«

Er drehte sich um und ging in den morgendlichen Sonnenschein hinaus. Der Portier rümpfte seine kurze Nasenspitze, biß sich auf die Unterlippe und hätte fast den Fuß aufgestampft. Während er darüber hinwegkam, stand ich da und sah mich um. Ein paar hochlehnige Sessel aus dunklem Holz mit dunkelroten Plüschpolstern flankierten die gewölbte, cremefarbene Eingangshalle bis hin zum Gesellschaftsraum. Dort waren die Jalousien hinabgelassen und gaben dem Raum ein staubiges Zwielicht, das den völlig überpolsterten Sofas und Sesseln eine Atmosphäre unnatürlicher Verlockung verlieh.

Als ich wieder zu dem Portier zurückgekehrt war, hatte er ein Stempelkissen und einen Zahlenstempel hervorgegraben und überprüfte eine Liste, um festzustellen, welche Zahlen er auf die neuen Telefonbücher stempeln mußte. »Wo kann ich ihn finden?« fragte ich.

Er legte den Stempel nieder wie ein Mädchen, das einem den Verlobungsring zurückgibt, und bedachte mich mit einem kalten Blick. »*Wen* finden?«

Das war schon in Ordnung. Es gibt Gelegenheiten, da muß man den harten Burschen spielen, und es gibt Gelegenheiten, da bringt es einen nicht weiter, den harten Burschen zu spielen. Ein Cop mit der Stadt hinter sich hätte diesem Bubi jetzt sein ganzes Gewicht in den Schoß geworfen und bekommen, was er wollte. Ich hatte keine Stadt hinter mir; ich war nur ein Privatdetektiv.

»Den Geschäftsführer«, sagte ich. »Ich wollte ihn sprechen. Ob ich mal einen Blick in Marlins Apartment werfen kann.«

»Der Geschäftsführer ist nicht da«, sagte er und nahm wieder den Stempel. Das hätte mir den Rest geben müssen. Er erwartete, daß ich jetzt »Vielen Dank!« sagte und aus der Eingangstür kroch.

Ich griff in meine Tasche, holte einen Fünf-Dollar-Schein

hervor und drehte ihn zwischen den Fingern. Ich drehte ihn müßig, unaufdringlich, als wolle ich nur damit spielen.

»Ich begnüge mich mit Ihnen«, sagte ich höflich. »Ich wette, Sie sind der Geschäftsführer. Ich erkenne einen Mann in führender Position, wenn ich einen sehe.«

Er setzte den Stempel wieder ab, behielt ihn jedoch in der Hand. Er brachte es fertig, gleichzeitig mich und den Schein anzusehen. »Die Polizei hat sich Mr. Marlins Habe schon angesehen.«

»Ich weiß«, sagte ich. »Es gibt nur noch ein paar Punkte, die ich überprüfen muß.«

»Ich müßte jemand mit Ihnen hinaufschicken.«

»Sicher.« Ich schob ihm den Schein zu. »Würde das für seinen Aufwand reichen?«

Ich sah diesen Schein nie wieder. Er ging zum Klappenschrank der Telefonanlage hinüber, stöpselte eine Verbindung ein und spielte mit den Tasten herum. Er zog das Kabel wieder heraus, kam zum Tresen zurück, sagte: »Einen Augenblick, bitte«, und fuhr damit dort, Zahlen auf die Telefonbücher zu stempeln.

Ein Junge von etwa achtzehn Jahren kam aus dem Innengang in die Lobby. Sein Gesicht war älter als meins, und er trug die kastanienbraune Jacke eines Hotelpagen und graue Hosen. Es waren Flecke auf einem der Jackenärmel, und zwei Knöpfe fehlten. Er trat zum Tresen und sagte zu dem Portier: »Ja, Sir?« Er brachte es so, daß es sich wie ein Fluch anhörte.

Der Portier nahm einen Schlüssel aus einem der Fächer hinter ihm und gab ihn dem Jungen. »Dieser Gentleman ist von der Polizei, Fred. Er möchte sich Mr. Marlins Apartment ansehen. Du kannst warten, bis er fertig ist.«

»Es ist nichts aus dem Apartment geschafft worden?« fragte ich.

»Nein, nur persönliche Gegenstände, zum Beispiel Briefe. Die Polizei hat sie mitgenommen. Wir wollen erst Rücksprache mit unseren Anwälten halten, bevor wir den Rest fortschaffen.«

»Okay«, sagte ich und ließ mich von Fred zu dem Fahrstuhl am anderen Ende der Lobby führen. Er folgte mir in den Käfig, schloß die Außentür und drückte auf den obersten Knopf. Die

Innentür glitt zu, und wir fuhren langsam, mit einem schnurrenden Geräusch, hinauf.

Fred verschränkte die Arme und lehnte sich, mir den Rücken zugewandt, gegen die Verkleidung. Ich sah mir mein Bild in dem gesprungenen Spiegel an der Rückwand an und stellte fest, daß ich mir dringend die Haare schneiden lassen mußte.

Auf der fünften Etage, der obersten, kam der Fahrstuhl zitternd zum Halt. Fred hielt mir die Tür auf, und ich trottete hinter ihm einen schmalen Gang entlang, der nach Tabak und Parfum und Lasterhaftigkeit roch.

Wir blieben vor einer nußbaumverkleideten Tür mit der Aufschrift 532 in bronzenen Ziffern stehen. Fred schloß auf und ließ mich zuerst eintreten.

Das Apartment bestand aus zwei Zimmern und einem Bad. Das Wohnzimmer erwies sich als besser, als ich erwartet hatte. Es war ziemlich groß, mit kirschrotem Mahagoni-Mobiliar und einem hell- und dunkelgrün bezogenen Sofa und einem ebensolchen Klubsessel. Der Teppich war sandfarben, und gemusterte rostbraune Vorhänge und ein Quervolant umrahmten die drei Fenster, von denen aus man auf die Promenade blicken konnte.

Das Schlafzimmer war klein und maskulin, mit zwei kleinen chinesischen Läufern auf dem gebohnerten Boden. Eine schwere Nußbaum-Chiffoniere stand an einer Wand, darauf zwei silberne deutsche Pickelhauben. Das Bett war niedrig und schmal, mit einem viereckigen Kopfbrett und einem orangefarbenen Batikbezug, der zu protzig für den Rest des Zimmers war. Das Badezimmer war einfach ein Badezimmer.

Ich benahm mich wie ein Detektiv. Ich nahm mir alles vor. Ich fand auch einiges heraus. Ich fand heraus, daß der verstorbene Mr. Marlin seine Hemden bei Field's gekauft hatte, die Krawatte bei Sulka's, die Unterwäsche und Pyjamas bei Finchley's, die Anzüge bei Rothschild's und Carson's. Nur seine Socken hielten mich zum Narren. Ich stellte fest, daß er sich elektrisch rasierte. Ich fand heraus, welche Seife und welches Deodorant er benutzte und entdeckte, daß er Lavendel-Talkumpuder bevorzugte. Paul Pine, der Superschnüffler.

Ich schob mich an Freddie vorbei und ging ins Wohnzimmer zurück. Ich nahm den Raum auseinander und setzte ihn wieder zusammen. Nichts. Nicht das geringste. Die Cops hatten alles mitgenommen, was einem etwas über Jerry Marlin verraten konnte. Es war nicht einmal mehr ein Streichholzheftchen vorhanden, das einem vielleicht verraten konnte, wo er seine Zigaretten gekauft oder sich außerhalb der Pflicht mal einen getrunken hatte.

Ich stand in der Mitte der Teppichs, friemelte eine Zigarette hervor und sah mich nach irgend etwas um, das ich übersehen haben könnte. Das Telefon. Ich ging zu der Wandnische, in der es stand, und untersuchte das Holz darum herum, auf der Suche nach Telefonnummern. Es gab keine.

Ich nahm das Telefonbuch aus dem Regalfach darunter und warf einen Blick auf den Innenumschlag, ob vielleicht in den dafür vorgesehenen Kästchen irgendwelche Telefonnummern standen. Es war so sauber wie die Gedanken eines Mönchs. Natürlich; das Buch war brandneu.

Brandneu. Ich begutachtete den Einband und sah in einer Ecke die sauber gestempelte schwarze Zahl 532. Mir fiel etwas ein. Der Einfall war ziemlich aufregend. »Freddie«, sagte ich.

Er trat von der Wand weg, gegen die er sich gelehnt hatte, und streckte sich, mich immer noch beobachtend. »Ja, Sir?«

»Diese Telefonbücher sind gerade ausgetauscht worden?«

»Ja, Sir.«

»Auf den alten stehen auch die Zimmernummern? Wie auf diesem?«

»Ja. Genau, Sir. Wir stempeln sie auf alle Telefonbücher, sobald wir sie bekommen. Damit verhindern wir . . .«

»Ist mir schnuppe, was Sie damit verhindern«, sagte ich. »Der Portier unten sagte, die alten Telefonbücher seien noch nicht abgeholt worden. Wo sind sie?«

»Na ja, in ein paar Kisten unten im Erdgeschoß neben dem Lastenaufzug. Die Leute von der Telefongesellschaft . . .«

»Zeigen Sie sie mir.«

Er fuhr mich im Lastenaufzug hinab, und wir traten in einen großen, quadratischen Raum mit weiß getünchten Wänden direkt neben dem Ausgang. Dort lag eine Menge Mist herum, aber ich war nur an den vier oder fünf großen Kartons interessiert, die mit Telefonbüchern mit hellgrünen Umschlägen gefüllt waren.

Freddie stand mit aufgeklapptem Mund da, während ich die Kisten durchwühlte. Ich wurde erst ziemlich tief unten im zweiten Karton fündig. Die Ziffernummer 532 lächelte mich an, und ich setzte mich auf einen Stapel Telefonbücher und schlug es auf.

Vier Namen, mit Telefonnummern dahinter. Ich holte mein Notizbuch und einen Bleistift hervor und schrieb sie ab.

Millie . . . . GRA 9165
Schnapsladen . . . . DEL 3311
Ken . . . . ROG 0473
Leona . . . . AUS 0017

Die ersten drei waren mit Bleistift geschrieben, der letzte mit Tinte. Das bedeutete, daß Leonas Name irgendwann nach den anderen dort eingetragen worden war. Sie hatten sich kennengelernt und angefreundet . . . und waren in der Tat so gute Freunde geworden, daß er ihre Telefonnummer zusammen mit der des Ladens notierte, in der er seinen Schnaps kaufte. Pythia hatte bei Damon nie höher im Kurs gestanden.

Das Notizbuch und der Stift wanderten wieder in meine Tasche. »Zurück zur Lobby, Freddie«, sagte ich fröhlich. »Ich will Ihren Boß etwas fragen.«

»Er ist nicht mein Boß«, knurrte Freddie, führte mich aber durch eine Tür und einen Gang entlang in die Lobby.

Der Portier sortierte Post. Ich schlug auf den Tresen, und er wandte sich um und bedachte mich wieder mal mit einem Schnauben. Meine fünf Dollar für seine Kooperationsbereitschaft waren wohl verbraucht. »Sie haben ein Verzeichnis über die hinausgehenden Telefonate. Zeigen Sie mir das für 532, aber so weit zurück, wie Sie es noch vorliegen haben.«

Er wurde angesichts meines Tons ein wenig borstig. »Für einen Mann, der behauptet, Polizist zu sein, scheinen Sie nicht viel über die Polizei zu wissen. Sie haben diese Aufzeichnungen gestern mitgenommen. Ich habe eine Quittung.«

Das überraschte mich ein wenig. Die Jungs von der Mordkommission waren nicht immer so gründlich. Manchmal konnte man etwas finden, das sie übersehen hatten.

Ich versuchte, mir etwas anderes einfallen zu lassen. »Was ist mit hereinkommenden Gesprächen?«

»Darüber gibt es natürlich kein Verzeichnis.« Sein Tonfall besagte, daß ich ein Trottel war.

»Es gibt ein Verzeichnis über eingehende Ferngespräche«, sagte ich.

Da hatte ich ihn. Er biß sich auf die Lippe und rümpfte die Nase, bevor er schließlich sagte: »Mr. Marlin hat keine Ferngespräche empfangen.«

Freddie nutzte die Gelegenheit, ihm eins auszuwischen. »Hat er doch, Mr. Simack«, sagte er. »Vielleicht vor einer Woche. Ich hatte gerade Telefondienst, Mr. Simack. Von San' Anita, glaube ich. Ich weiß es genau.«

Mr. Simack bedachte Freddie mit einem Blick, mit dem man hätte Wasser kochen können. Er bückte sich, wühlte unter dem Tresenvorsprung und tauchte schließlich mit einem Holzbrett wieder auf, an das einige beschriftete Seiten geklammert waren. Er knallte es wortlos vor mich hin und schickte sich an, am anderen Ende des Tresens wieder die Post zu sortieren.

Während der etwa zwei Monate, die Jerry Marlin im Northcrest gewohnt hatte, hatte es zwei Ferngespräche für ihn gegeben. Beide waren in den letzten vierzehn Tagen hereingekommen – eins am 14. Juni, das andere drei Tage später, und beide stammten aus San Diego. Daß Freddie Santa Anita erwähnt hatte, war der natürliche Fehler eines Mannes, der glaubt, die Nase sei der Teil eines Pferdes, auf den man zwei Dollar setzt.

Es würde nicht schwer sein, herauszufinden, von wem diese Anrufe stammten, vorausgesetzt, sie waren nicht von einer Telefonzelle aus geführt worden. Aber das konnte noch etwas warten. Zuerst mußte ich die Nummern überprüfen, die ich in Marlins Telefonbuch gefunden hatte. Eigentlich handelte es sich nur um zwei: Von Leona Sandmark wußte ich schon, und ich nahm nicht an, daß mir der Schnapsladen eine große Hilfe sein würde.

Ich gab Freddie einen Dollar, da er von den fünf in Mr. Simacks Tasche keinen Cent sehen würde, und schob auf den Dearborn Parkway ab.

Es war elf Uhr dreißig. Die Sonne brannte heiß auf das Straßenpflaster, und die Feuchtigkeit verwandelte meine Kleidung in einen Klumpen durchnäßten Stoffes. In diesem Augenblick wären fünf Minuten unter einer Dusche wie zwei Wochen in den Bergen gewesen.

Doch ich zählte zur werktätigen Bevölkerung. Ich kroch in den Plymouth und fuhr langsam in Richtung Innenstadt.

11

Anstatt gleich ins Büro zu fahren, aß ich in einem Restaurant mit Klimaanlage etwas zu Mittag und fuhr dann an der Bank vorbei, wo ich den Großteil des Geldes einzahlte, das mir in den beiden letzten Tagen zugeschoben worden war. So war es schon ein Uhr vorbei, als ich das leere Vorzimmer durchquerte, die Innentür aufschloß und ins Büro trat.

Ich öffnete das Fenster, legte den Hut auf einen Aktenschrank und zog die Jacke aus. Es lag Post unter dem Schlitz; eine Anzeige für Anzüge, ein Brief von einem Mädchen, das ich von früher kannte und nun Privatsekretärin eines hohen Tieres in einer New Yorker Werbeagentur war, und eine Anfrage auf exquisitem Briefpapier von Cliff Morrison aus Los Angeles, wann ich es endlich leid sei, mein eigener Boß zu sein, und für seine Detektei arbeiten würde.

Die Anzeige landete im Papierkorb und die Briefe in der mittleren Schublade. Ich wischte mir mit dem Taschentuch das Gesicht ab, steckte mir eine Zigarette an und holte mein Notizbuch mit den Telefonnummern darin hervor.

Millie stand ganz oben. Okay . . . also Millie. Ich wählte die Nummer, schwang ein Bein über die Sessellehne, wippte mit dem Fuß und wartete.

»Hal-lo?«

Sie hatte eine blonde Stimme und sprach katzenhaft gedehnt, und ich spürte über all die Kilometer hinweg, wie sie gähnte.

»Millie?«

»Hm-hmm.«

»Hier ist Paul.«

»Oh? Hallo, Süßer.«

Zum Teufel, ich brauchte keinen Fernseher. Sie lag auf einem zerwühlten Bett in einem Ein-Zimmer-Apartment mit Kochnische. Auf der Frisierkommode lagen Haarnadeln und verschüttete Schminke, auf dem Teppich lippenstiftverschmierte Kleenex-Tücher und Strümpfe, und im Badezimmer trockneten kunstseidene Schlüpfer. Sie lag ausgestreckt da, den Kopf auf dem Kissen, den Telefonhörer am Ohr und mit der freien Hand die blonden Haare aufplusternd, die dringend mal gewaschen werden mußten und auch eine neue Dauerwelle vertragen hätten.

»Millie«, sagte ich, »Jerry Marlin ist tot.«

»Oh?« Sie gähnte, ein ergötzliches, intimes kleines Gähnen. Die Türkei hatte mit Bulgarien einen Vertrag über den Import von Manganerz geschlossen, Kansas City hatte Milwaukee im zehnten Spiel fünf zu vier geschlagen. Jerry Marlin war tot, und in Labrador gab's eine Hitzewelle. »Ach, das tut mir aber leid. Wann ist es passiert?«

»Vorgestern abend. Liest du keine Zeitungen?«

»Das muß ich wohl übersehen haben. Was hast *du* so gemacht, Süßer? Bist schon lange nicht mehr hier gewesen.«

Ich legte den Hörer auf und betrachtete meine Fingernägel. Sie kannte Jerry wahrscheinlich . . . und fünfzig andere genauso. Jeder Mann hat irgendwo so eine Telefonnummer notiert.

Ich traf eine Entscheidung. Ich hob wieder ab, wählte die Vermittlung für Ferngespräche und sagte: »Verbinden Sie mich bitte mit jemandem von der Telefongesellschaft in San Diego, Kalifornien.«

»Möchten Sie so lange warten?«

»Sie haben's erfaßt.«

»Wie lautet Ihre Nummer, bitte?«

Ich nannte sie ihr und wartete. Es folgte etwas Geplauder zwischen verschiedenen Telefonistinnen, das mich nichts anging. Schon recht bald sagte jemand, der weit entfernt klang: »Hier ist die Telefongesellschaft«, und meine Telefonistin sagte: »Ein Anruf aus Chicago. Teilnehmer, sprechen Sie bitte.«

»Hallo«, sagte ich. »Ich hätte gern eine Auskunft über ein Ferngespräch vom 14. Juni von San Diego nach Chicago.«

»Einen Augenblick, bitte.«

Ein paar Sekunden später meldete sich eine andere weibliche Stimme, und ich sagte: »Mein Name ist Jerry Marlin, und ich wohne in Chicago, Illinois. Am 14. Juni erhielt ich einen Anruf aus San Diego. Er könnte von mehreren Personen stammen, und ich habe mir den Namen leider nicht notiert. Können Sie mir den Namen des Teilnehmers nennen, und von wo der Anruf kam?«

»Das wird etwas dauern, Mr. Marlin. Möchten Sie am Apparat bleiben?«

»Na gut. Aber vergessen Sie bitte nicht, daß das ein Ferngespräch ist.«

Ich blies etwas Rauch gegen die Decke und kritzelte ein paar Strichmännchen und wartete . . .

»Hören Sie, Mr. Marlin?«

»Ja?«

»Der Anruf stammte von einem Mr. Kenneth Clyne aus dem Zimmer 628 im Hotel San Diego.«

Ich notierte Namen und die Adresse auf dem Notizblock und legte auf. Kenneth Clyne. Und auf der Liste der Telefonnummern, die ich aus Jerry Marlins Telefonbuch abgeschrieben hatte, stand: *Ken . . . ROG 0473*. Da schien etwas zusammenzupassen.

Ich dachte eine Runde nach. San Diego. Irgendwo in der letzten Zeit war ich auf etwas anderes gestoßen, das mit Kalifornien zu tun hatte. Erst, als ich mir sorgfältig die Ereignisse der letzten drei Tage durch den Kopf gehen ließ, stieß ich darauf.

Ein Bild. Der Schnappschuß eines Mädchens in Shorts und Pulli vor einem Hintergrund mit Bougainvillea und peruanischen Pfefferbäumen. In Kalifornien gibt es Bougainvillea und

Pfefferbäume. San Diego liegt in Kalifornien. Ziemlich dünn bislang, aber es könnte dicker werden.

Ich benutzte das Telefon erneut, rief eine Nummer in der Innenstadt an und fragte nach einem Mr. Ingram, dem Anwalt, der mich John Sandmark empfohlen hatte. Ich hatte einmal ein paar Juwelen wiedergefunden, die seiner Frau bei einem Überfall gestohlen worden waren, und er hielt mich für einen ziemlich fähigen Burschen.

Ingram war ein großer, derber, freundlicher Kerl, und er hob einen Nebenanschluß ab und dröhnte: »Hallo, Paul. Schön, von Ihnen zu hören. Was liegt Ihnen auf dem Herzen?«

»Nichts Besonderes«, sagte ich. »Ich wollte Ihnen nur danken, daß Sie mir einen Auftrag verschafft haben.«

»John Sandmark? Gern geschehen, Paul.« Seine Stimme wurde eine Oktave tiefer. »Da wir gerade von den Sandmarks sprechen, was ist daran, daß die Tochter in einen Mord verwickelt sein soll?«

»Ich weiß nur, was ich in der Zeitung gelesen habe«, entgegnete ich. »Mein Job hat nichts damit zu tun. Soweit ich weiß, ist sie nicht darin verwickelt. Sie hat sich nur den falschen Begleiter ausgesucht.«

»Ja, so wird es wohl sein.« Er klang zweifelnd. »Es sind nette Leute. Wie sind Sie mit John zurechtgekommen?«

»Gut. Was ich noch fragen wollte, stammt er aus Chicago?«

»Aus Chicago? Na ja, das könnte man schon so nennen. Er wurde hier geboren, doch nach dem College ging er nach Kalifornien. Heiratete da; seinem Schwiegervater gehörte eine Geldtransport-Firma, die Gannett Armored Express Company mit Zweigstellen in zahlreichen Städten an der Westküste. Als der alte Herr starb, fiel das Geschäft an John. Er verkaufte es kurz darauf und kehrte mit Frau und Tochter nach Chicago zurück. Das ist . . . hm, gute fünfzehn Jahre her, würde ich sagen.«

Ich hatte erfahren, was ich wissen wollte. Ich dankte ihm, hängte auf, lehnte mich zurück und ließ die Füße baumeln, während ich versuchte, ein paar Fakten ins Bild zu fügen.

Jerry Marlin war mit einem süßen kleinen Mäuschen aus der besseren Gesellschaft namens Leona Sandmark ausgegangen.

Leonas Stiefvater hatte mich beauftragt, etwas über Jerry Marlin in Erfahrung zu bringen. Die Familie Sandmark hatte einst in San Diego gewohnt. Ein guter Freund Marlins war kürzlich in San Diego gewesen und hatte Marlin von dort aus zweimal angerufen. Marlin hatte groß herumgetönt, er wisse, wo die Leiche begraben läge . . . ein üblicher Ausdruck, um zu sagen, daß er etwas Heißes über jemanden herausgefunden hatte – etwas so Heißes, daß er erwartete, eine Menge Geld dafür zu bekommen. Das bedeutete Erpressung.

Die Fakten paßten zusammen. Und zwar auf diese Weise: Marlin lernt Leona Sandmark kennen. Aus einigen Bemerkungen, die sie vielleicht fallenläßt, oder wegen einiger Hinweise, die er bekam, nachdem er sie kennengelernt hatte, kommt er auf etwas, das die Familie zu vertuschen versucht. Die Wurzeln des Geheimnisses liegen in San Diego. Marlin kann nicht persönlich dorthin fahren, um Nachforschungen anzustellen, also schickt er seinen besten Freund, einen Burschen namens Ken Clyne. Clyne findet die Leiche im Keller, gräbt sie aus und erstattet Marlin Bericht. Und Marlin legt einem der Sandmarks die Daumenschrauben an.

Welchem? Nun, Leona konnte es nicht sein; sie war noch ein Kind, als sie San Diego verließ. Bleibt nur noch der alte Herr übrig. Aber der alte Herr schlägt zurück. Er engagiert einen Privatdetektiv, um etwas über Marlin zu erfahren. Dann geht er los und schießt Marlin in den Rücken. Wenn Fakten ans Licht kommen, die verdächtig machen, kann er sagen, er habe diesem Privatdetektiv einen guten Bonus angeboten, wenn er verhindert, daß Marlin seine reizende Tochter belästigt. »Natürlich meinte ich keinen Mord, Gentlemen; ich wollte nur, daß Mr. Pine etwas so Verwerfliches über Mr. Marlin erfährt, daß meine Tochter ihm den Laufpaß gibt.«

Ich begann, mir über Mr. Sandmark Gedanken zu machen.

Da war noch eine Möglichkeit. Dieser Ken Clyne hätte auf den Trichter kommen können, daß es keinen Grund gab, Marlin nicht loszuwerden und Sandmark persönlich die Daumenschrauben anzulegen. War doch sinnlos, den ganzen Gewinn durch zwei zu teilen.

Diese Möglichkeit gefiel mir ziemlich gut.

Es war an der Zeit, jemandem einen Besuch abzustatten . . . jemandem namens Ken Clyne.

Noch mal das Telefon. Ich rief ein besonderes Büro in der Auskunft am Rogers Park an und bat um den Eintrag zu Rogers Park 0473. Das Mädchen gab mir die Adresse, und ich notierte sie auf dem Notizblock und legte wieder auf.

Die Lakefield Apartments, 5312 Lakewood. Draußen im Norden, einen Block nördlich von der Foster Avenue, ein paar Blocks vom Seeufer entfernt. Nicht gerade eine Nachbarschaft für die Wohlhabenden, aber auch kein Slumgebiet.

Ich holte den 38er hervor, wog ihn nachdenklich in den Händen . . . und steckte ihn wieder in mein Schulterhalfter. Da ich einen Burschen besuchen würde, der eventuell Jerry Marlin umgepustet hatte, war es vielleicht klug, ein Schießeisen mitzunehmen.

Ich setzte den Hut auf, zog die Jacke an und ging in die Sommersonne hinaus.

Die Lakefield Apartments waren ein längliches, graues Steingebäude mit sieben Stockwerken. Es müßte dringend mit einem Sandstrahlgebläse gereinigt werden, und die Fensterrahmen hätten auch etwas neue Farbe vertragen können. Über dem Eingang befand sich ein dunkelgrüner Leinwandbaldachin, auf dem seitlich in weißen Buchstaben LAKEFIELD APARTMENTS stand und die Hausnummer 5312 auf dem Vorderrand trug.

Ich öffnete eine kupferbeschlagene Doppeltür mit diagonalen Messingsprossen als Türgriff und trat in eine ziemlich große Lobby mit hellgrauen Rauhfasertapeten und einigem sichtbaren Holzwerk. Auf der einen Seite war eine tiefergelegene Lobby, die beträchtlich heiterer wirkte als die meisten Lobbys in Apartment-Hotels, und vor dem Verwaltungsbüro und dem Telefonklappenschrank befand sich ein halbkreisförmiger Tresen aus rotem, poliertem Sandstein.

»Guten Tag«, sagte ein älterer Mann mit einer Brille und einer leuchtenden Glatze mit sanfter Stimme von seinem Posten hinter dem Tresen. War sein Leib schon mager, so erinnerte sein Gesicht an eine Messerklinge, und die Haut seines Halses schien über einem steifen, abnehmbaren weißen

Kragen und einer schwarzen Krawatte hauptsächlich aus Falten zu bestehen.

»Mr. Clyne erwartet mich«, sagte ich. »Wie ist seine Zimmernummer?«

»3H, Sir. Doch ich fürchte, er ist nicht da.«

Ich bemühte mich, so überrascht zu wirken, wie er es von mir erwartete. »Das kapier' ich nicht«, sagte ich. »Ich sollte ihn hier heute um halb drei treffen. Ist er noch nicht aus San Diego zurück?«

»O doch, Sir. Schon seit über einer Woche. Er ging nur vor ein paar Minuten aus. Möchten Sie gern warten? Vielleicht ist er nur mal . . .«

Er sah über meine Schulter und hob die Stimme. »Oh, Mr. Clyne. Dieser Gentleman wartet auf Sie.«

Ich drehte mich um, und da stand ein großer Bursche mit eckigen Schultern, etwa in meinem Alter, und betrachtete mich. Er hatte die hohe, gerundete Stirn eines Bankkassierers und die dementsprechenden gleichmäßigen Gesichtszüge. Sein Anzug war aus grauem Köperstoff und nicht besonders gut gearbeitet. Er hielt einen Panamahut mit einem schmalen blauen Band in der einen Hand, und zwischen den Fingern der anderen hing eine Zigarette. In seiner Jackentasche steckte eine zusammengefaltete Nachmittagsausgabe der *Daily News*. Seine scharfen blauen Augen musterten mich sorgfältig, ohne mich zu erkennen. Was zu erwarten war, da er mich meines Wissens nie zuvor gesehen hatte.

»Hallo, Ken«, sagte ich. »Wo können wir uns unterhalten?«

Er studierte mich aufmerksam und so argwöhnisch wie die Frau eines Chorleiters. »Ich erinnere mich nicht daran, Sie zu kennen.«

»Ich bin ein alter Freund von Jerry.«

Seine Augen weiteten sich etwas, aber nicht vor Erleichterung. »Was wollen Sie?« fragte er.

»Was ich will, wird sich in der Öffentlichkeit nicht gut machen.«

Das schien ihn auch nicht besonders zu stören. »Wer sind Sie?« fragte er, noch immer frostig, noch immer hart.

»Na gut«, sagte ich. »Wenn Sie vor allen Leuten reden

wollen, fahren wir zur Eleventh und State, wo ein Polizeisergeant direkt mitstenographieren kann.«

»Kommen Sie mit in mein Apartment.«

Er drehte sich steif um und ging zu dem Fahrstuhl hinüber, der sich ein paar Schritte hinter dem Portiertresen befand, und ich trottete hinter ihm her.

Wir stiegen in der dritten Etage aus und gingen einen ganz angenehmen Gang zu einer Tür mit der Aufschrift 3H entlang. Er zog ein Schlüsselbund hervor und schloß auf, und ich folgte ihm in ein großes, düsteres, kalt wirkendes Wohnzimmer, von dem aus man durch eine offene Tür in ein Schlafzimmer sehen konnte. Er schloß die Eingangstür, wirbelte herum und starrte mich an.

»Na los«, schnaubte er. »Spucken Sie's aus. Wer sind Sie, und was wollen Sie?«

Ich bedachte ihn mit einem Stirnrunzeln. »Einfach so?«

Er schenkte mir ein schmales Lächeln. Er hatte die Situation jetzt unter Kontrolle. »Genau, einfach so.«

»Okay«, sagte ich. »Dann verschwenden wir wenigstens keine Zeit. Mein Name ist Pine, ich bin Detektiv, und wo waren Sie gestern morgen um vier Uhr?«

Mir hätte es gar nicht gefallen, so dumm zu sein, wie sein Blick andeutete. Er gab ein scharfes, kurzes Schnauben von sich, das vielleicht ein Gelächter sein sollte, wandte mir den Rücken zu, ging zu einem gepolsterten Sims vor den drei Fenstern des Zimmers hinüber und setzte sich. Ich blieb stehen, wo er mich stehengelassen hatte, den Hut auf dem Kopf zurückgeschoben, und ließ die Arme hinabbaumeln. Er beäugte mich mit kühler Verachtung, winkte affektiert mit seiner Zigarette und sagte: »Ist das ein Verhör?«

»Es könnte zu einem werden.«

»Sie verschwenden Ihre Zeit.«

»Ich habe genug Zeit zu verschwenden.«

»Vor einer Minute hatten Sie das nicht.«

»Reißen Sie morgen wieder Ihre Witze«, sagte ich. »Ich habe Ihnen eine Frage gestellt.«

»Ich war im Bett.«

»Hier?«

»Ja.«

»Allein?«

»Was denken Sie denn?«

»Ich wollte Sie nicht beleidigen«, sagte ich.

Er errötete und verschränkte die Finger ineinander, sagte aber nichts.

»Wie war die Reise nach San Diego?« fragte ich.

Seine Augen verschleierten sich; er war wieder auf der Hut. »Wer sagt, daß ich in San Diego war?«

»*Ich* sage, daß Sie in San Diego waren.« Ich legte etwas Schärfe in meine Stimme. »Ich weiß, wann Sie dort waren, und ich weiß, warum Sie dort waren. Das sind zwei der Gründe, weshalb ich frage, wo Sie gestern morgen um vier Uhr waren. Und nun benutzen Sie mal Ihre Zunge, sonst stopfe ich Ihnen den Mund mit ihr.«

Er ballte die Hände zu Fäusten und sprang von dem Sims, das nicht allzu starke Kinn vorgeschoben. »Sprechen Sie nicht so mit mir!« spuckte er. »Ob Sie nun ein Bulle sind oder nicht, ich lasse mir nicht gefallen, daß man so mit mir spricht.«

Ich ging zu ihm, legte eine Hand dorthin, wo sich seine Jackenaufschläge überlappten, und hob ihn auf die Fensterbank zurück.

»Sie werden es sich wohl oder übel gefallen lassen müssen, Süßer. Ich spreche von einem Mord, und Sie wissen, von welchem. Sagen Sie mir nicht, Sie wüßten nicht, welchen Mord ich meine, oder ich lasse Sie mal Bekanntschaft mit meinen Knöcheln schließen, bis Sie kotzen.«

Ein weißer Ring bildete sich um seinen Mund, und seine Augen rollten ein wenig. »Ich lese Zeitung«, murmelte er. »Ich weiß, daß Jerry um diese Zeit umgebracht wurde, aber ich habe nichts damit zu tun.«

»Sie hatten einen Grund, ihn umzupusten«, sagte ich. »Sie hatten einen verdammt guten Grund. Es gibt keinen besseren Grund als Geld. Nachdem Sie an der Westküste diese Information ausgegraben hatten, wußten Sie genauso viel wie Marlin. Sie mußten ihn nur aus dem Weg schaffen, dachten Sie, und das Geld würde an Sie fallen. Das ganze Geld. Also haben Sie ein paar Kugeln in seinen Leib gejagt. Holen Sie Ihre

Zahnbürste und ein sauberes Handtuch, Schätzchen. Wir beide fahren jetzt mal in die Stadt.«

»Nein!« Der Mut strömte aus ihm hinaus wie Schweiß aus einem Stahlarbeiter. »Ich habe Jerry nicht umgebracht. Ich wußte nicht, was er vorhatte. Er war zu verschwiegen, um etwas zu verraten.«

»Was haben Sie in San Diego herausgefunden?«

»Nichts, das ihm weiterhelfen würde.«

»Hören Sie auf, Clyne. Mit solch einer Antwort gebe ich mich nicht zufrieden.«

»Aber es ist die Wahrheit! Jerry hat mir gesagt, die Information, die ich ihm nach Chicago zurückbrachte, sei wertlos für ihn. Das schien ihn aber nicht zu kümmern; er sagte, was er bereits habe, würde ihm fünftausend Vorschuß und fünfhundert monatlich einbringen, bis dann der große Zahltag käme.«

»Was für ein großer Zahltag?«

»Das wollte er mir nicht sagen.«

»Geben Sie mir Einzelheiten darüber, was Sie an der Küste ausgegraben haben.«

Er benutzte die Lippen, während seine Blicke nervös durch den Raum glitten. »Ich . . . kann Ihnen keine Einzelheiten verraten. Dann könnte ich mich genausogut gleich aufhängen. Ich will nichts mit . . . mit der Sache zu tun haben.«

»Daß ich nicht lache«, sagte ich. »Sie stecken schon bis über die Hutkrempe drin und wissen das auch. Soll ich es aus Ihnen herausprügeln, Clyne?«

Er schob den Kiefer vor. »Da mache ich nicht mit, Bulle. Ich habe Jerry nicht erschossen, und Sie können nicht beweisen, daß ich es war. Na los, buchten Sie mich ein, und zum Teufel damit.«

Ratten können genauso stur wie Menschen sein. Ich schwang einen Stuhl herum und setzte mich ihm gegenüber, die Stuhllehne zwischen uns. Ich zündete mir eine Zigarette an, legte die Arme auf die Stuhllehne, blies Rauch durch die Nase und durchbohrte ihn mit Blicken.

»Vielleicht können wir uns auf einen Handel einigen«, sagte ich. »Sie sagen, Sie haben Ihren Kumpel nicht umgebracht, und das will ich Ihnen mal für 'ne Weile abkaufen. Ich will wissen, wer ihn umgebracht hat, und Sie können mir helfen, das herauszufinden.

Ich bin kein Bulle. Ich bin Privatdetektiv, und ich habe einen Klienten, der wissen will, wer Marlin erledigt hat . . . und warum. Soweit ich weiß, haben die Jungs von der Mordkommission Sie noch nicht mit Marlin in Verbindung gebracht. Sie müssen Sie auch nicht unbedingt mit ihm in Verbindung bringen, wenn Sie ordentlich mitspielen.«

Erleichterung strömte in sein Gesicht zurück, und er wurde wieder frech. »Ein Schnüffler, was? Ich hätte direkt darauf kommen müssen, als Sie Ihre Hundemarke nicht aufblitzen ließen.«

»Ich trage nur einen Deputystern bei mir«, sagte ich. »Aber ich kann dafür sorgen, daß die Jungs von der Central Station Ihnen die echte Marke zeigen.«

Seine Lippen hörten auf, sich zu kräuseln. »Was wollen Sie wissen?« murmelte er.

»Die Einzelheiten. Einige kenne ich bereits. Aber das soll Sie nicht stören. Fangen Sie einfach am Anfang an, und packen Sie alles hinein.«

Er suchte nach einer Zigarette, und ich warf ihm meine Streichhölzer zu. Er sog den Rauch ein, ließ ihn langsam wieder hinaus und starrte den Teppich an. »Jerry hat mich etwa vor drei Wochen aufgesucht«, begann er. »Er sagte, er sei mit einer heißen kleinen Maus namens Leona Sandmark zusammen, deren alter Herr ordentlich was auf der Bank habe. Jerry sagte, er sei über etwas gestolpert, das sich in eine Menge Geld verwandeln ließe, wenn man es richtig anfängt, aber es würde eine Weile dauern, um wirklich abzuräumen, wenn er nicht mehr Informationen ausgraben könne. Er sagte, er habe eine Spur, die ihn vielleicht zu dem führen würde, was er brauche, aber jemand müsse ihm helfen, sie zu verfolgen, weil er es sich nicht leisten könne, daß die Sache abkühlt, wenn er 'ne Weile verreist sei.

Die Sandmarks sind anscheinend vor etwa fünfzehn Jahren von San Diego hierher gezogen. Etwa acht oder zehn Jahre zuvor hatte Sandmark, der damals nur ein kleiner Malocher gewesen war, etwas mit der Tochter seines Chefs gehabt und sie geheiratet. Ihr alter Herr war Michael Gannett, dem da unten eine Geldtransport-Firma gehörte.

Davor hatte die Gannett einen der Bürohengste ihres Vaters geheiratet, einen Kerl namens Raoul Fleming . . . einen Jungen, der schnell vorwärts kam, nach allem, was man so hört. Nun, Fleming scheint eines Abends versucht zu haben, den Firmentresor leerzuräumen, aber etwas ging schief, und ein Wachmann wurde getötet. Fleming grapschte fünfzig Riesen und türmte schleunigst.

Das war Anfang der Zwanziger, bevor Firmen wie die von Gannett so vorsichtig waren, Fingerabdrücke von ihren Leuten zu machen. Und so hatten sie nur eine Beschreibung von Fleming. Sie schickten ihm Detektive auf den Hals, und es gab eine ziemliche Jagd, aber sie haben ihn niemals erwischen können. Mittlerweile schwirrte Sandmark um Flemings Frau herum und redete ihr ein, sich von ihrem Mann scheiden zu lassen und ihn zu heiraten. Diese Leona Sandmark war Flemings Kind und ein Baby, als das alles passierte.«

Er blickte zu mir hoch, um zu sehen, wie ich die Sache aufnahm. »Und das«, sagte er, »war alles, was ich herausfand. Gannett starb etwa fünf oder sechs Jahre später und hinterließ alles Sandmarks Frau; so kam Sandmark dann daran. Er verkaufte die Firma und zog mit seiner Familie nach Chicago. Seine Frau starb kurz darauf.«

Ich versuchte, die Dinge etwas zu ordnen. »Hat Marlin etwas davon gewußt, bevor er Sie nach Kalifornien schickte?«

»Nein. Er schien nur zu wissen, daß es in San Diego damals irgendwelchen Ärger gegeben hatte, in den der wirkliche Vater des Mädchens verstrickt war.«

»Und Sie haben mir alles erzählt, was Sie da drüben ausgraben konnten?«

»Sie haben die Fakten, Pine.«

»Quatsch«, sagte ich. »Das kann Marlin alles aus Zeitungsarchiven erfahren haben. Er hätte besser dran getan, einen Privatdetektiv für ihn herumschnüffeln zu lassen – wenn er einen gefunden hätte, der nichts dagegen gehabt hätte, bei einer kleinen höflichen Erpressung mitzumischen.«

Ich dachte mir noch einiges und sagte dann: »Dieser Fleming. Der Fall gegen ihn war wasserdicht?«

»So dicht wie einer am zehnten Tag einer Sauftour. Er hinterließ überall Fingerabdrücke; der benutzte Revolver gehörte ihm; fünfzig Riesen waren verschwunden, und er auch. Was braucht man mehr?«

Allerdings; es sah aus, als sei das genug. Ich überdachte, was Clyne mir erzählt hatte, und suchte nach einem Punkt, den ich vielleicht übersehen hatte.

»Gibt es irgendwelche losen Enden, die eine Bedeutung haben könnten?«

Er unterbrach sein Kopfschütteln abrupt, und ein paar Falten bildeten sich auf der glatten, gerundeten Oberfläche seiner Stirn.

»Wenn ich darüber nachdenke . . .« sagte er langsam, »am selben Morgen, als man den toten Wachmann und den leeren Safe fand, meldete sich einer von Gannetts Wachen nicht zum Dienst. Ein Mann namens Engle . . . Engle, nein, Ederle. Jeff Ederle. Die Bullen glaubten 'ne Weile, er stecke mit Fleming unter einer Decke; doch es stellte sich später heraus, daß er sich mit der Frau eines Spielers aus San Diego herumgetrieben und wahrscheinlich blau gemacht hatte, um bei guter Gesundheit zu bleiben. Diese Jungs von der Küste spielen ganz schön hart, wie ich so gehört habe.«

»Was wollte Marlin mit diesem Zeug anfangen?«

»Das habe ich Ihnen doch schon gesagt«, entgegnete Clyne ungeduldig. »Er hatte die Idee, daß es vielleicht ein paar Punkte gab, die nicht in die Zeitungen gekommen waren. Sandmark hätte bei diesem Raub irgendwie die Hand im Spiel haben können. Sie müssen doch zugeben, daß sich für ihn alles verteufelt glatt entwickelt hat und er schließlich all das Geld heiraten konnte. Gannett hinterließ über eine Million.«

»Ich nehme an, die Zeitungen da drüben haben den Mord ziemlich hochgespielt.«

»Ja. Fotos der wichtigsten Leute, die darin verwickelt waren, Diagramme, Lebensläufe – eine Woche lang verjagte die Sache alles andere von den ersten drei Seiten.«

»Aber nichts davon brachte Marlin weiter?«

»Das hat er mir zumindest gesagt. Er sagte, er würde wohl mit dem auskommen, was er schon habe – wenigstens, bis das große Geld auf den Tisch käme. Und er sagte, er glaube nicht, daß das noch lange dauern würde.«

»Was hat er damit gemeint?«

Clyne runzelte die Stirn. »Das haben wir doch schon alles durchgekaut, Pine«, beschwerte er sich. »Ich weiß nicht, was er damit gemeint hat. Ich persönlich glaube, daß er Sandmark wegen einer anderen Sache die Daumenschrauben anlegen wollte. Wissen Sie, es ist ja möglich, daß Sandmark Jerry umgepustet hat – entweder er selbst oder jemand, der die schmutzige Arbeit für ihn erledigt hat.«

Ich seufzte. »Könnte sein.« Ich erhob mich von dem Stuhl, und Clyne ging mit mir zur Tür. In der Halle drehte ich mich zu ihm um – er stand noch in der geöffneten Tür – und sagte:

»Denken Sie noch einmal darüber nach, Clyne. Vielleicht fällt Ihnen etwas ein, das ich gebrauchen kann. Wenn, dann rufen Sie mich an. Es könnte für Sie etwas dabei herausspringen.«

»Wo kann ich Sie erreichen?«

Ich holte eine Geschäftskarte hervor, schrieb die Telefonnummer meines Hotels auf die Rückseite und gab sie ihm. »Wenn ich nicht im Büro bin, hinterlassen Sie eine Nachricht beim Hotelportier.«

»Okay.«

Ich fuhr zum Erdgeschoß hinab, stieg in meinen Wagen und fuhr zurück zum Büro.

12

Es waren keine Klienten da. Ich setzte mich hinter den Schreibtisch, legte die Absätze auf das Eintragungsbuch und schlug die *Daily News* auf, die ich mir gekauft hatte, nachdem ich den Wagen geparkt hatte. Die dicke blaue Linie rechts auf der ersten Seite roch noch stark nach Druckerschwärze.

Auf der dritten Seite fand ich zwei Artikel, die es wert waren, ganz gelesen zu werden. Der eine berichtete von den Nachforschungen, die heute morgen im Fall Marlin stattgefunden hatten. Leona Sandmark, mit einer Million Dollar verwandt, wurde mit ziemlich vielen wohlgesonnenen und mitfühlenden Bemerkungen bedacht. Der Rest besagte nur, daß niemand von nichts etwas wußte und auf Verlangen der Polizei über die Fortschritte der Ermittlungen ein paar Wochen Stillschweigen bewahrt werden würde.

Gegenüber auf derselben Seite befand sich ein zweispaltiger Nachtrag zu der Story über den nicht identifizierten Leichnam, den zwölf Priester beerdigt hatten. Er enthielt ein kleines Foto vom Gesicht des Toten – ein Bild jener Art, wie es nach Eintritt des Todes für die Polizeiunterlagen aufgenommen wird. Es war das Gesicht eines Mannes, der in fast jedem Alter jenseits der Vierzig sein konnte; ein schmales, verbissenes Gesicht ohne viel Kinn; ein Gesicht, das einmal auf eine ungestüme und gleichzeitig gleichgültige und überhebliche Art und Weise stattlich gewesen sein mußte. Der Artikel selbst war nicht viel wert: ein Winkelhaken voll Text über »die ungewöhnliche Wendung in einem Fall, der nur ein geheimnisvoller Mord zu sein schien und die Polizei nun in hektische Betriebsamkeit versetzt hat«.

Ich grunzte und drehte die Seite um. Als ich gerade mitten in O'Briens Kolumne war, klingelte scharf das Telefon. Oder vielleicht schien es nur so zu klingeln.

Ich hob ab und sagte: »Hallo?«

»Mr. Pine?« Es war die Stimme eines Mannes, tief und energisch und trocken.

»Ja. Wer spricht dort?«

»Ich möchte am Telefon lieber keine Namen erwähnen. Zumindest nicht den meinen. Sagen wir statt dessen, daß ich der Mann bin, der Ihnen sehr früh am heutigen Morgen fünfhundert Dollar gegeben hat.«

Dann war es D'Allemand. »Okay«, sagte ich. »Was kann ich für Sie tun?«

»Wie geht es Ihrem Kopf?«

»Er hängt ein wenig schief, ist aber noch dran.«

Aus dem Hörer kam ein trockenes Geräusch, das ein Kichern hätte sein können. »Machen Sie irgendwelche Fortschritte?«

»Ich habe mich hier und da ein wenig umgesehen«, sagte ich.

»Hat Clyne irgend etwas von Wert berichten können?«

Verärgerung stieg in mir empor. »Sie lassen mich doch nicht zufällig noch immer beschatten?« fragte ich.

Seine Stimme klang steif, wahrscheinlich wegen meines Tonfalls. »Wie Sie selbst festgestellt haben, Mr. Pine, übersehe ich nicht viel. Bei Angelegenheiten, die für mich von Belang sind, möchte ich gern auf dem laufenden bleiben. Beantwortet das Ihre Frage?«

Meine Finger spannten sich um den Hörer, bis die Knöchel leuchtend hervortraten. »Winken Sie den Schatten von mir zurück, hören Sie? Ich mag es nicht, wenn sich einer an mich dranhängt; das macht mich nervös und stört mich bei meiner Arbeit. Sie haben mich dafür bezahlt, einen Auftrag zu erledigen, und ich erledige ihn auf meine Art und kann keine Gehsteigaufpasser gebrauchen. Ist das klar?«

»Ich habe Sie angerufen, um Ihnen zu sagen, daß Clyne nicht viel für Sie tun kann. Er ist jener Freund Marlins, den ich erwähnt habe . . . der Mann, den ich zu mir kommen ließ und dem ich Geld gab. Ich bin ein wenig neugierig, wie Sie sicher von ihm erfahren haben.«

Ich knirschte mit den Zähnen in die Sprechmuschel. »Schauen Sie. Wenn Sie meine Berufsgeheimnisse erfahren wollen, kostet Sie das extra was. Entweder, Sie ziehen diesen verdammten Schatten ab, oder Sie schicken ihn zu mir, holen sich Ihre fünfhundert Mäuse zurück und beschaffen sich einen anderen Ermittler.«

Ich knallte den Hörer auf, setzte die Füße wieder auf den Boden, sprach zu mir selbst und holte mir die Büroflasche. Während ich mir ein Glas einschenkte, wurde die Eingangstür geöffnet und wieder geschlossen, und leichte Schritte kamen durch das Vorzimmer.

Es war Leona Sandmark. Sie trug ein teures, schlichtes, silbergrünes Leinenkleid mit einem jungfräulichen V am Hals und einer aufgesetzten Tasche über der linken Brust, und unter ihrem linken Arm klemmte eine schmale weiße Handtasche mit einem grünen L aus Juwelen. Ein runder weißer Hut von der Größe eines Fahrradreifens saß schräg auf ihrem leuchtenden Haar. Sie sah kühl, dem Anlaß entsprechend und unglaublich schön aus; um die Lippen und die Winkel ihrer graublauen Augen spielten ein paar Lachfältchen.

Sie stützte eine Hand in einem weißen Handschuh gegen den Türrahmen und sagte: »Hallo, Mr. Pine.«

»Einen schönen Guten«, sagte ich und erhob mich, weil ich als Kind eine ordentliche Erziehung genossen hatte. »Wollen Sie nicht hereinkommen und sich setzen, Miß Sandmark?«

Sie trat langsam zu dem Besuchersessel, nahm grazil Platz, schlug die Beine übereinander und legte die Handtasche auf eine Schreibtischecke. Ihre Schuhe waren braun und weiß und vorn offen. Ihre Beine waren genauso schön, wie ich sie in Erinnerung hatte.

Sie seufzte ein wenig. »Meine Güte, es ist warm hier.«

»Nehmen Sie den Hut ab«, sagte ich, »und lassen Sie den Luftzug an Sie heran, wenn es einen geben sollte.«

Sie fummelte eine Hutnadel heraus, nahm den Fahrradreifen ab und legte ihn ebenfalls auf den Schreibtisch. Jetzt war nicht mehr viel Schreibtischfläche frei, aber ich benutzte das Ding sowieso nicht.

Ich beobachtete sie, wie sie sich im Büro umsah. Der Varga-Kalender schien sie zu faszinieren. Es war eben ein faszinierender Kalender. »Ich hoffe, Sie haben nichts dagegen, daß ich einfach so vorbeigekommen bin«, sagte sie. »Haben Sie viel zu tun?«

»Genau in diesem Augenblick war ich mit meinem nachmittäglichen Umtrunk fertig«, sagte ich. »Es tut mir leid, daß ich Ihnen keinen anbieten kann, aber ich habe nur schlechten Bourbon und ein Glas, das gespült werden muß.«

Sie rümpfte ein wenig die Nase und lachte. »Nein danke . . . Ich bin im Kino gewesen. Es schien mir viel zu warm, um in meine Wohnung zurückzukehren.«

»Was das anbelangt«, sagte ich im Plauderton, »ist es zu warm, um überhaupt in die Stadt zu kommen.«

»Ich mußte aber in die Stadt. Ich war heute morgen beim . . . beim Verhör.« Sie erschauderte abrupt, und ihre Lippen zuckten. »Es war ziemlich schrecklich. Ich dachte, vielleicht wollten Sie etwas darüber erfahren.«

»Nicht unbedingt«, sagte ich. »Gibt es irgendeinen Grund, weshalb ich etwas darüber erfahren sollte?«

»Nun . . .« Sie musterte mich aus den Augenwinkeln. »Sie waren dabei, als Jerry . . . als es passierte.«

»Das war ich«, sagte ich. »Ist das bei dem Verhör herausgekommen?«

»O nein!« Die Frage schien sie zu schockieren, als hätte ich sie eines Vertrauensbruchs oder Ähnlichem bezichtigt. »Sie haben mich gebeten, es niemandem gegenüber zu erwähnen . . . Weshalb hat mein Stiefvater Sie engagiert, Mr. Pine?«

»Wenn Sie feinfühlig vorgehen wollen«, sagte ich, »brauchen Sie noch etwas Übung.«

Ich kam in den Genuß eines fragenden, verständnislosen Blickes. »Das klingt wie eine dieser ›bedeutungsschwangeren‹ Andeutungen, Mr. Pine. Könnten Sie sich ein wenig klarer ausdrücken?«

Ich erwiderte ihren Blick und zeigte ihr mein Pokergesicht. »Aber sicher, Miß Sandmark. Es läuft etwa folgendermaßen ab: Sie kennen eins meiner Geheimnisse – ein Geheimnis, das die Polizei gern erfahren würde. Aber Sie würden nicht im Traum daran denken, ihr davon zu erzählen, weil wir ja schließlich Freunde sind, und man verrät einfach nicht das Geheimnis eines Freundes. Natürlich sollten Freunde keine Geheimnisse voreinander haben; sonst können sie keine Freunde bleiben. Also hätten Sie gern, daß ich Ihnen sage, was ich mit John Sandmark zu tun gehabt habe.«

Sie war jung genug, um zu erröten, doch ihr Blick blieb fest. »Nun . . . was hatten Sie mit John zu tun?«

Ich lehnte mich in meinem Sessel zurück, verschränkte die Finger und lächelte sie an. »Der wirkliche Grund wird Sie enttäuschen, Miß Sandmark. Ihr Stiefvater hat mich engagiert, damit ich Jerry Marlin Steine in den Weg werfe.«

Sie keuchte auf, und die Farbe wich aus ihren Wangen. »Sie meinen . . . er hat Sie engagiert, um . . . um . . . ihn zu . . .« Der Satz begann als Flüstern und wurde von Wort zu Wort schwächer, bis er bei dem letzten schließlich völlig erstarb.

»Nein, nicht, um ihn zu töten«, sagte ich geduldig. »Ich werde nicht engagiert, um Leute umzubringen. Ich wurde angeheuert, um in Marlins Vergangenheit zu graben und etwas über ihn herauszufinden, das ihn von Ihnen fernhalten würde. Schauen Sie, Ihr Stiefvater war von Marlin als zukünftigem Schwiegersohn nicht gerade begeistert.«

Sie wandte den Blick von mir ab, und ihre Augen wurden weich und verhangen, mit einem entfernten Ausdruck darin. »Das sieht John ähnlich«, murmelte sie. »Er hat immer darauf bestanden, mich zu beschützen, selbst wenn ich keinen Schutz brauchte oder wollte. Kein Wunder, daß ich alles für ihn tun würde.«

»Vielleicht hat er sich gedacht, ein Mädchen wie Sie könnte etwas Schutz brauchen.«

Es dauerte drei Sekunden, bis diese Worte so tief eingedrungen waren, daß sie schmerzten. Ihre Augen waren auf einmal nicht mehr zärtlich; sie funkelten mich an, als sie sie auf mich richtete. »Was soll das heißen?« fragte sie.

»Mein Gott, sind Sie empfindlich«, sagte ich. »Ich wollte damit nichts sagen. Bin ich Ihnen auf ein Hühnerauge getreten?«

Die Hitze wich aus ihren Augen, und die langen dunklen Wimpern schwangen nieder und überschatteten sie. Sie zog die weißen Handschuhe aus und legte sie auf die Hutkrempe, nahm ihre Handtasche auf den Schoß und holte eine Zigarette und ein goldenes Feuerzeug heraus. Ich hatte ihr schon ein Streichholz angezündet, bevor sie das Feuerzeug benutzen konnte.

Sie atmete einen dünnen blauen Rauchfaden aus, steckte das Feuerzeug zurück in die Tasche und schnappte sie zu. Jetzt war wieder ihr altes Ich hervorgetreten. »Ich wette, es würde Spaß machen, Sie auseinanderzunehmen«, sagte sie und lächelte, als ich verblüfft wirkte. »Ich meine das natürlich im analytischen Sinn.«

»Tun Sie sich keinen Zwang an«, sagte ich.

»Sie geben sich ziemlich hart«, sagte sie langsam, nun nicht mehr lächelnd. »Aber ich glaube nicht, daß Sie unter dieser Hülle wirklich so hart sind. Vielleicht haben Sie diese Hülle errichtet, weil Sie zuviel von der falschen Seite der Leute gesehen haben. Sie befleißigen sich einer harten Sprache und zeigen einen völligen Mangel an Gefühlen. Gewissermaßen spielen Sie eine Rolle . . . und diese Rolle ist nicht immer attraktiv. Doch es steckt sehr viel Kraft in Ihnen, und eine Art von hartgesottenem Ehrenkodex. Eine Frau könnte eine Menge an Ihnen finden, das kein anderer Mann ihr geben kann.« Sie strahlte mich plötzlich an. »Außerdem sehen Sie auf die hagere, mitgenommene Art und Weise, die alle verständigen Frauen bei einem Mann so attraktiv finden, ziemlich gut aus.«

»Machen Sie ruhig weiter!« sagte ich. Ich zündete mir eine Zigarette an und warf das Streichholz aus dem offenen Fenster. »Worüber wollen wir als nächstes sprechen?«

»Sind alle Detektive wie Sie, Mr. Pine? Ich habe noch nie einen kennengelernt.«

»Das macht uns gleich«, sagte ich. »Ich habe noch nie eine Erbin kennengelernt.«

»Wir sollten uns gegenseitig ausforschen.«

Ihre Blicke reizten mich, forderten mich heraus. Ich saß da, lächelte ein bedeutungsloses Lächeln und ließ komische Gedanken durch meinen Schädel kreisen. Ich dachte an ein Mädchen von der High School, das allein mit einem Jungen in einer Hütte in Wisconsin war; an einen kleinen Gewohnheitsverbrecher, der mit diesem Mädchen von der High School herumgemacht hatte, als es ein wenig älter gewesen war; an einen verheirateten Mann, dessen Frau dasselbe Mädchen bei einer Scheidungsklage als Scheidungsgrund angegeben hatte. Und plötzlich waren meine Gedanken alles andere als komisch.

»Ich bin ziemlich gut, wenn's um Nachforschungen geht«, sagte ich. »In diesem Fall würde ich ein Abendessen und eine Show und eine Spazierfahrt im Mondschein vorschlagen. Wenn der Mondschein richtig auf mich fällt, bin ich ein offenes Buch. Wenn ich darüber nachdenke, heute haben wir solch einen Mond – oder werden ihn haben.«

Diesmal lachte sie – ein vollkehliges Lachen, das sich schön anhörte. »Versuchen Sie, sich mit mir zu verabreden, Mr. Pine?«

»Nicht, wenn Sie mich weiterhin Mr. Pine nennen.«

»Paul? Paul . . . das sollte mir nicht schwerfallen.«

»Mit ein wenig Übung könnten Sie ›Darling‹ daraus machen.«

Das Lächeln auf ihrem Gesicht löste sich auf wie ein Kreidezeichen unter einem Dampfbügeleisen. Ich war ihr ein wenig zu weit gegangen. »Nur ein Scherz, Miß Sandmark«, sagte ich. »Ist bei dem Verhör irgend etwas Unerwartetes herausgekommen?«

Sie starrte mich an. »Ich dachte, Sie würden sich nicht für das Verhör interessieren.«

»Tue ich auch nicht. Aber ich nahm an, ein Themenwechsel sei Ihnen ganz recht.«

Darauf bekam ich eine indirekte Antwort. »Ich muß allmählich nach Hause. Ich habe ein Taxi in die Stadt genommen; das Parken im Loop ist immer so problematisch.«

»Ich würde Sie gern nach Hause fahren, Miß Sandmark.«

»Oh, ich wollte keinen Wink mit dem Zaunpfahl geben.«

»Ich fahre Sie trotzdem nach Hause – wenn Sie möchten.«

»Das wäre lieb von Ihnen . . . Paul.«

Mein Blut wallte auf. Ich habe Blut, und es kann aufwallen. »Gern geschehen . . . Leona.«

Das brachte mir ein weiteres Lächeln ein, das ich wegstecken konnte. Sie erhob sich, verankerte den Hut, zog die Handschuhe an und nahm ihre Handtasche. Sie drückte die Zigarette im Aschenbecher aus und ging mit mir zur Tür. Ich wollte gerade abschließen, als das Telefon läutete.

»Einen Augenblick«, sagte ich, ging zurück, hob ab und sagte ein »Hallo?« in die Sprechmuschel.

»Pine?« Die Stimme eines Mannes, die ich nicht erkannte; und ich hätte mich auch nicht unbedingt gern so aufgeregt, wie sie klang.

»Ja«, sagte ich. »Hier spricht Pine. Wer . . .«

»Ich habe es, Schnüffler! Ich hatte es die ganze Zeit, als Sie hier waren, in der Tasche und wußte es nicht! Kein Wunder . . .«

»Wer spricht dort?« fragte ich mechanisch. In Wirklichkeit wußte ich es mittlerweile.

»Clyne. Verdammt, besteht Ihr Gedächtnis nur aus Löchern? Ich sage Ihnen, ich habe die Antwort auf alles!«

»Heraus damit!«

Er versuchte, mir gewieft zu kommen. »Sie sagten etwas von Mäusen, Pine. Ich will ein paar grüne Scheinchen sehen. Kommen Sie her, und wir werden mal darüber reden.«

Ich blickte zu Leona Sandmark hinüber, die in der Türöffnung stand und mich beobachtete. In die Sprechmuschel sagte ich: »Stellen Sie ein paar kleine Vermutungen an, oder wissen Sie wirklich etwas?«

»Das sind keine Vermutungen. Die überlasse ich Privatschnüfflern. Wenn Sie meine Informationen wollen, kommen Sie her . . . aber vergessen Sie das Geld nicht.«

Das Klicken an meinem Ohr verriet mir, daß er aufgelegt hatte. Ich ließ den Hörer nachdenklich auf die Gabel sinken, ging ins Vorzimmer und verschloß die Bürotür.

Leona Sandmark beobachtete mich, wobei sie ihre hübsche Stirn runzelte. »Stimmt etwas nicht, Paul?«

»Wann waren Sie zum letzten Mal in San Diego?« fragte ich.

Ihre Schultern zuckten empor, und sie starrte mich völlig verwirrt an. »Was auf der Welt . . .«

Ich sagte nichts. Ich wartete auf eine Antwort.

»Wenn es wichtig für Sie ist«, sagte sie knapp, »ich war letztes Jahr einen oder zwei Monate dort.«

»Es ist nicht wichtig«, sagte ich. »Ich erscheine nur gern geheimnisvoll. Das ist eine alte Detektivgewohnheit. Leider sieht es so aus, als müßte ich die Heimfahrt absagen. Es ist etwas dazwischengekommen.«

»Natürlich. Dann ein anderes Mal.«

»Es wird nicht den ganzen Abend dauern«, sagte ich. »Wir könnten noch immer essen gehen und eine Show besuchen.«

»Sie können mich ja anrufen«, sagte sie ernst. »Die Nummer ist Austin 0017.«

Genauso ernst schrieb ich die Nummer auf.

Ich besorgte ihr an der Ecke Jackson und Wabash ein Taxi und ging zu dem Parkhaus, um meinen Wagen zu holen. Von Clynes Anruf versprach ich mir nicht allzuviel. Wahrscheinlich hatte er sich an ein unbedeutendes Detail erinnert und war ganz heiß, nachdem er ein paar Vermutungen angestellt hatte. So oder so, ich mußte die Sache überprüfen. In meiner Branche weiß man es niemals genau. Wahrscheinlich auch in keiner anderen, nehme ich an.

Ich brauchte für den Weg fünfundzwanzig Minuten auf dem Outer Drive. Ich parkte an der Ecke der Berwyn Avenue, stieg aus dem Wagen und ging die noch immer sonnenerfüllte Straße zu den Lakefield Apartments entlang.

Derselbe glatzköpfige alte Herr stand hinter dem Tresen. Ich nickte ihm zu, ging zum Fahrstuhl und fuhr in den dritten Stock.

In die Holztäfelung vor 3H war ein nachgemachter Perlenkopf eingesetzt. Ich drückte ihn, und in dem Apartment erklang ein Summer. Nichts geschah, und ich vernahm auch kein Geräusch von Schritten, die zur Tür kamen, um sie zu öffnen. Ich drückte den Knopf erneut, doch es bewirkte nicht mehr als beim ersten Mal. Ich drückte die Klinke hinab, und die Tür schwang auf . . . und da war er.

Ich ging hinein, schloß die Tür und beugte mich über ihn. Er lag auf dem Bauch und sah eigentlich ganz in Ordnung aus, bis auf die Tatsache, daß er keinen Hinterkopf mehr hatte. Auf dem blauschwarz gemusterten Teppich hatte das Blut einen hübschen kreisrunden Fleck hinterlassen, mit grauen Fetzen Gehirnmasse und ein paar weißen Knochensplittern darin. Er war noch warm; kein Wunder, hatte er doch erst vor einer halben Stunde mit mir gesprochen.

Der Rest des Zimmers sah aus wie beim letzten Mal, als ich dort gewesen war. Die Schlafzimmertür war noch geöffnet, und alles war nett und sauber und ordentlich. Ich nahm meinen 38er heraus, ging ins Schlafzimmer und sah mich um. Nichts. Im schwarzweißen Badezimmer sah ich weder blutige Handtücher im Waschbecken noch rote Fingerabdrücke an den Wänden. Es befanden sich Kleidungsstücke in den Schränken, doch keiner, der sie trug.

Ich summte eine kleine Melodie, ging ins Wohnzimmer zurück und hob den Telefonhörer ab. Es sah aus, als würde ich heute abend nicht mit Miß Sandmark essen können.

»Rezeption«, sagte eine mädchenhafte Stimme in mein Ohr.

Ich wurde mir bewußt, daß die Finger meiner rechten Hand allmählich ein wenig schmerzten. Ich blickte hinab und sah, daß ich noch immer den gefleckten Nußbaumgriff des 38ers festhielt. Mein Gesicht fühlte sich ein wenig steif an, als ich darüber lächelte. Ich steckte den Revolver wieder ins Halfter zurück.

»Rezeption«, sagte die mädchenhafte Stimme wieder, diesmal ein wenig gereizt.

Ich atmete langsam aus. »Rufen Sie mal die Polizei her. Lady.«

13

Ich saß auf dem blaugoldenen, kunstseidenen Bettuch im Schlafzimmer des verstorbenen Kenneth Clyne, rauchte eine Zigarette und wartete darauf, daß Lieutenant George Zarr sich überzeugte, ob der spindelbeinige Schlafzimmerstuhl sein Gewicht aushalten würde. Ike Crandall, ein Ermittler von der Staatsanwaltschaft, lehnte sich gegen die geschlossene Schlafzimmertür und berührte mit dem Mundstück einer knorrigen schwarzen Pfeife immer und immer wieder seine Lippen.

Crandall kannte ich noch nicht – ein schlanker Mann Anfang vierzig, mit vorgeneigten Schultern, buschigem, ergrauendem Haar, einem langen, intelligenten Gesicht und tief in den Höhlen liegenden Augen. Seine Gesichtsfarbe zeigte die schwachgelbe Schattierung, die auf eine fehlerhaft arbeitende Leber hinwies.

Durch die verschlossene Tür drangen verschwommene Geräusche; die Jungs von der Mordkommission taten, wofür die Stadt sie bezahlte. Hinter mir summte dann und wann eine Fliege gegen das Drahtgitter des offenen Fensters, und Straßenlärm sickerte herein und erstarb auf dem Boden.

Zarr war endlich fertig. Er steckte das blau umsäumte

Taschentuch weg, das er benutzt hatte, um sich den Schweiß von den grauen Hängen seines hervorstehenden Kinns zu wischen, atmete tief aus und sah mich ohne Vergnügen an. »Lassen Sie hören, Pine«, sagte er. »Aber alles.«

»Gern«, sagte ich. »Es fängt an mit diesem Mord an Marlin vor ein paar Tagen. Ich habe einen Klienten, der gern wissen möchte, wer ihn ermordet hat. Ich grub eine Spur aus, die zu diesem Kenneth Clyne führte; anscheinend war er ziemlich dick mit Marlin befreundet. Auf jeden Fall kam ich heute nachmittag hierher, um ihn aufzusuchen, und wir unterhielten uns. Er konnte mir nicht viel sagen, was nützlich für mich gewesen wäre, versprach jedoch, wenn ihm noch etwas einfiel, würde er es mich wissen lassen.

Gegen vier Uhr rief er mich im Büro an und sagte, ich solle schnell zu ihm kommen, er kenne die Antwort auf alles. Da dachte ich noch, er sei vielleicht ein wenig zu optimistisch. Jetzt bin ich mir nicht mehr so sicher. Auf jeden Fall kam ich her und fand ihn so, wie Sie ihn gesehen haben, auf dem Fußboden. Ich habe Sie sofort angerufen, wie es jeder um das Gemeinwohl besorgte Bürger getan hätte.«

Lieutenant Zarr musterte den seelenruhigen Ausdruck auf Crandalls Gesicht. Crandall hob leicht die Achseln und fuhr damit fort, sich gegen die Lippe zu tippen. Ich schnippte Asche auf den Teppich und saß einfach da.

»Wer«, fragte Zarr mich, »ist diese Partei, die sich so sehr für den Mord an Marlin interessiert?«

»Hmm-hm«, sagte ich. »Das muß ich Ihnen nicht sagen, Lieutenant. Nicht, daß ich es Ihnen nicht gern sagen würde, verstehen Sie mich richtig. Mein Klient will nur wissen, wer Marlin erschossen hat, weil Marlin ein Freund von ihm war, und er will, daß der Mörder nicht ungestraft davonkommt. Nicht, daß er glaubt, die Mordkommission werde den Fall verbummeln; er will einfach nur, daß er schnell gelöst wird. Aber er will nicht ins Rampenlicht treten – und das wird er auch nicht. Jedenfalls nicht durch mich.«

»Verdammt noch mal, Sie beschissenes kleines Arschloch«, sagte Zarr mit beherrschter Wut. »Was bilden Sie sich ein, derart mit der Mordkommission umzuspringen? Sie sind mir in letzter Zeit zu oft über den Weg gelaufen; ich glaube, ich werde etwas dagegen unternehmen.«

Ich rieb eine Handfläche über meinen Oberschenkel und sah zur gegenüberliegenden Wand. Crandall holte einen durchsichtigen Tabaksbeutel aus der Tasche, zog den Reißverschluß zurück und stopfte etwas vom Inhalt in den Pfeifenkopf. »Es hat doch keinen Sinn, so voreilig zu urteilen, Lieutenant«, sagte er in schwachem Protest. »Schließlich arbeitet Mr. Pine ja auf unserer Seite des Zauns.« Er bedachte mich mit einem freundlichen Lächeln, das so leer war wie das Nachthemd einer Braut in der Hochzeitsnacht.

»Ja«, sagte ich.

Er steckte sich am Daumennagel ein Streichholz an und zündete die Pfeife gemächlich an. Zarrs buschige Brauen schlossen sich zu einem Stirnrunzeln, und er öffnete den Mund, um etwas zu sagen, schloß ihn jedoch wieder und gab nur ein bedeutungsloses Grunzen von sich.

»Sie verstehen unsere Lage sicher, Pine«, sagte Crandall. »Jeder, der für den Staatsanwalt gearbeitet hat, weiß, wogegen wir antreten.«

Er wartete auf eine Antwort von mir, bekam jedoch keine. Schließlich hatte er nichts gefragt.

»Es gibt keinen Grund, warum wir unsere Informationen nicht austauschen sollten«, fuhr Crandall in dem Versuch fort, mich zu überzeugen. »Wenn wir herausfinden, wer Marlin und Clyne umgebracht hat – die Morde hängen natürlich zusammen –, gibt es keinen Grund, warum wir Ihnen die Information nicht geben können, bevor die Öffentlichkeit sie erfährt. So können Sie Ihr Honorar kassieren, und niemand ist gelackmeiert.« Seine tiefliegenden Augen glitten zu Zarr. »Das läßt sich doch arrangieren, nicht wahr, Lieutenant?«

»Warum nicht?« sagte Zarr und sah mich an; sein graues Gesicht war ausdruckslos.

»Ist ja prima«, sagte ich. »Sobald ich etwas herausfinde, mache ich mich sofort auf die Socken zu Ihnen und berichte Ihnen darüber.«

Das Blut schoß in Zarrs Wangen, und er schnaubte: »Verdammt, Sie . . .« Doch Crandall unterbrach ihn mit einer kleinen Handbewegung. »Im Augenblick« sagte er sanft, »würden wir gern wissen, wie Sie erfahren haben, daß Clyne mit Marlin zu tun hatte.«

»Ich bin Detektiv«, sagte ich. »Ich ging zu Marlins Hotel und stellte ein paar Fragen.«

»Sie meinen das Northcrest?«

»Ja.«

»Wir sind dort ziemlich gründlich vorgegangen, Pine, haben aber nur eine Niete gezogen.«

Ich grinste ihn an. »Ich bin ziemlich clever, was?«

Schweigen. Ich sah mich nach einem Aschenbecher um, fand keinen und begnügte mich damit, die Kippe mit der Ferse auf dem Teppich auszutreten.

»Wir sind ganz umgänglich in dieser Sache, mein Freund, aber Sie wollen uns anscheinend nicht helfen«, sagte Crandall. »Sandmark hat Sie engagiert, damit Sie herausfinden, wer Marlin umgebracht hat, nicht wahr?«

»Warum sollte er sich dafür interessieren?« fragte ich. »Wie ich gehört habe, steht seine Tochter doch im Trockenen.«

»Wer hat Ihnen das gesagt?«

»Niemand. Ich gehe nach dem, was ich in der Zeitung lese.«

»Sie sollten es eigentlich besser wissen.«

Ich hob die Schultern. »Das ist alles, wonach ich gehen konnte.«

Crandall schlug sanft mit dem Tabaksbeutel auf seine Handfläche, musterte mich einen Augenblick lang ernst, drehte sich um, ging aus dem Schlafzimmer und schloß leise die Tür hinter sich.

Es wurde wieder still im Zimmer. Zarr legte die geöffneten Hände auf seine Knie und bewegte die Finger sorgfältig auf und ab, während er sie betrachtete, als gehörten sie jemand anderem. Ein Streifen Sonnenlicht malte ein scharfes Viereck auf einer der Seitenwände. Dieselbe Fliege dröhnte hingebungsvoll gegen den Drahtschirm.

Zarr stand plötzlich auf. »Ich habe Ihnen gesagt, daß ich keine Zufälle mag, verdammt noch mal«, sagte er und schlug mir mit der rechten Faust hart gegen den Mund. Ich flog zurück und stürzte auf der gegenüberliegenden Seite des Bettes zu

Boden. Als ich wieder auf den Füßen stand, war ich allein im Zimmer.

Meine Beine zitterten ein wenig, als ich zu dem Spiegel trat, der eine Türfläche des Wandschranks für sich beanspruchte. Meine Augen starrten zu mir zurück, heiß, fieberhell und beschämt. Ein Muskel in meiner linken Wange begann zu zucken. An einem Mundwinkel perlte Blut; während ich in den Spiegel sah, tropfte es auf mein Kinn hinab, wobei es eine gekrümmte rote Spur hinterließ. Dort war ein winziger Riß, und die Unterlippe schwoll allmählich an. Ich stand da und wartete darauf, daß der Muskel zu zucken und meine Beine zu zittern aufhörten . . .

Ich ging zur Tür, öffnete sie und trat ins Wohnzimmer. Die Leiche war abtransportiert worden, doch auf dem Teppich befanden sich Kreidemarkierungen, und die Blutpfütze trat scharf und klar hervor, wie es bei solch einem Mist immer der Fall ist. Ein Fotograf mit einer Hornbrille steckte Platten in eine schwarze Tasche, und ein kleiner Bursche in einem ausgebeulten blauen Anzug zeichnete eine Skizze in ein Notizbuch.

Drüben am Fenster saßen Crandall und Zarr und hatten die Köpfe zusammengesteckt. Crandall hielt einen dreieckigen Zeitungsausriß in den Fingern einer Hand. Er schob mir das Papier zu, als ich zu ihnen hinüberging.

»Das wurde unter der Leiche gefunden, Pine. Wissen Sie etwas darüber?«

Es war nicht viel größer als seine Hand. Eine Ecke war rot gefärbt . . . ein klebriges Rot, das allmählich dunkelbraun wurde. An einer Seite verlief eine gerade blaue Linie aus Druckerschwärze.

»Ein Stück einer Zeitung«, sagte ich.

»Verdammt, das sehe ich selbst.«

»Na ja, Sie haben mich gefragt.« Ich nahm den Hut ab, legte ihn auf den Fenstervorsprung, fuhr mir mit den Händen durchs Haar und zündete mir eine Zigarette an.

Crandall musterte mein Gesicht; sein Ausdruck zeigte plötzliche Betroffenheit. »He«, sagte er, »da ist Blut an Ihrem Mund.«

»Ach ja«, sagte ich kalt.

»Was ist passiert?«

Zarrs Lippen spitzten sich leicht.

»Ich bin über etwas gestolpert«, sagte ich. »Haben Sie die Zeitung gefunden, von der dieses Stück stammt?«

»Nein.« Er musterte mich noch immer. »Zu schade mit Ihrem Mund, Pine. Worüber sind Sie gestolpert?«

»Über den Mount Everest«, sagte ich müde, »und zum Teufel damit. Ich habe über die Sache nachgedacht, Crandall. Vielleicht kann ich Ihnen doch noch helfen.«

Crandalls Lächeln war leicht sardonisch, als er Zarrs Blick begegnete. »Komisch, wie sich die Denkweise eines Mannes ändern kann, wenn er über etwas stolpert, was, George?«

»Treiben Sie es nicht zu weit, Crandall«, knurrte ich. »Vielleicht fällt's auf Sie zurück.«

»Oh, glauben Sie keinen Augenblick lang, daß wir Ihre Hilfe nicht zu schätzen wissen, Pine. Gehen wir ins Nebenzimmer zurück, und Sie können Ihren Spruch aufsagen.«

»Ich sage ihn direkt hier auf«, entgegnete ich. »Es wird nicht lange dauern.« Ich lehnte mich gegen den Fensterrahmen und dachte einen Augenblick lang nach. Crandall beobachtete mich unter seinen Augenlidern, während Zarr noch immer Spuren seines Schnaubens trug.

»Das meiste davon«, begann ich, »habe ich bekommen, indem ich zwei und zwei zusammensetzte. Ich kann mich in einigen Punkten irren, aber nicht in vielen. Alles fing vor fünfundzwanzig Jahren in San Diego, Kalifornien, an. Zwei Burschen arbeiteten dort für ein Geldtransport-Unternehmen. Einer, der Schwiegersohn des Besitzers, hieß Raoul Fleming; der andere war John Sandmark.

Eines Nachts schlug Fleming, ein ziemlich wilder Bursche, was ich so gehört habe, einen Wachmann der Firma nieder und verschwand mit fünfzig Riesen. Er machte einen glatten Abgang, und niemand hat je wieder von ihm gehört. Mittlerweile hielt John Sandmark der Ehefrau das Händchen und überredete sie, sich scheiden zu lassen und ihn zu heiraten. Als sein Schwiegervater starb, war Sandmark der Junge, der das Geschäft übernahm. Schließlich verkaufte er es und zog mit Frau und Stieftochter nach Chicago.«

Ich rutschte ein wenig hin und her und zog tief an meiner Zigarette. »Bevor ich fortfahre«, sagte ich, »möchte ich gern darauf hinweisen, daß etwas an diesem Ding, das Fleming abgezogen haben soll, stinkt. Seine Situation: sitzt ganz oben, guter Job, mit der Tochter vom Boß verheiratet, in den Startlöchern, eine große Firma und das Vermögen seines Schwiegervates zu übernehmen, wenn die Zeit gekommen ist. Dennoch wirft er das alles fort bei dem verrückten Versuch, fünfzig Riesen zu klauen. Vielleicht werden Sie beide das abkaufen, ich aber nicht. Ich gebe zu, daß es ziemlich viele Beweise gab, die Fleming das Ding anhängten: Fingerabdrücke, sein Revolver und so weiter. Aber die Sache stinkt trotzdem so penetrant, daß ich keinen Cent darauf setzen würde.

Na gut. Jetzt kommen wir zu diesem Jahr. Vor einem Monat wurde ein Mann mittleren Alters in einem Hotel auf der Madison Street mit eingeschlagenem Schädel gefunden. Kein Ausweis, kein Nichts – nicht mal eine Zahnbürste. Und doch steht dieser Mord in der Madison Street im Zusammenhang mit Sandmark und San Diego. Wieso, erkläre ich Ihnen gleich.«

In dem Augenblick, da ich den Mord in der Madison Street erwähnt hatte, war Zarr zusammengezuckt. Er murmelte leise etwas, das ich nicht verstehen konnte. Wahrscheinlich war es sowieso nicht wichtig.

»Vor zwei oder drei Monaten«, fuhr ich fort, »lernte Leona Sandmark, Flemings Tochter und nun John Sandmarks Stieftochter, Jerry Marlin kennen – spezialisiert auf Zufallsbekanntschaften in Nachtclubs, wie ich gehört habe. Marlin war einer jener Typen, die einen schnellen Dollar mitnehmen und sich nicht fragen, wie sauber er ist. Irgendwie erfuhr er, daß Sandmark Dreck am Stecken hat. Er war schon an einer heißen Sache dran, glaubte aber, sie noch heißer machen zu können. Dies im Hinterkopf schickte er Ken Clyne nach San Diego, um Einzelheiten über diesen alten Raubmord auszugraben. Doch als Clyne zurückkam, wußte er nichts, was Marlin nicht auch schon wußte.

Dann wurde Marlin umgepustet. Eine Menge Leute, von denen wir nie gehört haben, könnten ihn umgelegt haben, oder einer oder zwei von denen, die wir kennen. Einer dieser beiden ist Sandmark; der andere war Clyne. Sandmark, weil Marlin ihn erpreßt hat; Clyne, weil er den Job selbst übernehmen wollte.«

Crandall rieb sich das Kinn. »Sie haben eine Menge Fragen offengelassen, Pine. Was wußte Marlin über Sandmark, und wie verbinden Sie diesen Mord in der Madison Street damit?«

»Okay«, sagte ich. »Das sind gute Fragen, und ich glaube, ich kann Ihnen zumindest auf die letzte eine vernünftige Antwort geben.

Als ich Clyne am frühen Nachmittag hier aufsuchte, sagte er mir, er wisse nicht, was Marlin über Sandmark habe. Er sagte, er sei die Zeitungsarchive in San Diego durchgegangen, habe alles über den Fall gelesen, sich die Bilder angesehen und so weiter, aber kein Glück gehabt. Doch etwa eine Stunde, nachdem ich ihn verlassen hatte, war er am Telefon und schrie, er habe die Antwort auf alles, und ich solle mit einer Handvoll Zaster zu ihm hinüberkommen und sie ihm abkaufen.«

Ich hielt inne und schnippte Zigarettenasche auf den Teppich. »Genau hier«, sagte ich grinsend, »zahlt sich meine Gewohnheit aus, auf Einzelheiten zu achten. Indem man ein paar Details zusammensetzt, die auf den ersten Blick unwichtig erscheinen . . .«

»Hören Sie schon auf!« unterbrach Zarr verärgert. »Lassen Sie uns den Rest der Geschichte hören.«

»Nun«, sagte ich, »als ich zum ersten Mal hierher kam, traf ich Clyne unten in der Lobby. Er kam gerade herein, und in seiner Jackentasche steckte eine *News* mit blauem Streifen vom heutigen Tag. Ich dachte mir zunächst nichts dabei; aber als ich zum Büro zurückfuhr, kaufte ich mir auch ein Exemplar.

Auf der dritten Seite standen zwei interessante Artikel. Der eine über die Ermittlungen im Fall Marlin, der andere war eine Aufmotzung der früheren Stories um die Leiche, zu deren Beerdigung zwölf Priester angetreten waren. Zu dieser Story gab es auch ein Bild von dem Burschen. Es war kein sehr gutes Bild, aber jeder, der den Burschen kannte, hätte ihn erkannt.

Und das reime ich mir daraus zusammen: Clyne liest seine Zeitung, schlägt die dritte Seite auf und sieht das Gesicht des unbekannten Toten. *Er erkennt es als das eines der Beteiligten an dem Raubmord in San Diego.* Bedenken Sie, er hat diese Fotos da unten studiert.«

Crandall und Zarr musterten einander lang und stumm. Ich setzte mich auf den Fenstervorsprung, kam mir plötzlich sehr alt und müde vor, als sei ich hundert Kilometer gelaufen, nur um zu erfahren, daß ich den gesamten Weg zurücklaufen mußte.

»Nein.« Lieutenant Zarr schüttelte den Kopf. »Sie können mir nicht weismachen, Clyne habe zwei Fotos gesehen, zwischen denen fünfundzwanzig Jahre liegen, und den Mann darauf als denselben identifiziert. Das fiele sogar jemandem schwer, der den Burschen persönlich gekannt hätte. Und Clyne kannte ihn nicht. Die Leute im Fall Gannett sehen heute nicht mehr so aus wie damals, als in San Diego die Fotos geschossen wurden.«

»Das ist ein guter Einwand, Pine«, sagte Ike Crandall.

»Und ihr Burschen nennt euch Bullen«, sagte ich. Nun war ich an der Reihe, die Lippen zu schürzen, und ich gab mir die größte Mühe damit. »Dieser Mann, den die Priester beerdigt haben, war einer von diesen schmalgesichtigen Leuten, die sich zwischen . . . sagen wir, dreißig und fünfundfünfzig kaum verändern. Klar, ein Mann, der ständig an Gewicht zulegt, bis er ein mittleres Alter erreicht hat, kann kaum nach einem alten Bild identifiziert werden. Aber der hier war hager und ist hager geblieben.«

Crandall nickte beeindruckt. »Das ergibt Sinn, George«, sagte er zu Zarr. »Ein Bursche, der nicht viel Gewicht zugelegt hat, sieht über die Jahre hinweg ziemlich gleich aus.« Er beäugte mich nachdenklich. »Wenn Sie damit recht haben, Pine, dann müßte dieser Ermordete aus dem Laycroft-Hotel fast mit absoluter Sicherheit Raoul Fleming sein, Leona Sandmarks vermißter Vater.«

»Entweder er«, sagte ich, »oder ein Bursche namens Ederle – Jeff Ederle.«

Sie starrten mich erneut an. »Und wer zum Teufel«, knirschte Zarr, »ist Jeff Ederle?«

»Er war ein Wachmann bei der Gannett Express Company«,

sagte ich. »Er verschwand an dem Tag, nachdem Fleming angeblich den Tresor leergeräumt haben und mit der Beute nach Süden verschwunden sein soll.« Ich atmete tief ein. »Ich halte jedoch nicht viel davon. Daß der Tote Ederle ist, meine ich. Ich glaube auch, daß er Fleming war. Ederle hatte damals einen sehr guten Grund, aus San Diego zu verschwinden. Ein Techtelmechtel mit einer verheirateten Frau. Und wenn er etwas über Sandmark wußte, warum soll er dann fünfundzwanzig Jahre gewartet haben, bis er ihm die Daumenschrauben anlegte?«

»Bei Gott, das paßt zusammen!« Crandall ereiferte sich allmählich ein wenig. »Wie Sie es so erzählen, sieht es so aus, als habe Fleming lange genug gewartet, bis Gras über die Sache mit dem Geldtransport-Unternehmen gewachsen ist, und sich dann angeschickt, Sandmark aufzuspüren. Vielleicht hatte er herausbekommen, daß Sandmark ihm die Sache angehängt hatte; vielleicht war er sauer, weil Sandmark seine Frau bekommen hat. So oder so, Sandmark wollte sich von ihm nicht ausnehmen lassen, also hat er ihn umgebracht oder jemanden damit beauftragt. Das fand Jerry Marlin irgendwie heraus und legte ihm die Daumenschrauben an. Also wurde Sandmark Marlin los . . .«

Er hielt inne und kaute ein wenig an der Lippe, während er sich im Geiste alles zurechtbog. Zu mir sagte er: »Doch warum wollte Sandmark Clyne aus dem Weg haben? Denn das folgt ja daraus: Wenn er Marlin umgebracht hat, muß er auch Clyne umgebracht haben.«

Ich hob die Achseln. »Das wird eine Vermutung bleiben, Crandall. Ich glaube, daß Clyne es seinerseits mit einer kleinen Erpressung versuchte, nachdem Marlin tot war . . . und das gab Clyne dann den Rest.«

Es war noch eine Menge Skepsis in Zarrs schmalem Gesicht. »So, wie Sie es sich ausmalen, Schnüffler«, sagte er, »muß dieser Sandmark ja wirklich ein bemerkenswerter Bursche sein. Drei Morde in einem Monat liegen weit über dem Durchschnitt – selbst für diese Stadt.«

»Den Teufel liegen sie«, sagte ich. »Niemand würde ihn je für einen Mörder halten. Er ist groß und kein Weichling, macht aber eher den Eindruck eines Bankpräsidenten, ein Typ, der eher pfänden läßt, als einen Totschläger zu benutzen.«

Crandall rieb sich scharf die Handflächen aneinander. »Es sieht so aus, als müßten wir uns mit diesem John Sandmark mal unterhalten, George. Wo wohnt er?«

»Oak Park«, sagte Zarr langsam. »Wir gehen die Sache lieber nicht mit vorgestrecktem Kinn an, Ike. Dieser Sandmark wird mit all seinem Geld wohl ein mächtiger Bursche sein. Man geht nicht zu einer Million Dollar und spuckt ihr zwischen die Augen. Das muß ich dir doch nicht sagen, oder?«

»Sein Geld kauft ihm keine Immunität vor dem Gesetz.« Crandalls Augen nahmen einen fanatischen Glanz an: ein Kreuzzug gegen den wohlhabenden Schurken. »Sandmark ist uns einige Erklärungen schuldig. Ich sage ja nicht, daß wir einfach hereinplatzen und uns ihn ordentlich vornehmen sollen. Statten wir ihm mal einen höflichen Besuch ab, eine vorsichtige Annäherung . . . und dann geben wir's ihm aus beiden Läufen!«

Doch Zarr schüttelte den Kopf. »Da ist noch etwas, Ike. Den Mord an Marlin bearbeitet Captain Locke. Als Donnerstag nacht der Anruf von der Stieftochter kam, schickte ich die Jungs raus, rief Locke zu Hause an und erzählte ihm davon. Du weißt, wie gern er es hat, wenn sein Name in den Schlagzeilen erscheint. Ich wußte verdammt genau, daß die Zeitungen einen Mord, in dem die Tochter eines reichen Mannes verwickelt ist, hochspielen würden. Locke hat den Fall bearbeitet, und wenn wir ihm da hineinpfuschen, wird er sauer auf uns sein. Er ist der Kopf der Abteilung und mein Boß. Ich will nicht, daß er sauer auf mich ist.«

Büropolitik. Es mag zwar irgendwo ein Polizeidezernat geben, das ohne auskommt, doch ich habe noch nicht von ihm gehört.

»Nun, *mein* Boß ist er nicht«, sagte Crandall hitzköpfig. »Du kannst den Kopf einziehen, wenn du willst, aber ich werde Sandmark aufsuchen und etwas herumstöbern.« Er richtete den Blick wieder auf mich. »Sie scheinen eine Menge über Sandmark zu wissen, Pine. Wie kommt's? Ist er ein Klient von Ihnen?«

»Wäre beinahe einer geworden«, sagte ich. »Fiel dann aber gewissermaßen durch.«

»Er hat Sie doch wohl nicht engagieren wollen, damit Sie jemanden wegradieren, was?«

»Nur weiter damit, sehr komisch«, sagte ich. »Lassen Sie nur meinen Namen aus dem Spiel, wenn Sie mit ihm sprechen, das ist alles. Ich will nicht, daß sich herumspricht, daß ich die Arbeit der Cops erledige. Könnte meinem Geschäft schaden.«

Zarr bedachte mich mit einem schrägen Blick. »Dann passen Sie lieber auf, daß Sie nicht mehr so oft stolpern. Wenn Sie stolpern, scheinen Sie zu einer rechten Plaudertasche zu werden.«

Ich hob eine Hand und berührte vorsichtig meine Lippen. »Ja. Ich gebe zu, daß ich mir schnell Prellungen zuziehe. Und sie heilen nicht immer gut ab. Mein Gedächtnis wird mich nicht im Stich lassen.«

Der schiefe Blick des Lieutenants wurde zu einem dünnen Lächeln. »Strapazieren Sie Ihr Gedächtnis nicht zu sehr, Sportsfreund. Sonst könnte es zurückschnappen und Ihnen den Kopf abreißen.«

Ich stand auf, nahm den Hut vom Fenstersims und setzte ihn wieder auf. »Wenn ihr Jungs damit fertig seid, mich mit Nadeln zu durchbohren, würde ich gern gehen. Vielleicht habe ich noch eine Verabredung.«

»Das hängt von Lieutenant Zarr ab, Pine«, sagte Crandall geistesabwesend. »Ich persönlich würde sagen, daß Sie uns eine große Hilfe gewesen sind, die ich zu schätzen weiß.«

Zarr deutete mit der Hand zur Tür. »Na gut, Schnüffler. Zischen Sie ab.«

Ich ging hinaus, schritt langsam über den Gang zum Fahrstuhl und fuhr zum Erdgeschoß. Der kahle alte Herr hinter dem Tresen warf mir einen eisigen Blick zu, als sei ich derjenige, der den Teppich mit dem ganzen Blut versaut hatte. Ein dunkelhaariges Mädchen mit bläßlicher Gesichtsfarbe spähte hinter dem Klappenschrank mit einer Mischung aus Ekel und Faszination zu mir hinüber. Ich trat auf die sonnenhelle Straße und schlenderte um die Ecke, hinter der ich den Plymouth geparkt hatte.

Er war noch da. Ich stieg hinter das Steuerrad und blieb ein oder zwei Minuten mit geschlossenen Augen sitzen, betastete meine angeschwollene Lippe und hing bitteren Gedanken nach.

Ich konnte nichts Bewundernswertes daran finden, einen Mann den Wölfen vorzuwerfen, besonders, da ich mir mehr als nur einigermaßen sicher war, daß er weder Marlin noch Clyne getötet hatte. Aber der wirkliche Mörder mußte ausgeräuchert werden, und mir war der Brennstoff ausgegangen. John Sandmark würde dafür herhalten müssen. Sollten die Cops doch denken, sie hätten mich zum Auspacken gezwungen. Mir war es verdammt gleichgültig, was sie dachten.

Ich ließ den Motor anspringen, bog an der Ecke nach Norden ab und fuhr nach Hause.

14

»Es ist wahrscheinlich zu spät für ein Abendessen und eine Show«, sagte ich. »Aber das ist kein Grund, nicht ein paar Nachtlokale zu besuchen, nicht wahr?«

Selbst am Telefon klang ihr Lachen musikalisch. »Ich hatte Sie schon beinahe aufgegeben«, sagte sie. »Wo sind Sie?«

»Zu Hause. Bin in dieser Minute hereingekommen. Ich bin müde und stinke nach Polizisten, aber das ist nichts, was eine Dusche nicht wieder richten könnte.«

»Polizisten? Sagen Sie bloß nicht, Sie sind verhaftet worden.«

»Bin nur knapp daran vorbeigeschlittert«, sagte ich. »Ich habe jemanden aufgesucht, der mich sprechen wollte, doch bevor ich dort ankam, hat ihm jemand das Lebenslicht ausgeblasen. Die Jungs mit den steifen Hüten stellen immer eine Menge Fragen, wenn so etwas passiert.«

»Himmel! Allmählich wird's wohl zu einer Gewohnheit, daß ein Mord geschieht, wo immer Sie auftauchen. Ich frage mich, ob ich es noch wage, mit Ihnen auszugehen.«

»Ich habe mein Quantum für diesen Monat weg. Sie werden bei mir so sicher sein wie ein Baby, das noch auf den Armen getragen werden muß. Was auch keine schlechte Idee ist, wenn ich darüber nachdenke.«

»Das werde ich lieber ignorieren«, sagte sie ernst. Zumindest versuchte sie, ernst zu klingen, auch wenn es ihr nicht allzugut gelang. »Die Idee mit den Nachtclubs ist aber nicht schlecht . . . Würden Sie mich so gegen zehn abholen? Und . . . Detektive haben doch auch Abendgarderobe, nicht wahr?«

»Ich würde sie Ihnen gern zeigen«, sagte ich. »Sie glauben doch nicht etwa, ich ginge in meiner Unterwäsche aus, oder?«

Sie lachte wieder, sagte: »Wir sehen uns gegen zehn, Paul«, und unterbrach die Verbindung.

Ich legte den Hörer auf, sagte: »Auch noch Abendgarderobe!« ging ins Schlafzimmer, wühlte mich durch den Schrank und holte den Smoking hervor, den ich mir vor zwei Jahren gekauft hatte, um dem Festessen der Versammlung der American Private Detectives im Hotel Sherman beiwohnen zu können. Das war der Abend gewesen, an dem ich Ray Schindler die Hand geschüttelt und siebenundzwanzig Old Fashioned getrunken hatte und am nächsten Nachmittag in einem Zimmer mit einem Blick gen Norden und einer Schönheit aus dem Süden aufgewacht war.

Es waren keine Schnapsflecken an dem Anzug und nur zwei oder drei Knitterfalten. Ich hoffte, niemand würde die Falten bemerken. Das weiße Hemd in der unteren Kommodenschublade steckte noch in dem Seidenpapier, in dem die Wäscherei es zurückgegeben hatte. Ich fand heraus, daß es ihr gelungen war, den Lippenstift von der Brust zu entfernen.

Ich ließ mir Zeit beim Duschen, Rasieren und Anziehen; und es war einundzwanzig Uhr fünfzehn, als ich meine Wohnung verlassen konnte. Ich blieb auf einen letzten Blick vor dem Spiegel stehen, und er gab mir einen Klaps auf den Rücken und verriet mir, die weiblichen Herzen würden an diesem Abend verrückt spielen. Ich fragte mich, ob ich den Revolver mitnehmen sollte, entschied, daß er den fehlerlosen Faltenwurf des Anzugs ruinieren würde, und verschloß ihn in einer Schublade. Wenn Miß Sandmark unsittliche Anträge machen sollte, konnte ich immer noch an ihren Anstand appellieren.

Keiner meiner beiden Hüte paßte zu dem Affenaufzug, und so trug ich nur mein Haar und beließ es dabei. Ich fuhr im Fahrstuhl hinab, um die Knie nicht mehr als nötig auszubeulen. Sam Wilson saß hinter dem Tresen und hatte die Nase in einem neuen Schundheft stecken. Vielleicht war es auch noch das alte.

Er blickte auf, als ich aus dem Fahrstuhl trat, sagte: »'n Abend, Mr. Pine« und wackelte angesichts des Smokings mit den Brauen.

»Wie steht's, Sam?« fragte ich.

»Sie gehen heute aus, was?« bemerkte er.

»Verdammt, Sie haben meine Post gelesen«, sagte ich.

Das saß zwar, aber er hatte es wieder einmal gründlich mißverstanden. »So etwas würde ich doch nie tun, Mr. Pine. Ehrlich. Ich meine, Sie sind toll angezogen und so weiter, also müssen Sie ausgehen.« Seine schlammbraunen Augen wurden wehmütig. »Ein großer gesellschaftlicher Anlaß, wette ich. Sie führen bestimmt ein hartes Leben, Mr. Pine.«

»Eines Tages«, sagte ich, »werde ich mit Ihnen tauschen, bei einer Telefonvermittlung sitzen, wo es niemals summt, und Detektivgeschichten lesen.«

Er glitt vom Stuhl, kam zum Tresen, sah sich geheimnisvoll tuend in der Lobby um, wie ein Spion bei E. Phillips Oppenheim, und flüsterte: »Ehrlich, Mr. Pine, war wirklich Geld in dem Paket, das Sie gestern abend mitgenommen haben?«

Gestern abend. Es schien hundert Jahre her zu sein.

Ich tat es ihm gleich, sah mich ebenfalls in der Lobby um, schob die Lippen neben sein Ohr und sagte: »Ganz ehrlich, Sam. Fünfundzwanzig Riesen. Und wissen Sie, was ich damit gemacht habe?«

Er war so aufgeregt, daß er zu schwitzen anfing. »Nein, Sir. Ich kann den Mund halten. *Mir* können Sie es sagen.«

»Na gut«, sagte ich. »Ich habe es verbrannt und die Asche die Toilette hinabgespült.«

Er fuhr hoch wie jemand, der sich auf den Daumen

geschlagen hatte, sagte beleidigt: »Ach, verdammich noch mal!« und kehrte zu seinem Magazin zurück.

Die Wahrheit kauft man einem nie ab.

Ein dicker Brocken Mond stand am Himmel, und man konnte die Sterne sehen, wenn man sich anstrengte. Ein Hauch von Kühle in der Luft stammte von der ersten Brise, die seit fast einer Woche vom See herüberwehte. Sie würde verhindern, daß mein Kragen schlaff wurde. Ich stieg in den Plymouth, drehte die Scheiben herunter und fuhr in die Nacht hinaus.

Kurz vor zehn lenkte ich vor dem Gebäude am Austin Boulevard an den Bordstein. Es fuhren ein paar andere Wagen die Straße entlang, und ich wartete ein bis zwei Minuten, um zu sehen, ob ich vielleicht einen Schatten hatte. Es zeigte sich jedoch keiner; D'Allemand schien mich ernst genommen zu haben.

Ich stieg aus und ging an der Stelle vorbei, wo Jerry Marlin mit drei Löchern im Rücken und dem Mund voller Blut gestorben war, und ging weiter ins Foyer von 1317; die imitierten Marmorwände und der Mosaikfußboden wirkten noch genauso antiseptisch, wie ich mich an sie erinnerte. Ich drückte die Klingel neben 6A, und beinahe augenblicklich klickte das Schloß der Innentür. Ich ging hindurch und fuhr in dem Käfig aus Chrom und Spiegeln zur sechsten Etage hinauf . . . und dort wartete sie auf mich, mit einem schiefen Lächeln auf den Lippen und Furcht in den Augen.

»Kommen Sie herein, Paul. Wie gut Sie aussehen«, sagte sie ohne jeden Schwung in der Stimme. Wir gingen ins Wohnzimmer, sie hieß mich in einem der beiden Clubsessel Platz zu nehmen und drückte mir ein Glas in die rechte Hand. Sie ging langsam zur Couch hinüber und nahm dort Platz, wo das Licht der Tischlampe mir ihr Gesicht nicht allzu deutlich zeigen würde.

Ich nippte an meinem Drink, stellte das Glas auf die Ecke des Kaffeetisches und betrachtete anerkennend, was ich von ihr sehen konnte. Ich konnte einiges sehen. Sie trug ein Kleid aus einem hellgelben Stoff, dem nur noch ein Deut fehlte, dann wäre er weiß gewesen. Um die Taille saß nicht genug davon, daß eine Motte ein anständiges Sonntagsessen bekommen hätte, doch tiefer wallten wahre Meter. Ihr leuchtend rotbraunes Haar war hochgebunden, und zwei goldene, diamantenbesetzte Clips über ihren Ohren verhinderten, daß es ihr ins Gesicht fiel.

»Sie sind so schön wie die vierte Dame in einem Pokerblatt«, sagte ich. »Und Sie beschäftigt etwas – etwas, das Sie noch nicht beschäftigt hat, als wir telefonierten. Verraten Sie es mir, Schätzchen.«

Sie saß da und beobachtete mich aus dem Schatten; ihr Atem ging heftig, und ihre Unterlippe zuckte, als würde sie bestraft, weil sie zitterte. »Paul«, sagte sie, hielt inne, schluckte und versuchte es noch einmal.

»Paul, sagen Sie mir, was Sie über den Mord an Jerry Marlin wissen.«

Ich schüttelte den Kopf. »Ich glaube nicht, daß ich das kann.«

»Warum können Sie es nicht?«

»Vielleicht, weil ich nicht viel darüber weiß.«

»Das ist keine Antwort.«

»Es ist die einzige Antwort, die Sie bekommen werden, Miß Sandmark.«

Sie verschränkte langsam die Hände, und die langen, sorgfältig gepflegten Finger schoben sich ineinander. »Müssen Sie so ungefällig sein?«

»Verraten Sie mir, wie man gefällig ›nein‹ sagt.«

»Es tut mir leid, Paul.«

»Schon gut«, sagte ich.

Ich saß da und beobachtete die tiefen, ungleichmäßigen Atemzüge, die ihre Brüste gegen das eng sitzende Mieder ihres Abendkleides zwangen. Sie hatte die Hände im Schoß gefaltet, doch das hinderte sie nicht am Zittern.

»Noch einen Augenblick«, sagte ich sanft, »und Sie werden einen Wutausbruch bekommen, den man noch in Detroit hören wird. Sie sind aufgedrehter als eine neue Uhr, und je mehr Fragen Sie stellen, desto aufgedrehter werden Sie. Warum geben Sie mir nicht ein paar Informationen, anstatt welche zu verlangen?«

Sie versuchte sich mit einem kleinen, hellen Gelächter, doch es mißlang. »Jetzt laufen Sie zur Höchstform auf, nicht wahr,

Mr. Pine? Detektive sind alle gleich, was? Selbst Privatdetektive. Selbst Privatdetektive mit breiten Schultern und knochigen Gesichtern und Augen, die einem weiszumachen versuchen, es seien ehrliche Augen.« Ihre Stimme wurde höher. »Doch sie wollen nur Informationen – die Informationen, die sie benutzen können, um unschuldige Menschen, die man liebt, zu hetzen und q-quälen . . .«

»Entspannen Sie sich, Tallulah«, sagte ich. »Die Aufnahme ist im Kasten.«

Das machte sie wütend. Sie sprang vom Sofa wie eine Katze vom Ofen und machte ein paar Schritte auf mich zu, das Gesicht weiß und verzerrt, bis es kaum noch schön war.

»Hinaus!« sagte sie, die Stimme kaum mehr als ein Flüstern. »Hinaus, Sie hinterlistiger, schmutziger kleiner . . . kleiner . . .«

»Detektiv«, sagte ich. »Und ich bin nicht klein, also hüten Sie Ihre Zunge.« Ich nahm mein Glas in die Hand, lehnte mich zurück und grinste sie an. »Setzen Sie sich, Miß Sandmark, und versuchen Sie, so nett zu sein, wie Sie aussehen. Sie haben mich doch sicher nicht gebeten, ein gebügeltes Hemd anzuziehen und Sie abzuholen, nur um mir klarzumachen, was für ein Dreckskerl ich bin.«

Sie ging rückwärts zu ihrem Platz und ließ sich langsam auf die Couch nieder, ohne die Augen von mir zu nehmen. Sie war noch immer wütend, doch es war ein ungewisser, tastend suchender Zorn, der hauptsächlich auf Angst beruhte – Angst, die nicht das geringste mit mir zu tun hatte.

»Sie sind hinter ihm her, Paul.« Ihre Stimme war noch immer ein Flüsterton. »Sie sagen, er hätte ihn umgebracht. Er hat ihn nicht umgebracht, Paul. Ich weiß, daß er es nicht war. Er könnte niemanden töten . . .«

»Wenn Sie meinen«, sagte ich und zündete mir eine Zigarette an, um ihr Zeit zu geben, sich etwas zu beruhigen. »Ich bin ein wenig schwer von Begriff, Miß Sandmark. Wer sagt, wer hätte wen getötet? Oder sagt man ›habe‹?«

»Ein Mann war bei meinem Stiefvater.« Sie kam langsam über das Flüsterstadium hinaus. »Irgendein Beamter von der Staatsanwaltschaft.«

Das muß Crandall gewesen sein, dachte ich. »Er hat Ihren Stiefvater beschuldigt, jemanden getötet zu haben, Miß Sandmark?«

»Ja. Das heißt . . . nicht direkt. Aber er schien eine Menge zu wissen und . . . Nun, die Art, wie er seine Fragen stellte, klang schon sehr nach einer Beschuldigung.«

»Woher wissen Sie das?« fragte ich. »Waren Sie dabei, als er mit Ihrem Stiefvater sprach?«

»Nein. John hat mich ein paar Minuten, bevor Sie kamen, angerufen.«

»Warum hat er Sie angerufen? Ich meine, man könnte doch von ihm erwarten, daß er Sie nicht wegen etwas aufregt, das bislang noch gar nicht amtlich ist.«

»Er mußte mich anrufen, Paul. Dieser Mann will morgen wieder mit meinem Stiefvater sprechen und mir auch ein paar Fragen stellen.«

Ich nickte. »So gehen sie vor. Sie erzeugen gerade soviel Aufruhr, daß man sich Sorgen macht und die Sache mit den anderen Verdächtigen bespricht und sich eine Geschichte ausdenkt, die alle fraglichen Punkte erklärt. Dann rufen sie alle Verdächtigen zusammen und stellen Fragen, bis sie die vorbereitete Geschichte präsentiert bekommen. Alles paßt zusammen. Und dann, zack, werfen sie ein paar Trümpfe ins Spiel, von denen sie gar nicht wußten, daß sie sie in der Hand halten, und ihre hübsche kleine Geschichte fällt auseinander, sie werden nervös und verwickeln sich in Widersprüche. Und das ist dann der Anfang vom Ende, wie es jemand mal so treffend gesagt hat.«

Mit einer hilflosen Geste breitete sie die Hände aus. »Was können John und ich tun?«

»Die Wahrheit sagen, wenn Sie das können. Ansonsten holen Sie sich einen Anwalt und schließen den bestmöglichen Handel ab.«

»Er hat ihn nicht umgebracht«, sagte sie starrköpfig.

»Worüber machen Sie sich dann Sorgen?«

Sie benetzte die Lippen. »Sie könnten es so hinbiegen, daß es so aussieht. Es . . . es ist ein ziemliches Durcheinander, Paul. Ich . . . kann es nicht erklären.«

»Vielleicht kann ich es erklären«, sagte ich. »Wen soll Ihr Stiefvater angeblich umgebracht haben?«

Sie begann unbeherrscht zu zittern und schlug die Hände vors Gesicht. »Er hat es nicht getan! Er hat es nicht getan!«

Ich sog etwas Rauch in meine Lunge, ließ ihn langsam wieder hinaus und wartete. Ein paar Minuten quälten sich bleiern dahin. In einem der benachbarten Apartments hörte ich ein Klavier. Jemand spielte das »Largo« aus Dvořáks *Fünfter Symphonie,* aber mit zu heftigem Anschlag.

Schließlich hörte das Mädchen auf dem Sofa so weit mit dem Zittern auf, daß es sich erheben und ein Taschentuch aus einer Handtasche nehmen konnte, die auf einem der Beistelltische lag. Sie wischte sich über die Augen und grub ein Lächeln hervor, das wie ein stummer Schrei anmutete.

»Es tut mir leid, Paul. Es ist nur, daß ich nicht glaube . . . nicht weiß . . . ich *weiß* es einfach nicht!«

»Versuchen wir es noch mal«, sagte ich. »Wen soll Ihr Stiefvater ermordet haben?«

»Meinen wirklichen Vater.«

»Es ist wichtig«, sagte ich. »Hat der Polizist *gesagt,* es sei Ihr wirklicher Vater?«

»Nein. Nein, der Mann von der Staatsanwaltschaft hat sich gehütet, etwas Definitives zu sagen. Er wollte etwas über einen Mann wissen, den man vor etwa einem Monat ermordet in einem Hotel in der Madison Street gefunden hat.«

»Aber *Sie* wissen, daß dieser Mann Ihr wirklicher Vater war?«

»Ja.«

»Woher wissen Sie das?«

»Ich war dort. Im Hotel.«

»Wann?«

»Am Abend, als er . . . getötet wurde.«

Mann o Mann! Ich stand auf und marschierte ein- oder zweimal über den Teppich, bevor ich vor ihr stehenblieb. »Ich glaube«, sagte ich, »Sie fangen besser mal am Anfang an und erzählen mir alles, Miß Sandmark.«

Sie wandte den Blick von mir ab, und einen Augenblick lang dachte ich, sie würde sich weigern, noch etwas zu sagen.

Schließlich gab sie den größten Seufzer aller Zeiten von sich und sagte: »Ich hätte gern etwas zu trinken, Paul.«

»Okay. Wo bewahren Sie das Zeug auf?«

Sie deutete auf eine tragbare Bar in einem Nußbaumschrank mit einem eingebauten Kühlfach für Eiswürfel. Ich mixte ihr einen Highball, frischte den meinen auf und setzte mich neben sie auf die Couch.

Ein tiefer Schluck am Highball brachte wieder etwas Farbe auf ihre Wangen. Sie lehnte sich auf dem Sofa zurück, als habe sie ihren Kopf zu lange und zu weit getragen.

»Es fing eines Abends vor etwa fünf Wochen an. Jerry war hiergewesen und ziemlich früh gegangen – gegen zehn, glaube ich. Als er auf die Straße trat, sprach ihn ein Mann aus einem Wagen an, der vor dem Haus stand.

Er wollte Jerry über mich ausfragen. Als Jerry wissen wollte, wieso er sich für mich interessiere, erklärte der Mann, er habe mich seit über einer Woche aus der Ferne beobachtet und versucht, den Mut zu fassen, mich anzusprechen. Er sagte, ihm sei aufgefallen, daß Jerry viel mit mir zusammen war, und wollte wissen, ob Jerry mich liebte. Jerry sagte ihm, ja, wir wollten heiraten. Das entsprach nicht genau der Wahrheit; er sagte es, um herauszufinden, was der Mann wollte.

Der Mann sagte, sein Name sei Raoul Fleming – der Name meines wirklichen Vaters –, und er wollte wissen, ob dieser Name Jerry irgend etwas sagte. Als Jerry dies verneinte, erklärte der Mann ihm, ich sei seine Tochter und daß gewisse Umstände ihn davon abgehalten hätten, mich zu sehen – und das seit vielen Jahren. Er sagte, die ganze Zeit über habe ein Schatten auf seinem Namen gelegen, doch nun sei er in einer Position, den Fall neu aufzunehmen, und er würde, wenn nötig, ein Vermögen dafür ausgeben, sich reinzuwaschen und die Liebe seines einzigen Kindes zurückzugewinnen; während es zu spät sei, seine Ehre in den Augen der Frau wiederherzustellen, die er liebte, wolle er jedoch an dem Mann, der sie ihm weggenommen habe, Vergeltung üben.«

»Klingt wie ein sehr alter, sehr schlechter Film«, sagte ich. »Andererseits jedoch klingt die Wahrheit oft so.«

»Jerry wollte, daß er an Ort und Stelle hinaufkam und mit mir sprach«, fuhr Leona fort, als habe ich gar nichts gesagt. »Doch er wollte nicht. Sagte, man hätte mir wahrscheinlich beigebracht, ihn zu hassen, und es sei ein zu großer Schock für mich, ihm ohne jede Vorwarnung gegenüberzustehen. Er bat Jerry, mir von ihrem Gespräch zu berichten, mich zu bitten, niemandem davon zu erzählen, besonders John Sandmark nicht, und mir zu sagen, daß er in ein oder zwei Tagen mit mir in Verbindung treten würde. Dann fuhr er davon.

Jerry kam natürlich wieder zu mir herauf und erzählte mir davon. Ich war zu erstaunt und verwirrt, um zu wissen, was ich nun tun sollte. Der Mann schien zuviel über mich und meine Familie zu wissen, um ein falsches Spiel zu treiben; und es traf zu, daß man mir beigebracht hatte, ihn zu hassen. Nicht gerade beigebracht; es war nur so, daß sein Name niemals erwähnt wurde, es gab keine Bilder von ihm, nichts, das ihm einmal gehört hatte. Es war, als habe er niemals existiert. Meine Mutter wollte es so, glaube ich . . .

Wir entschlossen uns schließlich, Jerry und ich, abzuwarten, bis sich Mr. Fleming direkt an mich wandte. Ich war nicht ganz glücklich damit, meinem Stiefvater nichts davon zu erzählen, weil der Mann von Rache gesprochen hatte.

Am nächsten Abend gingen Jerry und ich aus und kamen erst sehr spät nach Hause. Am folgenden Morgen kam mein Stiefvater auf einen kurzen Besuch vorbei; er macht das oft, wenn er in die Stadt fährt. Als er bei mir war, klingelte der Postbote, und John fuhr hinab, um mir die Post zu holen. Er kam wieder hoch, gab mir ein paar Rechnungen oder so und sagte, das sei alles gewesen. Er wirkte aus irgendeinem Grund seltsam verstört und ging fast sofort wieder.

Gegen ein Uhr am selben Morgen«, fuhr sie fort, »klingelte das Telefon. Es war mein wirklicher Vater. Er sagte, Jerry habe ihm meine Nummer gegeben, und er riefe an, weil er wissen wolle, ob ich an diesem Abend zu ihm kommen würde, wie er in seiner Nachricht gebeten habe. Als ich ihm sagte, ich wisse nichts von einer Nachricht, sagte er, er habe sie am Abend zuvor im Briefkasten hinterlassen. Ich bat ihn, am Apparat zu bleiben, während ich hinabfuhr und nachsah. Es war keine

Nachricht im Briefkasten. Ich begriff, daß John sie an sich genommen haben mußte, sagte Mr. Fleming aber nichts davon.

Er wollte, daß ich um zehn Uhr an diesem Abend zum Laycroft-Hotel Ecke Madison und Hermitage kam. Ich fragte ihn, warum er nicht zu mir in die Wohnung käme. Er habe Angst, mein Stiefvater würde unerwartet auftauchen, sagte er, und dafür sei er nicht gerüstet . . . noch nicht. Er sprach ein wenig verwirrt darüber, zehntausend Kilometer zurückgelegt zu haben, um mich mit Diamanten zu überhäufen, jahrelang fern der Zivilisation gelebt zu haben, wobei ihn nur der Gedanke, mich eines Tages zu sehen, vor dem Wahnsinn bewahrt habe, und so weiter.

Ich willigte schließlich ein, ihn zu treffen. Er nannte mir seine Zimmernummer und sagte, ich sollte direkt auf das Zimmer kommen, ohne an der Rezeption zu warten.«

Sie hielt inne und saß da, den Kopf zurückgelehnt, die Augen geschlossen, das Gesicht ausdruckslos. Als sie keine Anstalten machte fortzufahren, schüttelte ich sie ein wenig.

»Haben Sie die Verabredung eingehalten, Miß Sandmark?«

»Ja.« Sie klang müde. Sie hatte genug geredet, um müde zu sein.

»Was hatte er Ihnen zu sagen?«

Sie wandte mir langsam den Kopf zu, und die langwimperigen Augen öffneten sich langsam. »Das ist das Seltsame daran«, entgegnete sie nachdenklich. »Er sagte kaum ein Wort. Eigentlich schien er fast ängstlich besorgt zu sein, mich wieder loszuwerden.«

»›Kaum ein Wort‹ heißt: ein paar Worte. Was hat er gesagt?«

»Oh, daß er gern einen ausgedehnten Spaziergang mit mir machen würde, doch da er die Stadt in ein paar Stunden verlassen würde, brauche er die Zeit, um zu packen. Er sagte, ich würde wieder von ihm hören, solle mir aber keine Sorgen machen, wenn es einige Zeit dauere. Bevor ich es so richtig mitbekam, war ich schon wieder auf dem Korridor, und er hatte die Tür hinter mir verschlossen. Eigentlich, Paul, hat er einen anderen Besucher erwartet, glaube ich.«

»Haben Sie gewartet, um sich zu vergewissern?«

»Aber nein. Das ging mich nichts an.«

»Wenn der Besucher John Sandmark gewesen wäre, wäre es Sie etwas angegangen.«

Das tat ihr weh, doch sie versuchte, sich nicht allzu deutlich anmerken zu lassen, wie weh es ihr tat. »Ich weiß«, flüsterte sie. »Und es könnte bedeuten, daß John . . .« Sie brachte den Rest des Satzes nicht über die Lippen.

»Schon gut.« Ich erhob mich, um noch ein wenig auf und ab zu gehen. »Danach fuhren Sie sofort nach Hause?«

»Ja.«

»Sie haben John Sandmark gegenüber nichts davon erwähnt?«

»Nein. Ich . . . nein.«

»Warum nicht?«

»Weil es keinen Zweck gehabt hätte.«

»Nicht etwa, weil Sie Angst hatten, er würde Ihnen eingestehen, daß er Fleming ermordet hatte?«

»John hat ihn nicht umgebracht«, sagte sie starrköpfig, ohne Überzeugung.

»Warum haben Sie den Cops nicht gesagt, wer er war?«

»Um in einen Mordfall verwickelt zu werden?« platzte sie heraus.

»Zu schade, verdammt. Schließlich war er Ihr Vater.«

»Das bedeutet mir nichts! Überhaupt nichts! Wie könnte es, nach dem, was er meiner Mutter angetan hat? John Sandmark ist der einzige wahre Vater, den ich . . «

»Okay«, sagte ich resignierend. »Regen Sie sich nicht wieder so auf. Auf meine eigene unbeholfene Art versuche ich, die Dinge für Sie ins reine zu bekommen.«

»Ich weiß, Paul. Aber John hat ihn nicht getötet.«

»Das haben Sie schon gesagt.« Ich drückte meine Zigarette aus, steckte mir die nächste an und trank den Rest meines Highballs. Ich stand da, schaute zu ihr hinab, dachte über das nach, was sie mir gesagt hatte . . .

»Was ist mit Jerry Marlin?« fragte ich schließlich.

Sie starrte mich hölzern an. »Was soll mit ihm sein?«

»Er war an diesem Abend mit Ihnen verabredet?«

»Oh.« Irgendwie wirkte sie erleichtert. »Er sollte mich um acht Uhr abholen. Ich habe ihn sofort wieder fortgeschickt.«

»Und dann fuhren Sie los, um pünktlich bei Fleming zu sein?«

»Ja.«

»Wie haben Sie erfahren, daß Ihr Vater ermordet worden ist?«

»Es . . . stand in der Zeitung. Das Hotel und die Zimmernummer waren angegeben.«

»Na gut«, sagte ich. »Gehen wir mal etwas zurück. Sie sagten, Fleming habe Sie praktisch hinausgeworfen, indem er sagte, er müsse packen, weil er sofort darauf die Stadt verlassen wolle?«

»Ja, genau.«

»Dann war es ein Vorwand«, sagte ich. »Denn als die Bullen gerufen wurden, nachdem man die Leiche entdeckt hatte, gab es auf dem Zimmer *nichts mehr*, was man einpacken konnte. Nicht einmal ein zweites Hemd zum Wechseln.«

Ihre Augen weiteten sich zu einem leeren Stieren. »Das *ist* seltsam.«

»Damit haben Sie verdammt recht«, sagte ich. »Außer, er hatte vielleicht noch ein anderes Zimmer und benutzte das im Laycroft, um Sie zu treffen, als Art Büro . . . Haben Sie irgendwelche persönlichen Sachen herumliegen sehen, als Sie dort waren? Einen Koffer vielleicht, Kleidung oder Rasierzeug?«

»N-nein. Obwohl sein Koffer in dem Schrank gewesen sein könnte und seine Kleidung und anderen Sachen in den Schubladenfächern.«

Ich rieb mir den Nacken, runzelte die Stirn und dachte noch ein wenig nach. Diese Sache würde mich vorzeitig altern lassen . . .

»Wieso glauben Sie, daß er noch einen anderen Besucher erwartet hat?«

Sie dache eine Weile darüber nach, während sie einen manikürten Zeigefinger inspizierte. »Ich weiß es nicht genau«, sagte sie zu dem Finger. »Er sah nur immer zur Tür, als würde er lauschen, ob noch jemand kommt. Dann wandte er sich wieder an mich, sagte ein paar Worte und hielt mitten im Satz inne und sah wieder zur Tür. Sein langes Kinn legte sich in harte Falten, die dünnen Nasenflügel flatterten ein wenig, und seine Augen wurden wie blauer Stahl. Er zog immer wieder die breiten Schultern hoch, als wolle er jemanden schlagen.«

Als sie fertig war, stand mein Mund auf. »Jemand lügt«, sagte ich. »Ich glaube, Sie sind es.« Es klang hart, selbst in meinen Ohren.

Sie riß den Blick von diesem Finger los und richtete ihn auf mich. Wenn sie nicht erstaunt war, hatte man die Oscars an die falschen Leute verliehen. »Sind Sie verrückt?«

»Nein«, sagte ich. »Ich bin nicht verrückt. Und ich bin auch kein Narr. Ihr Vater hatte keine breiten Schultern oder ein langes Kinn oder Stahl in den Augen. Ihr Vater war ein kleiner Bursche, mit schmalem Gesicht und einer eher mickrigen Figur, die nichts mit Ihrer Beschreibung gemein hat.«

Sie sagte nichts, saß nur da und musterte mich benommen.

Ich griff in meine Tasche, holte die Brieftasche hervor, öffnete sie, zog einen Zeitungsausschnitt heraus und drückte ihn ihr in die Hände. »Sehen Sie sich das Bild an.«

Sie sah es sich an.

»Haben Sie dieses Gesicht schon einmal gesehen?«

Ihr Gesichtsausdruck verriet mir ihre Antwort, bevor sie sagte: »Wer soll das sein?«

»Wollen Sie mir sagen, daß das nicht Ihr Vater ist?« fragte ich.

»Mein *Vater*? Ganz bestimmt nicht!«

Ich war geschlagen. Ich war am Ende. Ich war ein verteufelt guter Detektiv. Ich ging zur Hausbar, goß etwas Scotch in mein leeres Glas und trank ihn wie Wasser.

Leona Sandmark erhob sich vom Sofa, kam zu mir hinüber und legte eine Hand auf meinen Arm. Irgend etwas trat in ihr Gesicht, in ihre Augen . . . eine Art wilde, ungläubige Hoffnung. Sie schüttelte ungeduldig meinen Arm und hielt mir mit der anderen Hand den Zeitungsausschnitt vors Gesicht.

»Paul! Hören Sie mir zu, Paul! Warum haben Sie gedacht, das sei ein Bild meines Vaters?«

»Dieses Bild«, sagte ich, »ist das des Mannes, der tot im Zimmer Ihres Vaters im Laycroft gefunden wurde!«

»Aber ich . . . aber wie . . .«

»Ich habe es vor weniger als einer Stunde aus der Zeitung ausgeschnitten«, sagte ich dumpf. »Ich wollte es einem befreundeten Detektiv an der Westküste schicken und ihn bitten, es mit den Bildern der Leute zu vergleichen, die mit einem alten Mordfall da unten zu tun hatten, nur, um mich zu vergewissern, daß ich auf der richtigen Spur war.«

Sie hörte nicht zu. Sie stand da, hielt meinen Arm fest, und ihre leuchtend grünen Augen starrten mich an, sahen durch mich hindurch, über mich hinaus. Allmählich begann sie zu begreifen . . . etwas, das ich vor zehn Sekunden begriffen hatte, nachdem ich erfahren hatte, daß das Bild nicht Raoul Fleming zeigte.

»Paul! Hören Sie mir zu, Paul! Verstehen Sie nicht, was das zu bedeuten hat? Was es einfach bedeuten *muß*?«

»Klar«, sagte ich. »Ich freue mich für Sie, daß es so gekommen ist. Wenn ich ein wenig sauer klang, dann nur, weil ich auf mich selbst sauer war. Ich war mir so sicher, alle Antworten zu kennen. Und die ganze Zeit über kannte ich nicht einmal die Fragen . . .

Es bedeutet folgendes, Leona. Es bedeutet, daß John Sandmark Ihren Vater nicht getötet hat. Es war Ihr Vater, der den Mord begangen hat; und der Tote war der Besucher, den Ihr Vater erwartet hatte, während Sie bei ihm waren. Das bedeutet, daß Sie und John Sandmark dem Mann von der Staatsanwaltschaft morgen sagen können, daß er sich ein Footballspiel oder sonst was ansehen soll. Es bedeutet . . .«

Plötzlich warf sie mir die Arme um den Hals, grub ihr Gesicht gegen meine Schulter und stieß eine wilde Mischung aus Gelächter und Schluchzen aus, das die gesamte Nachbarschaft auf die Beine gebracht hätte, wäre es nicht von meinem Kragen gedämpft worden. Ich stand da, tätschelte die weiche, glatte Haut ihrer nackten Schulter und wartete darauf, daß der Sturm vorüberging.

Schließlich zog sie sich ein wenig zurück und sah zu mir auf, das Gesicht mit Tränen und Klumpen verwischten Make-ups verschmiert, doch immer noch zu schön, um es den Schweinen vorzuwerfen.

»Oh, Liebling, ich bin so glücklich«, sagte sie, ihre Worte

kaum mehr als ein mattes Flüstern. »Du hast keine Vorstellung, welch eine schreckliche Last ich in den letzten Monat mit mir getragen habe. Wärest du nicht gewesen . . .«

Sie stand so nahe neben mir, daß ich sie riechen konnte. Es war der gleiche Geruch, ein guter Geruch, ein aufregender Geruch, der über meine Haut strich und sie zum Kribbeln brachte.

Ihre Augen waren eher grün als blau, schwer von dem verträumten Blick, der mit einer Gefühlsaufwallung einhergeht. Ihre Hände kamen empor und schmiegten sich an meine Jackenaufschläge. Ihr Gesicht war Zentimeter von dem meinen entfernt, aufwärts geneigt, und ihre Lippen waren voll und weich und leuchteten ein wenig, als seien sie naß.

Meine Arme wurden zu einem Problem, also legte ich sie um sie. Ich hätte mir keinen schöneren Ort aussuchen können, sie irgendwohin zu legen. Das ließ nicht mehr viel Platz für ihre Hände auf meinen Aufschlägen übrig, und so hob sie die Arme und legte sie um meinen Hals.

Ihre Lippen waren warm, wurden aber noch wärmer . . .

Sie zog den Kopf zurück, schenkte mir ein kleines, unbeständiges Lachen, legte die Hände wieder auf die Aufschläge und drückte ihre Wange gegen mein Hemd.

»Ich kann dein Herz schlagen hören, Liebling.«

»Ziemlich laut, was?«

»Ich hatte solche Angst, daß ich . . . das niemals erleben würde.«

Mir fiel nichts ein, was ich darauf erwidern konnte.

Als sie wieder sprach, waren die Worte so leise, daß ich sie kaum verstehen konnte. »Küß mich noch einmal, Liebster . . .«

Ich küßte sie noch einmal. Ich knabberte sogar ein wenig an ihrer Unterlippe. Sie erschauderte plötzlich und verstärkte ihren Griff um meinen Nacken, und ihr Atem kam schnell und flach, fast rasselnd. Wahrscheinlich Asthma. Ihre Knie zitterten nun gegen meine Beine, und sie zog das Gesicht von dem meinen zurück und verbarg es vor mir.

Ich dachte erneut an den Jungen von der High School und den ehemaligen Knastbruder und den verheirateten Mann, an

Jerry Marlin und den Doppelabdruck auf einem rosafarbigen seidenen Bettbezug. Niemand von ihnen störte mich. Ich war sowieso aus dem Holz gemacht, aus dem man Pioniere schnitzt.

Sicher. Ich wußte, was ich zu tun hatte. Mein Körper sagte mir, was ich zu tun hatte. Doch ein Teil meines Verstandes zerrte an meinem Ellbogen und sagte, dies könne zu etwas Schönerem heranwachsen als zu einem schnellen Clinch im Heu; dies könne zu der Sache werden, die jeder Mann will und nur wenige Männer wirklich finden.

Und dann erinnerte ich mich daran, daß ich das gleiche vor nicht allzu langer Zeit schon einmal empfunden hatte . . . und genau da hörte ich auf zu denken.

Ich ergriff ihre Schultern und schob sie sanft zurück. Ich sah in dieses schöne Gesicht hinab und sagte: »Okay. Du glaubst, ich habe die Last von deinen Schultern genommen, und bist dankbar. Die Wahrheit ist, daß ich kaum etwas damit zu tun hatte, dir deine Probleme vom Hals zu schaffen. Doch du bist dankbar, und das ist schön, und ich bin dankbar für die Art und Weise, wie du dankbar bist.«

Sie starrte mich mit geöffnetem Mund an, als seien ihre Ohren zwei verdammte Lügner. Und dann lehnte sie die Stirn gegen meine Aufschläge und fing an zu lachen. Diesmal keine Hysterie; nur ein weiches, alltägliches, weibliches Lachen, das schön anzuhören war.

»Du N-Narr«, keuchte sie. »Du verrückter, herrlicher, hartgesottener Narr! Und du nennst es Dankbarkeit.«

Sie löste sich abrupt von mir, drehte sich um, ging ins Schlafzimmer und schloß die Tür, ohne zurückzuschauen. Ich ging zu der tragbaren Bar hinüber und schüttete mir noch einen Scotch ein, und wenn meine Hände dabei zitterten, machte ich ihnen keinen Vorwurf.

Fast augenblicklich war sie zurück, einen dunkelgrünen Samtmantel über dem Arm. Sie hatte das Gesicht wieder hergerichtet; die Tränenstreifen und das verschmierte Make-up waren verschwunden. Sie gab mir den Mantel, und ich hielt ihn ihr auf, während sie mit den nackten Armen in die Ärmel glitt. An einer Schulter war eine Diamantbrosche befestigt; sie paßte zu den Clips in ihrem Haar. Sie sah aus wie eine Million Dollar. Warum auch nicht? Ihr Stiefvater besaß eine Million Dollar.

Sie ließ mich dort stehen, ging zu dem elfenbeinfarbenen Klavier, ergriff eine Brokathandtasche, sah hinein, schloß sie wieder, steckte sie unter den Arm und kam zu mir zurück.

»Ich bin fertig, Paul.«

»Gehen wir irgendwohin?« fragte ich höflich.

»Natürlich, du Dummkopf! Aus, die hellen Lichter ansehen. Weißt du nicht mehr?«

»Jetzt weiß ich es wieder.«

Sie lachte und wischte mir etwas Make-up vom Jackenaufschlag, und ich reichte ihr den Arm, und wir gingen.

Unten wollte ich auf meine Karre am Bordstein zusteuern, doch sie sagte, ihr Packard stünde um die Ecke, und ob ich nicht auch der Ansicht sei, daß er bequemer sei. Ich gestand ein, daß dem wahrscheinlich so sei, und wir gingen um die Ecke und setzten uns in einen Traum für achteinhalbtausend Dollar aus handgefertigtem Metall und Plüsch und gefärbtem Glas. Wenn man Auto dazu sagt, könnte man zu dem Buckingham Palace auch Haus sagen. Mit seinem Armaturenbrett und einem Schinkensandwich hätte ich auf einem Tennisschläger nach Belgien fliegen können.

Als ich hinter dem Lenkrad saß - Leona Sandmark dicht neben mir –, trat ich vorsichtig aufs Gas. Eine alte, zufriedene Katzenmutter schnurrte unter der Motorhaube, und ich legte den Gang ein und fuhr los.

Sobald ich mich erst einmal daran gewöhnt hatte, von der Straßenmitte aus abzubiegen, sagte ich: »Wohin soll ich Madam fahren?«

»Oh, mir egal. Der Peacock Club wäre nicht schlecht. Er liegt an der Rush Street.«

Also fuhren wir zum Peacock Club.

15

Wir traten in die seidenbehangene und kristallverspiegelte Eleganz eines Foyers, in dem sich auf einen Tisch wartende Menschen in Abendgarderobe drängten. Hinter Kordeln aus rotem Samt, die vor einer gebogenen Öffnung hingen, war die kreisrunde Anordnung der Tische um eine glänzende Tanzfläche zu sehen.

Musik mit ziemlich viel Blech und einem Kneipenklavier, vermischt mit dem Klappern von Geschirr, dem Murmeln von Stimmen und dem Gleiten von tanzenden Füßen bildete einen Geräuschvorhang wie jenen gemalten, der den hinteren Teil einer Bühne abschloß. Der Club hatte für die Sommermonate Nod Noonan und sein Orchester engagiert, und eine Menge Leute kamen, um Nod und sein Altsaxophon zu hören.

»Sieht so aus, als müßten wir warten oder es woanders versuchen«, sagte ich und ließ den Blick über das überfüllte Foyer schweifen.

Leona bedachte mich mit einem amüsierten Blick. »Ich warte niemals auf etwas, Schatz«, sagte sie, legte die Hand unter meinen Arm und führte mich zu der gewölbten Öffnung.

Ein Mann in einem Frack, das Gesicht von der Farbe nassen Kalks, verbeugte sich vor uns und sagte: »Guten Abend, Miß Sandmark.« Er schürzte angesichts meines Smokings die Lippen, schob einen livrierten Diener beiseite und hakte uns die Samtkordel persönlich auf.

Wir folgten ihm einen Gang entlang und nach rechts zu einem Tisch für zwei Personen direkt an der Tanzfläche. Er schob mit einer fließenden Bewegung Leonas Stuhl zurecht, nahm mit einer fließenden Bewegung ihren Mantel entgegen, schnippte mit einer fließenden Bewegung ein Schild vom Tisch, auf dem »Reserviert« stand, und gab uns die Weinkarten – mit einer fließenden Bewegung. Er riß das Kinn hoch und zur Seite, wie Mussolini auf einem Balkon, hob einen Finger, krümmte ihn und winkte damit einen Zwerg von Kellner herbei; und der kleine Bursche blieb stehen, als sei er gegen eine Wand gelaufen.

Während wir auf unsere Drinks warteten, beugte Leona sich vor und legte die Hände auf den Tisch, damit ich sie halten konnte. »Ich bin froh, daß wir ausgegangen sind, Paul. Ich bin zu glücklich, um meinen Gedanken nachzuhängen.«

»Du hast dir den richtigen Ort ausgesucht, um nicht denken zu müssen«, sagte ich. »Bei diesem Lärm hier kriecht einem das Gehirn hinunter und versteckt sich hinter einem Rückenwirbel.«

Sie zog die Nase kraus. »Tanz mit mir, Liebling.«

Ich schritt die vollgepackte Tanzfläche entlang. »Tanzen . . . nein. Aber ich lege gern die Arme um dich.«

Als wir zum Tisch zurückkamen, warteten unsere Drinks auf uns. Leona machte sich über ihren her und leerte das Glas, ohne es abzusetzen. Sie gab dem kleinen Kellner ein Zeichen und bestellte noch eins. Es waren Brandy-Cocktails, die ganz in Ordnung sind, wenn man jung ist und am nächsten Tag ausschlafen kann.

Wir tranken und tanzten und tranken noch etwas. Nach einer Weile wurden die Lichter gedämpft, und die Bühnenshow begann. Ich rückte meinen Stuhl neben den ihren und hielt ihre Hand, während wir uns die Show ansahen.

Als die Lichter wieder angingen, nahm Leona ihre Handtasche und ging hinaus, um sich die Nase zu pudern. Ich beobachtete einen Augenblick lang die Tänzer, leerte mein Glas und stattete dem Klo einen kurzen Besuch ab. Als ich zurückkam, saß ein kleiner Mann mit einem runden, geduldigen Gesicht und einer Smokingjacke an meinem Tisch. Leona Sandmark war nirgendwo zu sehen.

Ich nahm ihm gegenüber Platz und sagte: »Was ist los, Süßer? Bist du es leid, mich aus der Ferne zu beschatten?«

Er blickte mich aus seinen kleinen, hellen Augen an und sagte: »Er will Sie sprechen. Warum, weiß ich nicht.«

»D'Allemand?«

»Ja.«

»Ich habe meinen freien Abend«, entgegnete ich. »Sagen Sie ihm, er soll mich morgen im Büro anrufen.«

Sein Lächeln war leer. »Sie wissen es doch besser, Schnüffler.«

»Ich bin in Begleitung hier.« Ich wurde allmählich sauer. »Wo ist er?«

»Oben. Es wird nicht lange dauern.«

»Das hoffe ich für dich«, sagte ich. Ich rief den kleinen Kellner herüber und bat ihn, der Lady zu sagen, ich sei in ein paar Minuten wieder zurück. Cleve erhob sich von dem Stuhl; natürlich war seine Smokingjacke um die Hüften eine Nummer zu eng. Ich folgte ihm durch den Raum, und wie zuvor stiegen wir in einen kleinen Fahrstuhl hinter dem Foyer, fuhren eine Etage hinauf und gingen den Gang entlang zu derselben Tür, zu der Andrew Fuchsgesicht mich vor ein paar Tagen geführt hatte. Cleve klopfte leise an. Der Summer klickte, und wir traten ein.

Das Zimmer hatte sich nicht großartig verändert, seit ich es zum letzten Mal gesehen hatte. D'Allemand saß hinter dem Schreibtisch mit dem Loch für die Knie. Er rauchte eine lange, dünne Zigarre, die aussah, als sei sie aus Weichgold gerollt. Er trug ein mitternachtsblaues Abendjackett, das seiner Tonnenbrust sehr schmeichelte. Er wartete, bis ich vor dem Schreibtisch stand, dann sagte er: »Guten Abend, Mr. Pine.«

»Es war ein guter Abend«, sagte ich hitzig, »bis ich sah, wie Ihr Handlanger aus einer Ritze im Tisch kroch. Klären wir direkt einmal ein paar Punkte, Fettwanst. Sie haben mir fünfhundert Dollar bezahlt. Diese fünfhundert Dollar kaufen meine Dienste. Sie kaufen *nicht* meinen bleichen, weißen Körper. Sie kaufen Ihnen *nicht* das Privileg, mich zu jeder Tages- und Nachtzeit zu Ihnen zu schleppen, wenn Sie mal Lust auf ein Schwätzchen haben. Sie geben Ihnen *nicht* das Recht, einen Schatten auf mich anzusetzen. Ich mag keine Schatten; sie machen mich wütend und – ach, was soll's, was wollen Sie?«

Er nahm die Zigarre aus dem Mund und legte die Hand, die sie hielt, vor sich auf den Schreibtisch. Die weiche, indirekte Beleuchtung des Zimmers funkelte auf manikürten Fingernägeln von der Größe von Halbdollar-Stücken und auf einen Diamanten von fünf Karat in einer Platinfassung an seinem kleinen Finger. Rauch von der Zigarre trieb faul hinauf und bildete vor der Sammlung von Ebenen und Vertiefungen, die sein Gesicht darstellten, einen dünnen blauen Vorhang. Tief aus ihren Höhlen musterten mich finster seine dunklen Augen.

»Ich bin ein wenig enttäuscht von Ihnen, Mr. Pine«, sagte er. »Ich habe Sie bezahlt, damit Sie mich mit Informationen beliefern. Ich bekomme aber keine.«

Ich wartete erst einmal ab.

»In den Abendzeitungen findet man einen Artikel«, fuhr er fort, seine Stimme noch trockener, als ich sie in Erinnerung hatte, »einen Artikel über einen Toten. Sein Name war Clyne, und er ist ermordet worden. Der Artikel besagt nicht, wer die Leiche gefunden hat, doch dies habe ich durch einen Anruf bei meinem Freund bei der Polizei herausgefunden . . . Wollten Sie etwas sagen, Mr. Pine?«

»Ich habe geatmet«, sagte ich. »Ich atme ziemlich viel.«

»Natürlich. Doch ich halte es an der Zeit, daß Sie auch etwas sagen. Warum haben Sie mir nicht berichtet, daß Clyne tot ist?«

»Ich hatte keinen Grund, Ihnen das zu berichten.«

»Sie wurden bezahlt . . .«

»Natürlich wurde ich bezahlt. Ich wurde bezahlt, um herauszufinden, wer Marlin getötet und wieso er sich ein paar Kugeln in den Rücken eingefangen hat. Ich wurde nicht bezahlt, um jedesmal, wenn ich auf eine Spur stoße, zu Ihnen gelaufen zu kommen.«

»Sicher. Doch Clynes Tod hängt irgendwie mit dem Marlins zusammen. Stimmen Sie mir zu?«

»Das klingt einleuchtend«, sagte ich.

»Wissen Sie, wer Clyne getötet hat, Mr. Pine?«

»Vielleicht.«

Damit hatte er nicht gerechnet. Er versteifte sich, und die Hand, die die Zigarre hielt, zuckte leicht. »Wer?«

Ich schüttelte den Kopf. »Nein. Es ist nur eine Theorie, und sie hat ziemlich viele Löcher. Theorien bedeuten nichts. Ich könnte Ihnen mehrere anbieten, die irgendwie passen.«

Er steckte langsam die Zigarre zwischen die Lippen und kniff sie mit einer Art vorsichtiger Wildheit zusammen. »Ich habe schon immer Gefallen an Theorien gefunden. Lassen Sie eine Ihrer besseren hören, auch wenn sie ein paar Löcher hat.«

»Okay«, sagte ich. »Jerry Marlin hat für Sie gearbeitet. Er versuchte, Sie bei irgendeiner Sache hereinzulegen, und Sie ließen ihn erschießen. Ich war zufällig dabei, als er abserviert wurde. Das hat Sie aus zwei Gründen gestört: Ich könnte imstande sein, den Mörder zu identifizieren, und ich mußte irgendeinen Grund haben, überhaupt dort zu sein. So haben Sie sich einen komplizierten Handel einfallen lassen, bei dem ich Ihnen dankbar sein mußte, daß Sie mir das Leben gerettet haben – dankbar genug, um all Ihre Fragen zu beantworten.

Aber ich war nicht so dankbar, also haben Sie mich engagiert, angeblich, weil Sie wissen wollen, wer Marlin umgebracht hat. Auf diese Art kommen wir oft zusammen, und irgendwann könnte ich mich einmal verplappern, was mein ursprüngliches Interesse an Marlin betrifft.«

Er saß mit dem Ausdruck höflichen Interesses da und rauchte seine Zigarre. Als ich innehielt, setzte er ein kaltes Lächeln auf und sagte: »Es steckt sicher noch mehr als das dahinter, Mr. Pine. Es muß mehr als das dahinterstecken.«

»Nicht viel mehr«, sagte ich. »Aber Sie sollen es gerne hören. Ich habe Clyne ausfindig gemacht. Wegen Clynes Freundschaft mit Marlin wußten Sie nie ganz genau, was Sie von ihm halten sollten. Er hätte von der Sache wissen können, bei der Marlin Sie übers Ohr hauen wollte. Ich durfte das niemals erfahren, also wurde Clyne mit einem Totschläger umgebracht.

Das sind jetzt schon zwei, die eins übergezogen bekommen haben: Clyne mit tödlichem Ausgang und ich nur einen leichten Schlag. Sie haben einen Affen namens Ownie, der einen Totschläger hat und ihn lieber benutzt, als zu essen.

Fügen Sie alles zusammen, und es kommt eine Theorie heraus – eine Theorie mit Löchern, wie ich schon sagte.«

Er stieß einen mikroskopisch kleinen Seufzer aus. Nach einer Weile sagte er: »Ich fürchte, Sie haben sich als Dummkopf erwiesen, Mr. Pine. Und Sie haben auch Phantasie. Eine unglückliche Kombination . . . und eine gefährliche. Solche Kombinationen haben ganze Reiche zerstört, die von intelligenten Männern errichtet worden sind . . . Ich werde Sie nicht länger aufhalten, Mr. Pine.«

Er sah an meiner Schulter vorbei und nickte knapp. Ich drehte vorsichtig den Kopf und sah, daß Cleve eine Armlänge hinter mir stand. Er wirkte nicht besonders beunruhigend; er würde niemals beunruhigend wirken, wenn er nicht ein paar Zentimeter wachsen und diese Hüften los würde.

»Gehen wir, Schnüffler«, sagte er.

»Mir ist es recht«, sagte ich.

An der Tür schaute ich zurück. D'Allemand hatte sich nicht bewegt. Er klopfte vorsichtig einen Zentimeter Zigarrenasche in den Aschenbecher. Er sah aus wie ein Mann, der für eine Weile mit seinen Gedanken allein sein wollte.

Leona Sandmark saß am Tisch. Sie blickte scharf auf, als ich mich setzte. »Ich habe mir schon Sorgen gemacht, Liebling. Der Kellner wollte mir nur sagen, daß du zurückkommen würdest. Wo warst du?«

»Ich wurde bedroht«, sagte ich. Sie hatte einen neuen Drink für mich bestellt, und ich leerte ihn schnell zur Hälfte. »Ich rede zuviel. Habe schon immer zuviel geredet. Nicht nur das, ich sage auch Dinge, die die Leute gegen mich aufbringen. Also wurde ich bedroht.«

»›Bedroht.‹ ›Bedroht.‹« Sie wiederholte das Wort laut und lauschte genau auf seinen Klang. Sie war ein wenig angespannt, doch nur so sehr, daß sie Funken sprühte. »Das klingt einfach nicht ganz – nun ja – richtig, Liebling.«

»Warum nicht?« sagte ich. »Es ist ein Verb oder so. Wie schießen oder werfen. Man kann doch sagen, rein verbal: Ich wurde beschossen, oder? Oder beworfen. Aber nicht ich. Ich wurde bedroht.«

Sie krauste die Nase, lachte ein wenig und beugte sich vor, um das Glas zu heben. Die Falte zwischen der weichen Schwellung ihrer Brüste vertiefte und bewegte sich, und es gab keinen anderen Punkt, auf den ich meine Blicke richten konnte . . .

Ich benetzte die Lippen, und mein Lächeln war nicht allzu sicher. »Du kannst mich zu einem weiteren Tanz überreden«, sagte ich.

»Nein.« Ihr Gesicht hatte den sanften, warmen Ausdruck einer Frau mit ein paar Drinks hinter der Binde und einem Mann in Reichweite, und der Glanz auf ihren Wangen war nicht aus der Brokattasche gekommen, die neben ihrem Arm lag. »Nein, Paul. Ich möchte spazierenfahren. Lange spazierenfahren, fort von den Menschen, aus der Stadt hinaus, am See entlang, wo der Wind mein Haar zaust und du deinen Arm um mich legen kannst. Ich möchte, daß du den Arm um mich legst, Paul. Verstehst du, zum ersten Mal seit langer, langer Zeit bin ich sehr glücklich, Schatz.«

Sie seufzte und lächelte und fuhr mit den Fingerspitzen sanft über meinen Handrücken auf dem Tisch.

»Können wir jetzt gehen, Paul?«

»Ja«, sagte ich.

Zu dieser Stunde gab es keinen nennenswerten Verkehr. Der Packard fuhr von allein, doch ich saß hinter dem Steuerrad, für den Fall, daß ich mich irgendwo anlehnen mußte.

Wir fuhren die Avenue entlang, bis wir die Drake passierten, bogen dort ab und fuhren nach Norden weiter, das Oak-Street-Ufer zu unserer Rechten.

Leona saß neben mir, fast steif, beide Füße auf dem Boden, den Kopf zurückgelegt und die Augen geschlossen. Die kühlen Finger des Nachtwindes glitten herein und spielten mit ihrem Haar, einzelne Strähnen lösten sich und fächelten über meine Wange und brachten den Geruch von Teerseife in meine Nase.

Ich schaltete das Radio ein, und eine Tanzkapelle kam herein und spielte für uns. Leona rührte sich, murmelte: »Das macht es perfekt«, und summte ein paar Takte der Melodie.

Und draußen über der ruhelosen Ausdehnung des Sees blinzelte hier und da eine Bojenlampe rot und weiß und wieder rot auf, und am Himmel suchte der kreisrunde silberne Schein eines Leuchtturms endlos den Horizont ab.

»Wohin fahren wir, Paul?«

»Einfach . . . nach Norden.«

»Mir ist es wirklich egal, weißt du?«

»Ich weiß.«

»Magst du mich ein wenig, Paul?«

»Ich mag dich ein wenig«, sagte ich.

»Warum magst du mich – ein wenig?«

»O . . . ich weiß nicht. Du bist hübsch und hast schöne Beine.«

»Eine Menge Mädchen sind hübsch und haben schöne Beine.«

»Ja. Ich nehme an, die haben sie.«

»Warum sonst magst du mich?«

»Nun, du hast einen reichen Stiefvater . . .«

»Das würde bei dir keine Rolle spielen, und du weißt es!«

Ich drehte leicht das Steuerrad, und der Packard fuhr durch eine Kurve, als liefe er auf Gleisen.

»Weißt du was, Liebling?«

»Hmm?«

»Du hast braune Augen.«

»Ist das gut?«

»Hm-hmm. Meine sind grau.«

»Blau.«

»Manchmal sind sie grün.«

»Besonders, wenn du wütend bist«, sagte ich.

»Oder wenn ich geküßt werden möchte.«

»Das muß dir jemand gesagt haben.«

»Ja . . . Du hast doch nichts dagegen, oder, Paul?«

»Ich glaube nicht.«

»Ich glaube, mir wäre es so lieber. Wenn du etwas dagegen hättest, meine ich.«

»Das kann ja noch kommen.«

»Du bist süß . . .«

Sie fing an, zu der Musik aus dem Radio zu singen. Sie sang sehr leise, es war kaum mehr als ein Flüstern, doch sie traf genau den Ton. Ich ließ etwa drei Gramm mehr Benzin in den Vergaser und wäre bald durch die Heckscheibe geflogen. Ich ging schnell wieder vom Gas, und meine Finger zitterten leicht, als ich nach meiner Zigarette griff. Sie wollte auch eine, und ich steckte beide mit dem Zigarettenanzünder im Armaturenbrett an.

Wir redeten . . . abschweifendes, belangloses Zeug, das nur für den Augenblick eine Bedeutung hatte. Wir beide sangen ein- oder zweimal mit der Musik, niemand beschwerte sich, und die einzigen, die lachten, waren wir selbst.

Und die ganze Zeit über fraß der Packard die Meilen, wie ein Junge Erdnüsse ißt. An der Howard Street über die Stadtgrenze, durch Evanston, Wilmette, Kenilworth und Winnetka, wo die Leute in Häusern wie aus Illustriertenfotos wohnen und stramm die Republikaner wählen. Über unseren Köpfen verwandelten die Äste großer Pappeln, Eichen und Ulmen die breite Straße zu einem nicht endenden Tunnel, in dem sich Pfosten mit Katzenaugen und Verkehrsampeln wie juwelenbeschlagene Stalagmiten aus der Nacht abhoben.

Als wir die gewaltigen, von Mauern umsäumten Landsitze in Glencoe passierten, war es halb drei morgens. Leona Sandmark brach ein Schweigen, das seit fünf oder sechs Kilometern angehalten hatte, und sagte: »Du kannst umdrehen, wann immer du willst, Paul.«

»In Ordnung.«

»Du mußt müde sein, nur dort zu sitzen und das Lenkrad zu halten.«

»Hättest du gern, daß ich etwas anderes halte?«

Ihr Lachen war kaum mehr als ein zufriedenes Murmeln, und sie gab mir eine dieser ausweichenden Antworten. »Zu schade, daß wir von hier aus den See nicht sehen können. Er muß wunderschön sein.«

»Zufällig führt die nächste Durchgangsstraße zum See hinab«, sagte ich. »Okay?«

»Das wäre schön«, sagte sie wie ein gut erzogenes Kind

Also bog ich ein paar Minuten später ab und fuhr auf einer stillen, von der Dunkelheit der Nacht eingehüllten Straße mit einer hohen Steinmauer auf der einen und einer fast ebenso hohen Hecke auf der anderen Seite nach Osten. Nach zwei Blöcken zeigten die Scheinwerfer ein gebogenes Zementgeländer, das das Ende der Straße markierte. Ich fuhr fast heran, trat auf die Bremsen und schaltete die Scheinwerfer und den Motor aus. Hinter dem Geländer fiel abrupt ein bewaldeter Hang zu einem Streifen Sandstrand und dem stetigen, dumpfen Brausen der Brandung dahinter ab.

»Du hast es noch gerade rechtzeitig gesagt«, meinte ich. »Das ist die einzige Stelle im Umkreis von fünf Kilometern, wo man so nahe ans Wasser herankommt. Die großen Landsitze haben den See zum Privatgelände gemacht.«

Ihr Gesicht war ein bleicher Fleck in der Dunkelheit. »Das ist wunderbar, Liebster. Kein Lärm, keine Menschen. Nur du und ich . . . allein.«

Es gab nur eine Antwort darauf. Ich gab sie ihr.

Ich ließ sie schließlich los und sog etwas Atem in meine Lungen. Sie nahm meine Hand, lehnte die Wange dagegen und sagte nichts. Ich konnte fühlen, wie sich alle Muskeln in meinem Körper irgendwie streckten und entspannten, und der bittere Knoten, den ich seit fast einem Jahr unter meinen Rippen getragen hatte, schien nun weniger fest. Der Schmerz, den er verursachte, war nun kaum mehr als ein dumpfes Pochen. Eine Frau hatte diesen Knoten dort verankert – eine Frau, die der neben mir sehr ähnelte . . .

Ziemlich bald fingen ein oder zwei Baumfrösche an, ein Quakkonzert zu veranstalten, das hohe, kreischende Geräusche verursachte. Das und der rhythmische Schlag der Wellen waren die einzigen Geräusche. Außerhalb des Wagens hing die Dunkelheit wie ein Vorhang aus schwarzem Samt hinab, und fern im Süden markierte ein einzelner Lichtpunkt irgendein Gebäude. Wahrscheinlich war es dasjenige, dem wir am nächsten waren.

»Paul, Schatz.«

»Hmm?«

»Schön?«

»Sehr.«

»Ist nur . . . ein Kuß schön?«

Ich klärte diesen Punkt.

» . . . Paul.«

»Ja?«

»Bist du verheiratet?«

»Ein toller Zeitpunkt, danach zu fragen.«

»Nun, bist du verheiratet?«

»Nein.«

»Warst du es mal?«

»Noch immer nein.«

»Warum nicht?«
»Niemand mag mich.«
»Ich . . . mag dich.«
»Ich könnte dich nicht in Baumwollschlüpfern herumlaufen lassen.«
»Ich trage keine.«
»Schäm dich gefälligst!«
»Ich meinte Baumwolle, du Ferkel!«
Das Radio sagte: »Hier ist der Sender WXYZ aus Denver. Wir beenden jetzt unser Programm. Sie können uns . . .« Ich beugte mich vor und schaltete es aus. Die plötzliche Stille schien gegenständlich zu sein.
»Die Musik wird uns fehlen«, sagte ich geistlos.
Wie zur Antwort drehte sich Leona Sandmark auf dem Sitz, bis sie mir den Rücken zuwandte, und ließ sich dann über meine Beine fallen. Ich umarmte sie und bückte mich und drückte den Mund gegen den ihren. Ihre Lippen teilten sich, und ihr Atem kam schnell und unregelmäßig, und als meine Hand unter die Falten des grünen Mantels glitt, versteifte sie sich ein wenig, erschlaffte dann und ließ es geschehen . . .
Ich zündete Zigaretten für uns beide an. Die Uhr im Armaturenbrett zeigte zehn nach drei. »Nicht, daß ich ein ungehobelter Bursche wäre, Lady«, sagte ich, »aber wir werden für den Rückweg einige Zeit brauchen.«
Sie sog tief an ihrer Zigarette, und ihr Gesicht trat in dem kurzen Licht scharf und klar hervor. »Noch nicht, mein Liebling.« Ihre Stimme war tiefer als gewöhnlich, sanft und liebkosend. »Dies ist vollkommen . . . ein Augenblick, der niemals enden darf. Ich war noch nie so völlig glücklich, so . . . nun, glücklich.«
»Ich muß ziemlich gut sein!« sagte ich grinsend.
Sie nahm meine Hand und drückte sie mit der ihren, womit sie mich ein wenig verlegen machte. »Das bist du, Liebling! Du weißt gar nicht, *wie* wunderbar!« Ihr Atem wurde zu einem leichten Keuchen, und sie kicherte plötzlich. »Oh, so meine ich das nicht . . . ich meine, teilweise wahrscheinlich, weil du mir die Angst genommen hast, daß John meinen Vater getötet haben könnte. Die Tatsache, daß mein wirklicher Vater

irgendeinen Fremden getötet hat, ist nicht wichtig. Ich habe ihn niemals gekannt, also spielt er für mich keine Rolle, nicht wahr?«

»Der Fremde oder dein Vater?«

»Beide. Ich weiß nur . . .«

Die Wagentür an meiner Seite wurde aufgerissen, und der Strahl einer Taschenlampe leuchtete mir genau in die Augen. Eine leise, halb vertraute Stimme sagte: »In Ordnung, Romeo, schwing dich raus!«

Das verblüffte Keuchen stammte von Leona; ich war zu versteinert, um mehr zu tun, als in den heißen Lichtstrahl, der in mein Gesicht fiel, zu glotzen. Ich drehte den Kopf, um das Ding aus meinen Augen zu kriegen, und sagte: »Okay, Bulle, immer mit der Ruhe.«

»Das ist keine Festnahme, Romeo.« Die Worte machten mir nur noch deutlicher, daß ich die Stimme schon einmal gehört hatte, und in meinem Hinterstübchen versuchten ein paar graue Zellen herauszufinden, wo das der Fall gewesen war. »Du kannst es einen Überfall nennen. Und jetzt heraus, bevor ich ein Loch in dich blase.«

Das Licht senkte sich gerade tief genug, daß sich meine Augen wieder an die Arbeit machen konnten. Der Mann hinter ihm war nicht mehr als ein schwarzer Schatten, doch das dunkle Metall einer Automatik in seiner anderen Hand war deutlich genug auszumachen.

»Komm schon! Heraus mit dir, du Mistkerl!«

»Warten Sie!« Es war Leonas Stimme – schrill vor Furcht. Im Licht der Taschenlampe sah ich, wie ihre Hand die Brokattasche vom Sitz heranzog. »Ich habe Geld! Ich werde es Ihnen geben!«

Sie schnappte die Tasche auf, nahm einen kleinen Revolver heraus und schoß dem Mann dreimal direkt ins Gesicht.

Die schwere Automatik ging los, als er sich gerade die zweite Kugel einfing. Auf dem Bodenblech zwischen meinen Beinen entstand ein unregelmäßiges Loch, doch der Mann krümmte sich noch einmal vor. Leona sagte etwas wie »Ugk«, und der Revolver fiel aus ihrer Hand. Dann riß sie den Kopf herum und halb aus dem Fenster und übergab sich ziemlich heftig.

»Gott im Himmel«, sagte ich zitternd. Es war ein Gebet, sonst nichts. Ich stieg aus dem Wagen, indem ich über die Leiche trat, und hob die Taschenlampe und die Automatik auf. Als das Licht das Gesicht des Toten fand, war da genug Licht und genug Gesicht, daß ich ihn erkannte.

C. L. Baird. Der Mann, der für die Freilassung seines Geschäftspartners fünfundzwanzig Riesen in Falschgeld bezahlen wollte.

Ich sah auf und ließ das Licht über Leona Sandmarks Gesicht huschen, wie sie zusammengekauert auf der äußersten Sitzecke hockte. Das Gesicht war noch immer wunderschön, aber ein wenig grün.

»Schon gut, du hast es ihm gegeben«, sagte ich.

»Er . . . ist er . . .?«

»Sehr«, sagte ich. »Das war kein Überfall, Leona. Dieser Bursche war auf meinen Balg aus. Er hat uns hierher verfolgt und hat versucht, mich umzupusten.« Ich starrte sie neugierig an. »Du hast schnell geschaltet – und schnell geschossen. Trägst du immer eine Pistole bei dir, Baby?«

»Ich . . . ich dachte, wir würden im Peacock vielleicht etwas spielen. Wenn ich spiele, nehme ich immer eine Pistole mit. Man weiß nie, ob nicht jemand versucht, einen auf dem Nachhauseweg aufzuhalten.«

»Schon gut«, sagte ich. »Die Bullen werden das wissen wollen. Deshalb habe ich gefragt.«

Sie begann zu zittern. »Was werden sie mit mir machen, Paul?«

»Die Polizei wird dich lieben«, sagte ich. »Die Presse wird einen Galatag haben. Dieser Bursche war ein professioneller Killer – und professionelle Killer haben fast immer Strafregister.«

»Woher weißt du, daß er ein professioneller Killer war?«

Ich hob die Schultern. »Er hatte keinen persönlichen Grund, mich tot zu sehen. Ich habe den Kerl vor ein paar Tagen zum ersten Mal gesehen. Also muß man ihn angeheuert haben, um mich loszuwerden.«

»Aber wer auf der Welt würde so etwas wollen?«

Ich gab ihr keine Antwort. Ich dachte an einen fetten

Burschen hinter einem Schreibtisch mit einem Loch für die Knie – ein Bursche, der nicht wollte, daß sein Reich durcheinandergebracht wurde. Anscheinend mochte er die Theorien nicht, mit denen ich hausieren ging, und so hatte er mir einen Schatten auf die Fährte gesetzt, als ich den Peacock Club verließ – einen Mann, der einen Auftrag zu erledigen hatte, einen Mann, der der Erledigung dieses Auftrags verdammt nahe gekommen war.

Nun, die Bullen konnten diesen Punkt mal ausleuchten . . . wenn sie etwas darüber erfuhren. Von mir würden sie jedoch nichts erfahren; soweit es mich anging, hatte der Tote versucht, ein Liebespärchen zu überfallen, und hatte sich Kugeln statt Geld eingefangen.

»Was sollen wir tun, Schatz?«

Bevor ich antwortete, bückte ich mich, faßte Baird am Jackenkragen, zerrte ihn vom Trittbrett und ließ ihn auf die Straße fallen. »Okay, Schätzchen, du machst folgendes«, sagte ich. »Setz dich hinters Lenkrad, fahre nach Glencoe zurück und suche die örtliche Polizeiwache. Schnapp dir den diensttuenden Beamten und erzähle ihm genau, was passiert ist. Ich werde hier warten, damit ihn niemand klaut.«

Sie sackte im Polster zusammen, das Gesicht angstverzerrt. »Nein! Ich kann nicht fahren – nicht allein! Warum mußt du hierbleiben, Paul?«

»Mach es so, wie ich es sage«, entgegnete ich müde, »und höre auf, Fragen zu stellen. Wenn man die Leiche findet, und keiner von uns ist in der Nähe, und Alarm schlägt und wir aufgegriffen werden, bevor wir den Vorfall gemeldet haben – nun, dann könnte die Polizei auf die Idee kommen, wir versuchten, damit durchzukommen, ohne sie zu informieren . . . Mach schon, fahr los. Und beantworte ihre Fragen und sage die Wahrheit und verplappere dich nicht. Vergiß nicht, keiner von uns hat diesen Burschen schon einmal gesehen. Und wenn du wieder zurück bist, werde ich das Reden übernehmen.«

Sie sog an der Unterlippe und kaute unentschlossen daran. Dann nickte sie wie versteinert, glitt hinter das Lenkrad und ließ den Motor an. Die Scheinwerfer blitzten auf, und sie zog den Wagen herum, knüppelte die Gänge etwas und fuhr davon.

Ich zündete mir eine Zigarette an und sah auf den schlaffen Haufen aus Fleisch und Kleidung hinab, der noch vor ein paar Minuten ein Mensch gewesen war. Zumindest würde ich mir nicht einsam vorkommen. Ich hatte nicht vor, philosophisch zu werden.

16

Sie kamen in einem Krankenwagen – einem schönen weißen, der wahrscheinlich über eine Sirene verfügte, sie um fünf vor halb vier morgens aber nicht eingeschaltet hatte. Die Leute, die auf den umliegenden Grundstücken wohnten, bezahlten zuviel Grundsteuern, um zu dieser Stunde im Schlaf gestört zu werden.

Es waren zwei, in Zivil. Einer trug einen dunklen Panamahut, der andere keine Kopfbedeckung. Sie hopsten hinaus, nachdem der Krankenwagen einen halben Meter vor der Leiche gehalten hatte, die dort im scharfen Glanz der Scheinwerfer lag. Der Bursche mit dem Panama kam zu mir und spähte mir ins Gesicht. Er konnte meins wegen der Scheinwerfer sehen, wandte ihnen jedoch den Rücken zu, so daß das seinige nur eine Ansammlung von Schatten war. »Sie sind Pine?« fragte er.

»Ja.«

»Ich bin Royden, Leiter der Mordkommission.«

Ich nickte, ohne etwas zu sagen. Royden drehte sich um und sagte: »Okay, Milt, hol die Bahre.«

Sein Kumpel ging um die Ambulanz herum, schwang die große hintere Tür auf und kam mit einer zusammengerollten Bahre zurück. Royden ließ mich dort stehen, während er und Milt die nähere Umgebung mit einer Taschenlampe absuchten. Sie wechselten ein, zwei Worte, die ich nicht verstand, dann legten sie gemeinsam Bairds Leiche auf die Bahre, trugen sie in die Ambulanz und schlossen die Tür.

Milt setzte sich hinters Steuer, und Royden sagte: »Okay, Pine, hier vorn ist Platz für uns alle.«

Ich stieg zwischen sie. Milt setzte den Wagen sauber und leise zurück, und wir rollten mit einem leichten Rumpeln wieder auf die Straße, wandten uns nach Süden und fuhren zum Ortskern von Glencoe.

Wir bogen in eine gebogene Asphalt-Auffahrt ein, die an einem viereckigen, zweigeschossigen Granulithgebäude vorbeiführte, und fuhren zu einer langen, niedrigen Garage dahinter, die groß genug war, um ein Dutzend Autos aufzunehmen.

Royden stieg aus, und ich folgte ihm durch eine Hintertür in das weiße Granulithgebäude. Wir schritten über das braune Linoleum eines schmalen Korridors in einen großen Raum, der der Länge nach durch ein Eichengeländer geteilt war. Von der Decke hingen Leitungsschnüre mit grün abgetönten Glühbirnen; ein paar Tische und Stühle und drei große Spucknäpfe aus Messing auf schwarzen Gummimatten vervollständigten die Einrichtung. Der Raum war sauber und roch stark nach Lysol. Ein älterer Mann mit einem weißen Haarkranz um einen pinkfarbenen Kopf tippte im Ein-Finger-Suchverfahren einen Bericht auf einer Royal-Schreibmaschine, von der die Beschichtung größtenteils abgebröckelt war.

Ich folgte Royden durch eine Schwingtür in die abgetrennte Hälfte zu einer Eichentür. Er schlug einmal mit den Knöcheln dagegen, und auf der anderen Seite meinte eine tiefe, freundliche Stimme, wir könnten hineinkommen.

Es war ein ziemlich großes Büro mit drei Fenstern an einer Seite, die mit schweren schwarzen Vorhängen bedeckt waren. An einer anderen Wand stand eine Reihe grüner Aktenschränke aus Metall, und unter den Fenstern befand sich ein langes, schmales Aquarium mit tropischen Fischen. Über den Aktenschränken hing in einem dunklen Nußbaumrahmen ein Bild des ehemaligen Präsidenten Herbert Hoover. Wahrscheinlich hatten Glencoes Bürger den Polizeichef wegen der Aussagekraft dieses Bildes ins Amt gewählt.

Hinter einem einfachen Eichenschreibtisch saß ein großer, fleischiger Mann in grauen Flanellhosen und einem Freizeithemd der gleichen Farbe. Das Hemd war am Hals offen und zeigte ein dichtes Büschel groben, schwarzen Haars, das zu dem kurzgeschnittenen Schopf über seinem eckigen Gesicht mit den schweren Zügen paßte. In einer Ecke seines betonten Mundes hing eine Pfeife mit Bernstein-Mundstück, geradem Stiel und einem silbernen Ring um den Kopf.

Als Royden und ich eintraten, nahm der Mann hinter dem Schreibtisch die Pfeife aus dem Mund und deutete mit dem Stiel auf einen leeren Eichenlehnstuhl. »Setzen Sie sich, Mr. Pine. Ich bin Myles Abbott, der Polizeichef.«

Ich setzte mich und zündete eine Zigarette an. Royden ging zu den Fenstern hinüber und lehnte sich neben dem Aquarium gegen die Wand.

Abbott lehnte sich zurück, was ihm ein klagendes Ächzen der Federn seines Eichendrehstuhls einbrachte. Er musterte mich mit seinen kleinen, dunkelblauen Augen und paffte ein- oder zweimal an seiner Pfeife, bevor er sie wieder aus dem Mund nahm und sagte:

»In Glencoe gibt es nur selten einen Mord, Mr. Pine. Wir sind eine ruhige Gemeinde, und einige der reichsten und geachtetsten Bürger unseres Staates haben hier ihren Wohnsitz. Unsere Polizei ist klein, aber tüchtig – äußerst tüchtig. Wir mögen es nicht, wenn Kriminelle in unsere Gemeinde kommen, und wir mögen keine Verbrechen – besonders keine Morde.«

»Wo ist Miß Sandmark?« fragte ich.

Das verletzte seine Gefühle. Er hatte noch ein oder zwei Abschnitte seiner Vorrede vorzubringen, bevor er zur Sache kommen wollte. »Sie ist hier«, sagte er knapp. »Ich habe ihre Version gehört. Jetzt möchte ich Ihre hören.«

Ich sagte ihm die Wahrheit, ließ aber alle Namen aus. Er hatte vielleicht gehört, daß Leona Sandmark mit Jerry Marlins Tod zu tun gehabt hatte, aber ich erwähnte es nicht, und er auch nicht. Ich sprach auch nicht von meiner ersten Begegnung mit Baird. Es war sinnlos, die Angelegenheit komplizierter zu machen.

Während ich berichtete, saß er verträumt blickend da, paffte an seiner Pfeife und schaukelte leicht auf dem Drehstuhl. Als ich fertig war, nahm er die Pfeife aus dem Mund, rieb nachdenklich eine eckige Handfläche am Kopf und nickte. »Die junge Dame sagte, Sie seien Privatdetektiv. Zeigen Sie mir Ihre Lizenz.«

Ich schob ihm meine Brieftasche hinüber, und er sah meine Ausweise durch. Er warf sie mir zurück und fragte: »Tragen Sie eine Waffe, Mr. Pine?«

»Nicht bei diesem Aufzug.«

»Dann gehörte der benutzte Revolver Miß Sandmark?«

»Das habe ich Ihnen schon gesagt.«

»Sie haben doch nichts dagegen, daß ich noch einmal frage?« Er war höflich, mit Stahl in seiner Höflichkeit.

»Ich habe nichts dagegen. Es war ihr Revolver.«

»Ziemlich ungewöhnlich, daß eine junge Dame einen Revolver zu ihrem Rendezvous mitbringt, würde ich sagen.«

»Es war ihr erstes Rendezvous mit mir. Das erklärt es wahrscheinlich.«

Die Antwort war vielleicht ein kleines Lächeln wert, doch ich bekam nicht einmal das. »Miß Sandmark erklärte mir, weshalb sie den Revolver bei sich hatte«, sagte er. »Sie hat mir auch, fast Wort für Wort, die gleiche Geschichte wie Sie präsentiert. Vielleicht störe ich mich deshalb ein wenig daran. Ich habe gelernt, identischen Geschichten zu mißtrauen, Mr. Pine. Sie klingen zu einstudiert. Zu passend.«

»Das stimmt«, sagte ich, damit er sich klug vorkam. »Unsere Geschichte ist natürlich nicht lang und daher auch nicht kompliziert. Alles, was so kurz und einfach ist, muß ziemlich gleich klingen, egal, wie viele Leute es erzählen.«

Er schob die Lippen vor und zog sie wieder zurück und beobachtete, wie seine Hand um den Pfeifenkopf rieb. Er dachte nach. Als er mit dem Nachdenken fertig war, musterte er mich wieder mit seinen kleinen blauen Augen und sagte: »Ich frage mich, wieso ein Privatschnüffler mit einer Erbin herumläuft. Normalerweise gibt es einen Grund dafür . . . einen anderen als ein gewöhnliches Rendezvous, meine ich. Ich bin neugierig, Mr. Pine.«

»Es ist eine Schande«, sagte ich, »daß mir kein guter Filmstoff einfällt, um die Geschichte interessanter zu machen. Aber ich dachte, die unverblümte Wahrheit würde Ihnen gefallen. Schon das allein macht die Situation einzigartig.«

Er atmete tief ein und wieder aus und schob sich ein wenig vom Schreibtisch zurück. Er fummelte die mittlere Schublade auf, nahm eine Pistole heraus und legte sie vor mir auf das kahle Holz. »Ist das die Pistole, die Miß Sandmark in ihrer Handtasche hatte?« fragte er.

Ich sah sie an, ohne den Hals zu verrenken, und machte keine Anstalten, sie zu berühren. Entweder war es dieselbe Pistole, die Leona vor drei Tagen in meine Wohnung mitgebracht hatte, oder eine vom gleichen Modell. Ein Colt, Kaliber 32, klein, kompakt, tödlich. Genau richtig für die Handtasche einer Frau. Eine Pistole, mit dem eine Frau schießen konnte. Man konnte keinen Elefanten damit aufhalten; andererseits war Baird aber auch kein Elefant gewesen.

»Sie könnte es sein«, sagte ich. »Das ist das erste Mal, daß ich sie mir genau ansehe.«

Es klopfte an der Tür hinter mir, und ein uniformierter Polizist kam herein, drückte Abbott ein paar Papiere und eine braune Brieftasche aus Krokodilleder in die Hand und ging wieder hinaus.

Der Polizeichef nahm sich Zeit, den Inhalt durchzugehen. In dem Geldscheinfach der Brieftasche steckten ein ziemlich dicker Stapel Rechnungen und auch ein paar Ausweise, dann noch zwei oder drei Umschläge mit Inhalt und ein paar Rechnungen oder Quittungen. Ich hätte mehr darüber in Erfahrung bringen können, wenn Abbott sie mir gezeigt hätte, doch das tat er nicht.

Einige Bleistiftkritzeleien auf dem Rücken eines Umschlags erregten seine Aufmerksamkeit, und er sah sie sich eine volle Minute lang an. Er schob weiter die dicken Lippen vor und zurück; wahrscheinlich eine Marotte, die er in einem Nero-Wolfe-Krimi aufgeschnappt hatte. Die richtige Statur dafür hatte er allerdings.

Er schlug die blauen Augen auf und sah mich scharf an. »Das ist sehr seltsam, Mr. Pine. Wirklich sehr seltsam.«

»Bislang wohl kaum«, meinte ich.

»Was glauben Sie wohl«, fragte er bedeutungsschwanger, »was hier auf diesem Umschlag mit Bleistift geschrieben steht?«

»Sie müssen es mir schon sagen«, entgegnete ich. »Meine Kristallkugel ist heute morgen ein wenig beschlagen.«

»Hier stehen«, fuhr er fort, als habe er mich nicht gehört, »Ihr Name und Ihre Adresse auf der Wayne Avenue in Chicago; und noch eine Adresse – die Ihres Büros, nehme ich an – auf dem East Jackson Boulevard.«

Das gefiel mir nicht gerade, doch ich konnte kaum etwas dagegen tun.

»In dieser Reihenfolge?« fragte ich. »Ich meine, kommt die Wayne-Avenue-Adresse als erste und die Büroadresse als zweite?«

Er legte den Umschlag nieder und blickte mich weiterhin an, der Gesichtsausdruck verwirrt und ein wenig wütend, weil er verwirrt war. »Genau. Warum fragen Sie das?«

Ich hielt den Zigarettenstummel zwischen Daumen und Zeigefinger und sah mich um; ein Mann, der nach einem Aschenbecher Ausschau hält. Abbott runzelte die Stirn, öffnete jedoch eine Seitenschublade, nahm einen gläsernen Ascher heraus und schob ihn mir hinüber. Ich beugte mich vor, drückte die Kippe aus, lehnte mich wieder zurück und schaute interessiert drein.

Der Polizeichef hielt seine Wut im Zaum, doch es fiel ihm nicht leicht. »Warum haben Sie diese Frage gestellt, Mr. Pine?«

Ich hob die Achseln. »Es schien mir eine zu sein, die ein cleverer Detektiv stellen würde.«

Er legte die Handflächen langsam auf den Schreibtisch, und die Wut begann sein eckiges Gesicht zu färben. »Stellen Sie nicht meine Geduld auf die Probe, verdammt noch mal. Ich bin der Polizeichef dieser Stadt, vergessen Sie das ja nicht. Sie sind in einen Mord verwickelt, Mr. Pine. Wenn ich Sie wäre, hätte ich keine so große Klappe.«

Ich wurde die Sache allmählich leid. »Ich bin nicht Sie, und es ist kein Mord. Wenn Sie Polizist sind, dann benehmen Sie sich um Himmels willen wie einer mit ein wenig Grips. Miß Sandmark und ich haben in der Nähe des Sees geparkt, und jemand kam vorbei, um uns zu überfallen, und statt dessen bekam er ein paar Kugeln ab. Das ist kein Mord, auch wenn Sie da sitzen und sich fünfzig Pfund abschwitzen, um es zu einem

Mord zu machen. Die Tatsache, daß der Bursche Namen und Adresse von mir hatte, macht es vielleicht zu etwas mehr als versuchtem Raub. Ich weiß das nicht, und Sie wissen das auch nicht.

Wenn Sie auf Draht wären, müßten Sie der Leiche jetzt die Fingerabdrücke abnehmen, sie klassifizieren und beim Central Station in Chicago anrufen, ob sie etwas über den Burschen haben. Sie haben Papiere aus seiner Tasche; selbst von hier kann ich sehen, daß Namen draufstehen. Central Station hat ihn vielleicht unter diesen Namen. Identifizieren Sie den Burschen, finden Sie heraus, ob er ein Strafregister hat, und bezichtigen Sie Miß Sandmark *dann* des Mordes.«

Bevor der Chief auf mich losgehen konnte, klopfte jemand an die Tür. Ein kleiner Bursche mit einer Brille und dem Gesicht eines Buchhalters schlich herein, sagte mit verängstigter Stimme: »Entschuldigen Sie bitte, Chief Abbott«, legte dem Boß einen Hochglanzkarton auf den Schreibtisch und schlich wieder hinaus.

Abbott lächelte blasiert und schob mir den Karton hinüber. Die Oberfläche war in zehn Quadrate aufgeteilt, und in jedem Quadrat fand sich ein schwarzer Fingerabdruck, der größer war, als man erwartet hätte, da die eingeschwärzte Spitze eines jeden Fingers und Daumens über das Papier gerollt worden war, um einen vollständigen Abdruck zu bekommen. In einer Tabelle unter den Abdrücken befanden sich die Symbole, anhand derer man die Abdrücke klassifizieren konnte.

Ich schob ihm den Karton mit dem Zeigefinger zurück. »Gutes Timing«, sagte ich. »Ich sitze hier und erkläre Ihnen, was Sie machen müssen, während Sie mir die ganze Zeit schon voraus waren.«

Das gefiel ihm. Es gefiel ihm so gut, daß er nicht mehr wütend auf mich war. In der Tat war er so zufrieden, daß er nach dem Telefon auf seinem Schreibtisch griff und auch meine restlichen Vorschläge befolgte. Vielleicht hatte er von Anfang an vorgehabt, entsprechend zu handeln.

Es dauerte keine Minute, da sprach er mit jemandem in der Identifikationsabteilung von Central Station in Chicago. Der Chief nannte Namen und Position und sagte:

»Wir haben hier draußen ein paar Probleme, Sergeant. Ich frage mich, ob Sie Unterlagen über einen Mann haben, der sich« – er schielte auf einen Umschlag aus Bairds Taschen – »Charles L. Hogarth nennt. Angegebene Adresse: 2996 East Fifty-Eighth Street in Chicago . . . Sicher, ich warte. Ich habe zufällig eine FA-Klassifikation von ihm . . . In Ordnung.«

Er legte den Hörer auf den Schreibtisch und durchwühlte seine Taschen, bis er ein paar Streichhölzer fand, mit denen er wieder seine Pfeife zum Brennen bringen konnte. Er saugte ein paarmal daran, nahm den Hörer wieder auf und sagte: »Hallo«, nur um sich zu versichern, daß am anderen Ende der Leitung niemand wartete, und lehnte sich wieder zurück. Er schloß die Augen und saß da, den Hörer gegen ein Ohr gedrückt, und blaue Rauchwolken stiegen aus dem Pfeifenkopf empor . . .

»Ja.« Er öffnete die Augen. »Einen Augenblick.« Aus der mittleren Schublade kramte er einen Bleistift und einen Notizblock. »Bin soweit . . . Ja . . . Ja . . .« Der Stift kratzte ununterbrochen übers Papier. »Staatsgefängnis von Michigan . . . Ja . . . Schön.« Er hielt den Karton mit den Fingerabdrücken hoch. »Ja, bitte . . . Paßt. Das ist der Mann, alles klar, die Klassifikationen stimmen überein. Das reicht aus, Sergeant. Ich werde Ihnen noch heute einen Bericht zuschicken. Nochmals vielen Dank.«

Er legte auf und sah mich an. »Der Mann, den Miß Sandmark erschossen hat, ist als Charles Hogarth bekannt. Er war ein Krimineller der übelsten Sorte. Er hat in Michigan eine Haftstrafe wegen Autodiebstahls verbüßt, in Atlanta eine wegen Herstellung von Falschgeld, in Joliet eine wegen bewaffneten Raubüberfalls. Er wurde wegen Verdacht auf schweren Diebstahl eingebuchtet, wegen Betrugs- und Mordverdacht. Keine dieser Anklagen führte zu einer Verurteilung, aber nur, weil wir keine ausreichenden Beweise hatten. Zuletzt verbrachte er eine kurze Haftstrafe in Michigan und wurde am 28. April dieses Jahres begnadigt. Er benutzte eine Liste von falschen Namen, die so dick ist wie das Telefonbuch von Chicago.«

Ich nickte. »Was jetzt?«

»Nun . . .« Er saugte an der Pfeife. »Ich bin einigermaßen

zufrieden. Wie ich schon sagte, Ihre Geschichte und die der jungen Dame stimmen überein. Wir haben ihre Hände auf Nitrate untersucht; sie hat die Schüsse abgegeben. Doch angesichts des Strafregisters des Toten und der ziemlichen Offensichtlichkeit des Falles bin ich geneigt, Miß Sandmark und Ihnen zu erlauben, nach Chicago zurückzukehren. Die gerichtliche Untersuchung wird nicht vor Samstag stattfinden; ich hätte gern, daß Sie beide dabei sind. Miß Sandmark ist verhältnismäßig prominent und die Tochter eines sehr wohlhabenden Mannes. Es wäre sinnlos, ihr oder ihrem Vater irgendwelche unnötigen Unannehmlichkeiten zuzumuten.«

»Außerdem«, sagte ich, »kann man nie wissen, wann sie vielleicht nach Glencoe ziehen.«

Er brauchte eine Minute, um herauszukriegen, was ich damit meinte. Als er es herausfand, war er nicht besonders begeistert davon. Er drückte auf einen Summer, und der Uniformierte steckte den Kopf zur Tür herein. »Führen Sie Miß Sandmark herein«, sagte Abbott.

Einen Augenblick später öffnete sich die Tür, und Leona kam herein. Sie kam zu mir gelaufen, als ich aufstand. »Ich möchte nach Hause, Paul.«

»Der Chief sagt, wir können gehen«, entgegnete ich.

»Natürlich können wir gehen. Wir haben nichts Unrechtes getan. Es verstößt nicht gegen das Gesetz, sich gegen einen Verbrecher zu verteidigen.«

»Es hat sich herausgestellt, daß Sie der Polizei einen Dienst erwiesen haben, Miß Sandmark«, sagte Abbott. »Der Mann war ein Schwerverbrecher mit einem erschütternden Strafregister. Ich muß Sie nur bitten, daß Sie und Mr. Pine der gerichtlichen Untersuchung beiwohnen. Wir werden Sie beide rechtzeitig benachrichtigen.«

Sie schenkte ihm ein Lächeln, das ich gern selbst bekommen hätte. »Sicher. Und ich möchte Ihnen sagen, daß mir noch nie ein so intelligenter und verständnisvoller Beamter wie Sie begegnet ist.«

Er hätte beinahe die Zunge heraushängen lassen und gegeifert. »Nur meine Pflicht, Miß Sandmark. Nur meine Pflicht.«

Er nahm die 32er vom Schreibtisch und gab sie ihr. »Ich habe mir die Freiheit genommen, zu Testzwecken eine Kugel aus Ihrer Waffe abzuschießen, Miß Sandmark. Routine, verstehen Sie?«

»Schon in Ordnung«, sagte sie leichthin. Sie ließ die Pistole in die Tasche fallen und schnappte den Verschluß zu. »Dürfen wir jetzt gehen?«

Abbott drückte wieder auf den Summer. Als der Cop draußen hineinsah, wies der Polizeichef ihn an, den Packard vor das Revier zu fahren.

Er ging mit uns hinaus, hielt Leona die Wagentür auf und half ihr hinein. Ich öffnete die Tür auf der anderen Seite selbst, und niemand half mir hinein. Doch ich war zufrieden.

Auf dem Bezug direkt neben der Tür auf der Fahrerseite waren Flecken. Ich schloß die Tür, verabschiedete mich höflich, ließ den Motor an und trat aufs Gas.

Wir waren drei Blocks aus Glencoe hinaus, als ich zum ersten Mal wieder frei durchatmete, seit Baird tot war.

17

Sie sagte erst wieder etwas, als wir schon tief in Evanston waren. »Ich hatte schreckliche Angst, sie hätten John angerufen, Liebling.«

»Das wäre auch egal gewesen«, sagte ich. »Er wird es sowieso erfahren. Wegen dieser Sache wirst du eine Menge mehr Platz in den Zeitungen bekommen, als im Mordfall Marlin.« Ich kicherte kurz. »Du wirst allmählich zu einem schlimmen Risiko für Freier, Baby. Revolver scheinen die Gewohnheit zu haben, in deiner Nähe loszugehen.«

»Das war keine sehr schöne Bemerkung.«

»Du hast recht . . . Doch wie ich sagte, die Zeitungen werden dich regelrecht festnageln. Mir ist kein einziger anderer Fall bekannt, bei dem eine in der Gesellschaft so bekannte

Puppe wie du innerhalb von einem oder zwei Tagen in zwei Mordfälle verwickelt war. Du wirst also nicht verhindern können, daß John Sandmark erfährt, was passiert ist.«

»Das meinte ich nicht«, sagte sie langsam. »Ich möchte diejenige sein, die ihm erzählt, was diese Nacht passiert ist. Kannst du dir seine Verfassung vorstellen, wenn der Polizeichef anrufen und ihm sagen würde, ich hätte gerade einen Menschen getötet? Hinzu kommt noch, daß dieser Mann von der Staatsanwaltschaft ihn heute aufsuchen wird; er würde vor Sorgen einfach verrückt.

Aber das ist jetzt alles vorbei. Wenn die Polizei erfährt, daß der Tote in dem Hotel nicht mein wirklicher Vater war, wird sie aufhören, John zu belästigen und nach sinnvollen Verdächtigen suchen.«

»Und es macht dir nichts aus, daß der ›sinnvolle Verdächtige‹ dein wirklicher Vater ist?« fragte ich.

»Nicht im geringsten«, sagte sie ruhig. »Wie könnte es mir etwas ausmachen? Ich habe ihn vor diesem Abend im Hotel nie gesehen; ich kannte eigentlich kaum seinen Namen, bis zu dem Abend, da Jerry mir erzählte, er habe ihn getroffen.«

»Na gut«, sagte ich. »Das kann ich verstehen.«

Die nächsten paar Kilometer über hatte keiner von uns viel zu sagen. Im Osten wurde es allmählich hell. Es würde erneut ein wolkenloser, heißer Tag werden.

»Paul.«

»Was?«

»Hast du eine Ahnung, wer Jerry getötet hat?«

Ich seufzte. Ich war Jerry Marlin allmählich leid. »Ahnung, ja. Beweis, nein.«

»Was glaubst du, wer ihn getötet hat?«

»Nun, um dir die Wahrheit zu sagen, Baby, vielleicht hast du Marlin diese Nacht gerächt.«

Sie atmete erschrocken ein, und ich fühlte, wie sich ihr Körper dort, wo er mich berührte, verspannte. »Paul! Meinst du, der . . . der Mann, den ich erschossen habe . . .?«

»Den meine ich. Schau mal, ich bin diesem Burschen schon einmal begegnet. Sein Name war Baird.«

Ich erzählte ihr die Geschichte, wie Baird mich angerufen

hatte, von dem Falschgeld, wie D'Allemands Jungs glücklicherweise gerade noch »rechtzeitig« eingetroffen waren, um zu verhindern, daß mir der Schädel eingeschlagen wurde. Ich erzählte ihr auch den Rest; von Clyne und wie er umgekommen war, von meinem letzten Treffen mit D'Allemand, und brachte dies damit in Zusammenhang, daß Baird nicht einmal zwei Stunden später versucht hatte, mich zu ermorden.

Ich sagte ihr nichts von dem Erpressungsversuch an John Sandmark, und davon, daß die Morde an Marlin und Clyne irgendwie mit dem Raubmord vor fünfundzwanzig Jahren bei der Gannett Express Company in Zusammenhang standen. Es war noch nicht an der Zeit, daß sie davon erfahren durfte. Vielleicht würde es niemals an der Zeit dafür sein.

Sie dachte darüber nach, bis wir südlich der Foster Avenue den Outer Drive erreicht hatten. Dann sagte sie: »Damit wäre D'Allemand für alle drei Toten verantwortlich, nicht wahr, Paul?«

»Welche drei Toten?«

Ich wußte, daß sie mich seltsam musterte. »Nun, Jerry und Clyne und auch dieser Baird. Ich meine, wenn Baird nicht den Auftrag bekommen hätte, dich zu töten, würde er jetzt noch leben.«

»Du hast mich gefragt, ob ich eine Vermutung hätte«, sagte ich. »Das war eine davon.«

»Es erscheint mir nur logisch«, sagte sie.

»Ja.«

»Und was vermutest du sonst noch, Paul?« fragte sie eine Spur zu beiläufig.

Ich bewegte das Steuerrad etwa einen Viertel Zentimeter, was ausreichte, um eine enge Kurve der Straße zu nehmen. »Wenn mein Verstand Vermutungen nachjagt, gerät er in ein paar seltsame Gefilde.«

»Worauf willst du hinaus?«

»Dein Stiefvater könnte Baird angeheuert haben, um Marlin loszuwerden.«

Sie zuckte vor mir zurück, und ihre Stimme war schriller, als sie es aufgrund ihrer Erziehung hätte sein dürfen. »Das dachte ich mir! Ihnen entgeht auch gar nichts, was, Mr. Detective?

Nun, ich will dir etwas sagen! John Sandmark ist der beste Mann, den es je auf dieser Welt gab! Er würde genausowenig einen Killer engagieren, wie er . . . wie er *mich* töten würde! Du kannst dir also diesen Verdacht irgendwo hinstecken, wo er keinem schadet, verstanden?«

»Ich habe dich verstanden«, sagte ich. »Ich hätte dich auch verstanden, wenn ich in Omaha gewesen wäre.«

Daraufhin senkte sie die Stimme. »Ich wollte dich nicht anschreien«, sagte sie dumpf. »Aber ehrlich, du machst mich manchmal so . . . so verdammt *wütend*.«

Sie verbrachte den Rest der Fahrt mit Nachdenken und schien nicht mehr so zufrieden zu sein. Wahrscheinlich, so glaubte ich, hatte ihr meine Bemerkung über ihren Stiefvater sehr zu denken gegeben.

Es war zehn vor fünf, als der Packard vor dem Bordstein des gelben Ziegelsteingebäudes ausrollte. Ich stieg aus, ging herum, öffnete die Beifahrertür und half ihr hinaus. Als wir im Foyer waren, drückte ich auf den Fahrstuhlknopf, um die Kabine herunterzuholen, und sagte: »Na ja, versuche, etwas zu schlafen, Schatz. Du hast einen harten Tag vor dir.«

Sie legte eine Hand auf meinen Ärmel. »Komm mit hinauf auf einen Drink, Schatz. Ich bin ganz aufgelöst.«

»Ich bin nicht gerade gut im Zusammenknüpfen.«

Ihre Wangen färbten sich rot, doch sie senkte den Blick keine Sekunde. »Bitte, Paul.«

Ich folgte ihr in den Käfig, und wir fuhren schweigend zur sechsten Etage hinauf. Sie schloß die Tür auf, ging vor mir hinein und drückte auf den Lichtschalter, woraufhin die Lampe vor dem Spiegel in der Halle aufleuchtete.

Ich hatte einen Fuß über der Schwelle, als im dunklen Wohnzimmer ein Revolver losging und eine schmale Feuerspur Leona streifte. Sie schrie einmal auf, fiel zu Boden, als der Revolver ein zweites Mal losging, und ich schlug auf den Lichtschalter.

Das einzige Licht fiel nun aus der noch immer geöffneten Tür auf den Flur. Aber es war nicht viel, und dieses Wenige reichte nicht bis dorthin, wo ich mich über dem schlaffen Körper des Mädchens zusammenkauerte. Die Tasche mit der 32er darin lag irgendwo, doch ich würde mich nicht rühren und danach suchen. Ich blieb nur niedergekauert hocken und wartete, und der Schweiß stand nicht auf meiner Stirn, weil wir so warmes Wetter hatten.

Stille. Man hätte die Pyramiden errichten und wieder niederreißen und noch einmal aufbauen können, und ich hätte mich nicht gerührt. Meine Beinmuskeln beschwerten sich allmählich, doch sie würden sich noch wesentlich nachdrücklicher beschweren müssen, bevor ich sie bewegte.

Irgendwo in der Mitte all dieser Schwärze schloß sich leise eine Tür, doch ich hörte es. Ich hätte in diesem Augenblick sogar eine Ameise mit Schluckauf gehört. Neben mir schlurften nackte Füße über einen Teppich, und ich hörte, wie dort ein Fenster geöffnet wurde. Die Schüsse mußten einen Nachbarn geweckt haben.

Ich tastete vorsichtig mit der Hand herum und fand die Brokattasche. Ich öffnete sie und nahm die 32er heraus. Ich gab der Tasche einen kleinen Schubs, und sie prallte an die gegenüberliegende Wand. Sie machte einen verteufelten Lärm; zumindest hatte ich diesen Eindruck, doch in diesem Augenblick waren meine Ohren so empfindlich wie ein häßliches Mädchen beim Abschlußball der Tanzschule.

Nichts geschah. Ich kroch zentimeterweise zurück, bis ich den Lichtschalter erreichen konnte. Ich drückte ihn, und die Tischlampe ging wieder an.

Nichts geschah. Niemand bewegte sich. Niemand schoß auf mich. Niemand bis auf Leona Sandmark und mich war in der Nähe.

Sie lag verkrümmt an der Wand, die Augen geschlossen, das Gesicht so weiß wie eine Parlamentärsflagge. Auf ihrem Hals und einer nackten Schulter war Blut, und man konnte zusehen, wie es sich ausbreitete. Erst, als ich mich über sie beugte, sah ich, daß sich unter dem gelben Kleid ihre Brüste langsam hoben und senkten, und wußte, daß sie noch lebte.

An ihrem Hals, direkt unter dem Kinn, war eine flache Furche von etwa zwei Zentimetern Länge. Vorsichtig nahm ich Leona hoch, trug sie zu dem Sofa im Wohnzimmer und legte sie dort sanft ab. Ich legte die 32er auf den Kaffeetisch, ging ins

Badezimmer und suchte ein Handtuch. Ich hielt einen Zipfel davon unters Wasser, ging ins Wohnzimmer zurück, wischte das Blut ab und legte eine Mullbinde aus dem Arzneikasten um ihren Hals.

Als ich gerade damit fertig war, erwachte sie aus ihrer Ohnmacht. Einen Augenblick lang lag sie da, ohne sich zu bewegen, und starrte nur verängstigt zu mir empor.

»Es war knapp, Baby«, sagte ich, »aber du bist jetzt in Sicherheit.«

»Jemand hat versucht, mich zu töten.«

»Ja«, sagte ich. »Diesmal warst du es.«

»Hast du gesehen, wer es war?«

»Nein.«

»Er ist entkommen?«

»Wenn ihn keiner aufgehalten hat, ich jedenfalls nicht.«

»Ich habe Angst, Paul.«

»Ich auch.«

»Vielleicht ist er noch hier!«

»Das bezweifle ich«, sagte ich. »Aber ich werde mich vergewissern.«

Ich nahm die Pistole vom Kaffeetisch und durchsuchte die Wohnung. Es war niemand mehr hier. Das Küchenfenster war aufgebrochen und die Tür entriegelt worden und stand auf. Ich schloß sie, kehrte zurück ins Wohnzimmer, zog die Jalousien und die Vorhänge auf und ließ das Licht der frühen Dämmerung hinein.

Sie hatte sich nicht bewegt. Ich wischte die Pistole geistesabwesend ab und legte sie wieder auf den Kaffeetisch.

»Wir sind ganz allein«, sagte ich und schenkte ihr ein wölfisches Grinsen, um sie aufzuheitern.

»Ich würde mich gern aufsetzen. Ich glaube, ich bin wieder in Ordnung.«

Ich ließ sie allein, damit sie einen Highball mixen konnte, ging ins Schlafzimmer, schloß die Tür und trat zu dem elfenbeinfarbenen Telefon.

Die Vermittlung meldete sich, und ich gab ihr John Sandmarks Telefonnummer. Nachdem es mehrmals geklingelt hatte, hob wieder dieselbe Frau mittleren Alters ab und klang, als ich nach Sandmark fragte, genauso ungnädig wie an dem Morgen, da Marlin getötet worden war. Doch ich bestand darauf, ihn zu sprechen, und sie machte sich schließlich auf den Weg, ihn zu holen.

Ich zündete mir eine Zigarette an, tippte mit dem Fuß auf den Boden und betrachtete den rosafarbenen, seidenen Bettbezug. Er war glatt und glänzend, und diesmal sah ich keine Abdrücke wie beim letztenmal.

»Hallo?« Es war wieder die Stimme der Frau, und sie klang besorgt. Es kam mir vor, als würde ich mir einen Film zum zweiten Mal ansehen, und wie bei einem Film würde alles wieder genauso ablaufen.

»Ja«, sagte ich. »Ich warte auf Mr. Sandmark.«

»Er ist nicht da, Sir.«

»Sie meinen, er ist so früh ausgegangen?«

»Ich weiß nicht . . . Sein Bett ist unbenutzt, Sir. Ich . . .«

»Na schön«, sagte ich scharf. »Weiß jemand von Ihnen, wann er ausgegangen ist?«

»Da muß ich erst fragen«, sagte sie unsicher.

»Dann machen Sie schon und fragen Sie. Ich bleibe am Apparat.«

Die Minuten schleppten sich dahin. Ich saß da und rauchte. Die Asche fiel von meiner Zigarette, und ich grub sie mit dem Fuß in den Teppich . . .

»Hallo.« Wieder die Frau. »Mr. Sandmark ist gestern abend kurz nach elf ausgegangen und noch nicht zurückgekehrt. Soll ich ihm etwas ausrichten?«

»Hat er gesagt, wohin er wollte?«

»Nein, Sir. Soll ich ihm etwas ausrichten?«

»Schon gut«, sagte ich. »Es ist nicht wichtig.«

Ich legte auf, dachte einen Augenblick lang nach und rief dann auf dem Polizeipräsidium an und fragte nach Lieutenant George Zarr. Er hatte dienstfrei, hieß es, und Captain Locke ebenfalls. Ich lehnte es ab, mit irgendwem sonst zu sprechen und unterbrach die Verbindung; dann rief ich im Büro des Staatsanwalts im Criminal Courts Building an.

Eine scharfe, klare Stimme antwortete – eine Stimme, die ich erkannte.

»Frank«, sagte ich, »hier spricht Paul Pine.«

»Verdammich! Wieso bist du zu so einer frühen Stunde schon auf den Beinen?«

»Weil ich nicht sehr klug bin, deshalb. Frank, ist Crandall da?«

»Ike? Zum Teufel, nein – dieser Bursche arbeitet tagsüber. Er ist zu gut für die Nachtschicht.«

»Hast du seine private Telefonnummer?«

»Bleib mal 'nen Augenblick dran.«

Er war fast sofort wieder zurück. »Berwyn 9902-J.«

Ich dankte ihm, rief die Vermittlung an und gab ihr die Berwyn-Nummer. Nachdem es ein halbes Dutzend Mal geklingelt hatte, wurde der Hörer abgehoben und eine Männerstimme knurrte: »Ja?«

»Crandall?«

»Ja.«

»Hier ist Pine, Crandall. Paul Pine. Wie ich höre, haben Sie heute morgen eine Verabredung, um John Sandmark und seiner Stieftochter ein paar Fragen zu stellen.«

»Was ist damit?«

»Ich glaube nicht, daß es dazu kommen wird, mehr nicht. Leona Sandmark bekam vor ein paar Minuten eine Kugel verpaßt, in ihrer eigenen Wohnung. Und John Sandmark ist nicht zu Hause. Ich habe dort gerade angerufen.«

»Verdammt noch mal! Ich *wußte*, daß dieser Bursche eine Menge mehr weiß, als er sagte. Also hat er seine eigene Tochter getötet, damit sie den Mund hält. Wieso wissen Sie das alles, Pine? Wo sind Sie?«

»In der Wohnung des Mädchens.«

»Sie mußten also mal wieder überschlau sein, was? Mußten Ihre Nase in Polizeiangelegenheiten stecken. Mann, verdammt noch mal, Pine . . .«

»Hören Sie doch auf«, sagte ich barsch. »Sie wollen den Burschen, oder nicht? Dann treffen Sie mich vor Sandmarks Grundstück. Kommen Sie, so schnell Sie können. Sie sind in Berwyn; das liegt nicht weit von dort. Und bringen Sie lieber einen Mann von der Mordkommission mit. Ich habe im Präsidium angerufen, doch sowohl Zarr als auch Locke haben dienstfrei. Locke wohnt irgendwo draußen im Norden; vielleicht holen Sie sich lieber Zarr. Er hat einen Anspruch darauf, bei dieser Sache dabei zu sein.«

»Kann schon sein. Er hat eine Wohnung im 4900er Block am Washington Boulevard. Das ist nur ein paar Minuten von hier entfernt. Ich würde vorschlagen, wir treffen Sie in zwanzig Minuten an der Ecke North Avenue und Kenilworth.«

»Ich werde dort sein.«

Ich kehrte ins Wohnzimmer zurück. Leona Sandmark blickte von den Tiefen des Sofas auf, als ich hereinkam. Sie hielt ein halbgefülltes Highball-Glas in der einen und eine Zigarette in der anderen Hand. Die Farbe war zum größten Teil wieder in ihre Wangen zurückgekehrt, und die unnatürlichen Linien waren fast verschwunden. Anscheinend hatte die Blutung aufgehört, obwohl sie noch eine Weile einen steifen Hals haben würde.

Ich setzte mich neben sie, nahm ihr das Glas aus der Hand und trank, was übrig geblieben war. Es war Scotch und einfaches Wasser, erfüllte aber seinen Zweck. »Du hast schwere Zeiten gehabt, Baby«, sagte ich, »und es werden noch schwerere kommen, bevor es wieder besser wird. Ich kann mich irren – ich hoffe bei Gott, *daß* ich mich irre. Aber beiße für alle Fälle schon mal die Zähne zusammen.«

Die Farbe wich wieder aus ihrem Gesicht, und in ihren graublauen Augen keimte Furcht auf. »Was versuchst du mir zu sagen?«

»Ich habe es schon gesagt. Jetzt zieh ein Straßenkleid oder so was an. Wir müssen fort.«

»Wohin?«

»Später.«

»Wohin, Paul?«

»Zu deinem Stiefvater.«

Sie musterte mich unsicher und öffnete den Mund, um etwas zu sagen; dann erhob sie sich von der Couch, drückte die Zigarette im Aschenbecher aus und ging ins Badezimmer.

Ich atmete tief durch und machte mir noch einen Drink.

Als sie wieder herauskam, trug sie ein chartreusegrünes Seidenkleid und eine weiße Bluse mit hohem Kragen, um den

Verband um ihren Hals zu verbergen. Ich lächelte sie an und sagte: »Du hast, was man braucht, Schatz. Egal, was passiert, bevor diese Sache vorüber ist, du wirst dich nicht unterkriegen lassen.«

Wir fuhren mit dem Fahrstuhl hinunter und traten auf die Straße. Die Sonne war aufgegangen, und es waren schon Leute unterwegs. Ich half ihr auf den Beifahrersitz meines Wagens, ging herum, setzte mich hinter das Steuerrad und fuhr in nördliche Richtung.

Auf der North Avenue, einen Block östlich der Kenilworth, fuhr ich an den Straßenrand. »In ein paar Minuten wird mich ein Wagen an der Ecke Kenilworth mitnehmen. Wenn du siehst, daß ich einsteige, wartest du noch zehn Minuten – dann fährst du zum Haus deines Stiefvaters. Ich werde in der Bibliothek sein. Du hast einen Schlüssel zum Haus?«

»Ja.«

»Okay. Glaubst du, du kannst diesen Schrotthaufen fahren? Ich meine, nachdem du an den Packard gewöhnt bist . . .«

»Ich kann ihn fahren, Paul.«

»Dann tue genau, was ich sage. Zehn Minuten.«

Ich stieg aus und ging die Straße entlang; die Morgensonne schickte mir meinen Schatten weit voraus.

An der Ecke war ein Drugstore. Ich lehnte mich gegen die Fensterscheibe, wo Leona Sandmark mich sehen konnte, steckte mir eine Zigarette an und wartete . . .

Eine schwarze Limousine, ein Buick, kam mit beträchtlicher Geschwindigkeit östlich über die North Avenue gebraust, schnitt die Kurve, und der Fahrer trat auf die Bremse und verqualmte ein paar Zentimeter vom Gummi der Reifen. Eigentum der Stadt Chicago; zum Teufel mit den Bremsen.

»Pine.« Es war Crandall; er saß hinter dem Lenkrad.

Ich warf die Zigarette fort und ging zu ihm hinüber. Zarr saß vorn neben Crandall. »Wäre besser für Sie, wenn Sie kein Morphium intus haben, Pine«, sagte er. »Ich mag es nicht, so früh aufzustehen.«

Ich öffnete die hintere Tür, stieg ein und schloß sie wieder. Als der Wagen losfuhr, sagte ich: »Sie waren wenigstens im Bett. Jemand hat die letzte Runde eingeläutet, Lieutenant. Die

Runde, in der Sie herausfinden, wer die zwölf Prediger zu der Leiche gelockt hat, und außerdem werden Sie noch einen Mörder bekommen.«

18

Eine Frau, die aussah, als habe sie an diesem Morgen schon eine Million Betten gemacht, öffnete auf mein Klingeln die Tür. Ihr erwartungsvoller Gesichtsausdruck sackte auf den Teppich, als sie uns drei dort stehen sah. Sorge flackerte in ihren wäßrig blauen Augen, und ihre blauadrige Hand schloß sich plötzlich um den Türknopf. Fast jeder erkennt einen Bullen, selbst einen in Zivil. Sie stand da, mit verkniffenen Lippen, und starrte uns an über eine Entfernung von einem Meter, der auch ein Kilometer hätte sein können.

»Guten Morgen«, sagte ich. »Wir hätten gern Mr. Sandmark gesprochen. Sofort, bitte. Es ist wichtig.«

Die schwache Morgenbrise kräuselte die gestärkten Falten ihrer hübschen blauen Hoover-Schürze, doch sonst bewegte sich nichts an ihr, als ich einen Fuß über die Schwelle schob. Doch als ich eine Hand ausstreckte und sie auf den Türknopf legte, zuckten ihre dünnen Schultern ein wenig hoch, und aus der Beunruhigung in ihren Augen wurde Angst.

Die Worte sprudelten nur so aus ihr heraus. »Nein! Ich meine, es tut mir leid, aber . . . nun ja, Mr. Sandmark ist im Augenblick nicht hier. Wenn Sie noch einmal kommen möchten . . .«

Meine Hand unter ihrem Ellbogen unterbrach sie an dieser Stelle und schob sie gleichzeitig zur Seite. »Schon in Ordnung, Muttchen. Wenn Sie nichts dagegen haben, würden wir gern in der Bibliothek warten. Sagen Sie Mr. Sandmark, daß Paul Pine hier ist . . . wenn er kommt, meine ich. Es wird nicht nötig sein, diese Männer zu erwähnen; sie gehören zu mir.«

Währenddessen marschierte ich los, und sie trat zurück. Als

sie sah, daß sie uns nicht aufhalten konnte, ballte sie die verbleibenden Fetzen ihrer Würde in den zitternden Händen zusammen und sagte ein wenig aufgebracht:

»Ich werde es ihm *sofort* sagen, wenn er nach Hause kommt! Ich werde ihm sagen, wie Sie drei mich regelrecht *gezwungen* haben, hier . . .«

Mittlerweile waren Crandall, Zarr und ich schon in den schattigen Tiefen der Eingangshalle. Ich führte sie zur Bibliothekstür und ließ die Haushälterin draußen. »Sie dürfen sich nicht so aufregen, Muttchen«, sagte ich und schloß ihr die Tür leise vor der Nase.

Durch die Flügelfenster fiel genug Morgenlicht, daß wir die Einrichtung des Zimmers bewundern konnten. Doch für meinen Geschmack war es nicht kräftig genug. Ich schaltete ein paar Tischlampen neben dem gewaltigen Kamin ein, und der Raum wurde unter dem weichen gelben Licht lebendig.

Crandall scharrte in den Tiefen des grauen Teppichs unbehaglich mit den Füßen und betrachtete all diese Herrlichkeit. »Ich kann nur hoffen, Sie wissen, was Sie tun, Bürschchen. Das könnte uns sonst gewaltig hochgehen lassen.«

»Das kann es nicht mehr«, sagte ich. »Sandmark steht auf einem Bein zu weit draußen, um auch nur zurückgekrochen zu kommen. Wir können uns genausogut setzen und warten.«

Ich bekam Zarr in die Tiefen eines hochlehnigen Armstuhls und Crandall vor ihm auf das blaue Ledersofa, von dem aus man die Hallentür im Blick hatte. Zarr grub eine dicke Zigarre aus der Brusttasche seiner hellgrauen Anzugjacke und riß das Zellophanpapier ab. Ich schob einen Aschenbecher hinüber, wo er ihn erreichen konnte, und er rollte das Zellophanpapier zu einem kleinen Kügelchen zusammen und schnippte es zum Ascher. Es flog übers Ziel hinaus, ich bückte mich steif, hob es auf, legte es in den Aschenbecher und bedachte Zarr mit einem Stirnrunzeln.

»Benehmen Sie sich nicht Ihr ganzes Leben wie ein Bulle«, sagte ich. »Wissen Sie, Sie sind hier nicht in einer Kneipe.«

Er musterte mich mit einer Art leeren Verwunderung, fand in einer seiner Taschen ein hölzernes Streichholz und beugte sich vor, um die Spitze an der Sohle seines breitkappigen Schuhs anzustreichen. Er hielt es an seine Zigarre, drehte das Kraut sorgfältig, bis es zu seiner Zufriedenheit brannte, schüttelte das Streichholz aus und ließ es mit übertriebener Sorgfalt neben dem Zellophankügelchen in den Aschenbecher fallen. »Weshalb sind Sie so nervös, Pine?« fragte er. »Sie benehmen sich wie ein Anfänger bei seiner ersten Verhaftung.«

Er hatte recht. Ich war so angespannt wie das Korsett einer alten Jungfer. Ich fuhr mir mit den Fingern der linken Hand über den Hals und starrte die Nägel an, als rechnete ich damit, einen Fremden darunter zu finden. Crandall beobachtete mich von der Ecke des Sofas aus, auf der er gerade und steif saß. Er wirkte nervös und verunsichert und ein wenig wütend. Das letzte Gefühl galt mir.

Ich schritt ein- oder zweimal auf und ab, dann sagte Zarr: »Wie wäre es, wenn Sie uns ein paar Einzelheiten verraten, bevor Sandmark kommt? Crandall sagte mir, der Bursche habe gestern abend seine Stieftochter getötet. Woher wissen Sie, daß es Sandmark war? Haben Sie ihn gesehen?«

»Er muß es gewesen sein«, sagte ich. Ich setzte mich auf die Couchlehne, zündete mir eine Zigarette an und warf das Streichholz in den Kamin. »Schauen Sie, ich war gestern abend mit seiner Stieftochter aus und habe ihr ein paar Einzelheiten entlocken können, bevor sie in diese Kugel lief.

Die Sache geht fünfundzwanzig Jahre zurück. Sie geht zurück auf San Diego und zwei Burschen, die da unten für eine Geldtransport-Firma arbeiteten. Aber das habe ich Ihnen alles schon gesagt. Machen wir uns mal an dieses Jahr.

Vor etwa einem Monat kam Raoul Fleming, Leona Sandmarks wirklicher Vater, nach Chicago. Er kam hierher, um seine Tochter zu sehen. Er setzte sich über ihren damaligen Freund, Jerry Marlin, mit ihr in Verbindung. Er stellte Marlin eine Menge Fragen, machte jedoch einen Rückzieher, als Marlin wollte, daß er mit dem Mädchen sprach.

Einen oder zwei Tage später fuhr Fleming zu Leonas Wohnung hinaus, um sie aufzusuchen. Sie war nicht zu Hause, also hinterließ er eine Nachricht in ihrem Briefkasten. Diese Nachricht bekam Sandmark in die Finger, und sie machte ihm Angst. Sie machte ihm Angst, weil diese alte Mordsache in San

Diego gegen Fleming ein abgekartetes Spiel gewesen war, und er glaubte, Fleming sei in die Stadt gekommen, um es ihm heimzuzahlen.

Inzwischen trat Fleming mit seiner Tochter in Verbindung und bat sie, in sein Hotel zu kommen und mit ihm zu sprechen. Sie willigte ein und fuhr zu ihm ins Laycroft. Doch er erwartete mittlerweile einen zweiten Besucher und wimmelte seine Tochter schnell ab. Und am nächsten Tag wurde Fleming tot in seinem Zimmer gefunden – ermordet.«

Ike Crandall rührte sich unbehaglich. »Das hat das Mädchen Ihnen erzählt, Pine?« fragte er.

»Genau.«

»Woher wollen Sie wissen, daß es die Wahrheit ist?«

»Irgend etwas muß die Wahrheit sein. Das klingt mehr danach als alles andere. Wollen Sie den Rest davon hören oder was?«

Er kratzte sich am Ohr, atmete tief aus und sagte, ich solle weitermachen.

Ich stand auf, ging zu Zarr hinüber und ließ etwas Asche in den Aschenbecher neben ihm fallen. Ich blieb dort stehen und sprach zu beiden Männern.

»Das Mädchen war nicht dumm. Sie wußte aufgrund dieser fehlenden Nachricht, daß Sandmark zu dem Hotel gefahren und Fleming getötet hatte. Was sie erst später erfuhr, war, daß Jerry Marlin ihr in das Hotel gefolgt war und gesehen hatte, wie Sandmark hinaufging, nachdem sie gegangen war. Anscheinend hatte sie kurz vorher an diesem Abend ein Rendezvous mit Marlin abgesagt und sich dabei so seltsam benommen, daß er neugierig wurde.

Das war Marlins Chance. Millionär ermordet alten Feind – was für ein Rahmen für eine Erpressung! Er legte Sandmark die Daumenschrauben an. Dem alten Herrn gefiel das nicht, und so schoß er eines verregneten Abends Marlin voller Löcher.

Er war sicher, daß jetzt niemand mehr an ihn herankam. Doch er irrte sich. Marlin hatte seinen Kumpel Ken Clyne in die Sache eingeweiht. Nicht vollständig – nur so weit, daß Clyne auf die Idee kam, sich an die Erpressung anzuhängen. Clyne versuchte es – und sein Schädel schloß mit einem Totschläger Bekanntschaft.«

Sie hörten zu, was gut und schön war. Sie nickten, was noch besser war. Crandall saß nicht mehr so steif da; er hatte sich zurückgelehnt und lächelte ein wenig. Zarr starrte verträumt zur Decke hoch und beobachtete die schweren Schleier des Zigarrenqualms, die sich im Licht der Fenster bewegten.

Ich hatte noch nie so richtig kapiert, wie tödlich unter Umständen ein Indizienbeweis sein konnte . . .

»Sandmark«, fuhr ich fort, »war zufrieden. Die einzige, die ihm nun etwas anhaben konnte, war seine Stieftochter, und er wußte verdammt gut, daß sie ihn niemals verraten würde, wenn die Bullen nicht irgendwie auf den Dreh kamen und sie ordentlich in die Mangel nahmen. Doch es gab keine losen Enden, die die Bullen zu Leona Sandmark führen würden.

Aber da war doch etwas, von dem er nichts wußte . . . und das wird Sie interessieren, Zarr. Anscheinend war Fleming selbst ein wohlhabender Mann. Nach dem, was er Marlin erzählte, hatte er eine Mine in Afrika oder sonstwo leergeräumt. Als man ihn tot auffand und er nicht identifiziert werden konnte, sollte er in einem Armengrab bestattet werden, und Gott weiß, was mit all seinem Geld auf dem Schwarzen Kontinent geschehen wäre.«

Zarr schob sich aus den Tiefen des Sessels, um noch etwas Asche in den Becher abzustreifen. Er runzelte leicht die Stirn. »Warum sollte dieser Teil Ihrer Story ausgerechnet mich interessieren?« fragte er. »Bekomme ich einen Teil seiner Knete?«

»Davon weiß ich nichts«, sagte ich. »Aber Sie waren so neugierig, warum ich auf dieser verrückten Beerdigung war. Dort bekommen Sie die Antwort, warum zwölf Priester nötig waren, um den alten Mann unter die Erde zu bringen.«

Die schweren Brauen des Lieutenants hoben sich. »Verdammt, meinen Sie ja nicht, ich hätte das vergessen! Sagen Sie mir nicht, Sandmark habe all diese Pfaffen angeheuert und für die Beerdigung bezahlt!«

»Bestimmt nicht«, entgegnete ich. »Er wäre der letzte auf der Welt gewesen, der das Interesse an dem Toten aufgerührt hätte. Nein, es gab nur einen, der einen Grund dafür gehabt hätte, aus dieser Beerdigung einen Zirkus zu machen!«

»Wer?« knurrte Zarr.

»Jerry Marlin.«

Sie saßen da und blinzelten mich an. Meine Bombe war ein Blindgänger; die Lunte war zu kurz gewesen.

»Okay«, sagte ich müde, »ich setze Sie ins Bild.« Ich blickte auf meine Armbanduhr; die Zeit wurde knapp. »Marlin hatte Leona Sandmark ziemlich fest im Griff. Wenn herausgekommen wäre, wer die Leiche im Laycroft war, wäre all dieser Zaster an die Tochter gegangen und hätte sie zu einer wohlgerundeten Goldmine gemacht. Ohne diese Knete war sie noch immer wohlgerundet, aber aus finanziellem Blickwinkel nicht von großem Nutzen, da ihr einziges Einkommen von ihrem Stiefvater stammte.

Doch wenn er den Bullen einen Tip geben konnte, wer der Tote war, überlegte Marlin, würden sie vielleicht herausfinden, daß Sandmark etwas mit Fleming zu tun hatte. Das hätte dazu führen können, daß genau die Tatsachen ans Licht kämen, die für sich zu behalten Sandmark Marlin bezahlte und dadurch *diese* Einkommensquelle ihr Ende gefunden hätte.

Also denkt sich Marlin einen Plan aus: Er heuert einen Haufen Prediger an, die Fleming unter die Erde bringen, und schickt dem Leichenbeschauer Geld für ein anständiges Begräbnis. Mit anderen Worten, er macht aus diesem Begräbnis einen so phantastischen Zirkus, daß sich die Zeitungen einfach dafür interessieren müssen. So wird Flemings Foto über die ganze Welt verbreitet, und irgend jemand wird es als Bild eines afrikanischen Millionärs erkennen und ihn identifizieren. Für Millionäre, habe ich mir sagen lassen, interessieren sich eine Menge Leute. Schließlich wäre Flemings richtiger Name herausgekommen, und seine Tochter hätte sein Vermögen geerbt. Mittlerweile wäre genug Zeit vergangen, daß alle Spuren im Mordfall Fleming erkaltet wären, und Sandmark wäre nicht einmal in den Verdacht gekommen, etwas damit zu tun zu haben.

Verstehen Sie mich richtig: Ich behaupte nicht, daß der Plan perfekt war. Ich sage nicht, daß die Idee gut war. Niemand hat

Marlin je bezichtigt, übermäßig klug zu sein. Aber da haben Sie Ihre Antwort auf diese verrückte Beerdigung.«

Lieutenant Zarr war zufrieden – so zufrieden, daß ich drei Goldfüllungen in seinen oberen linken Backenzähnen ausmachen konnte. »Das leuchtet mir ein«, sagte er nickend. »Es paßt genau hinein. Sie sind okay, Schleicher; erinnern Sie mich daran, daß ich Sie von jetzt an mag.«

»Wie nett von Ihnen«, entgegnete ich, und wenn ich mich in diesem Augenblick daran erinnerte, wie er mir am Tag zuvor die Fäuste ins Gesicht geknallt hatte, verriet meine Miene nichts davon . . .

»Auf jeden Fall«, fuhr ich fort, »mußte ich auf der Suche nach Marlins Mörder herumschnüffeln und habe ziemlich viel von dieser Sache ausgegraben. Drüben bei Clyne dachte ich noch einmal darüber nach und entschloß mich, euch Jungs einzuweihen.« Sie grinsten einander an, doch ich ignorierte es. Ich konnte es mir jetzt leisten. »Sie, Crandall, tauchten schließlich bei Sandmark auf und warfen ihm gerade genug vor, um ihm Angst zu machen. Als Sie dann sagten, am nächsten Tag wollten Sie mit seiner Stieftochter *und* ihm sprechen . . . nun, da wollte er die schwache Stelle ausmerzen. Leona Sandmark würde zusammenbrechen; sie war ein Mädchen, wie konnte sie schlauer sein als die Bullen? Leona Sandmark mußte sterben.

Schließlich war sie nicht sein eigenes Kind; sie war Flemings Balg. Sein Hals war wertvoller als ihrer. Also machte er sich heute morgen . . .«

Meine Stimme verhallte. Durch die geschlossene Tür hörten wir, wie leise Schritte über den Gang draußen kamen.

»Das ist der Zahltag, Jungs«, flüsterte ich. »Sie haben eine Waffe, Crandall? Holen Sie sie hervor . . . Kauern Sie sich tief in den Sessel, Zarr, damit man Sie nicht sofort sehen kann.«

Sie befolgten meine Befehle. Sie waren es gewohnt, Befehlen zu folgen. Ich trat neben das blaue Ledersofa, auf dem Crandall saß. Er hielt einen Smith & Wesson, Kaliber 38/44 Heavy-Duty-Revolver, in der rechten Hand, ihn leicht auf dem Knie abstützend. Er wirkte ziemlich gelassen, doch seine Kiefermuskulatur war vor Anspannung zusammengepreßt. Die Schritte kamen zur Bibliothekstür. Es waren leichte, unsichere Schritte.

Die Schritte eines Menschen, der einer Sache entgegenging, die er nicht verstand und die ihm wahrscheinlich nicht gefallen würde.

Der Türknopf drehte sich. Man sah, wie das Licht auf ihm funkelte, als er sich drehte. Die Tür öffnete sich. Leona Sandmark kam herein.

Ike Crandall sah sie zuerst. Er hatte kein Mädchen erwartet. Seine Brauen flogen nach oben, sein Kinn fiel hinab. Zarr, der dem Mädchen den Rücken zuwandte, umfaßte die Sessellehne, schob sich hoch und drehte den Kopf zur Tür.

Meine Hand fuhr hinab, entriß Crandalls schlaffen Fingern den Revolver und brachte ihn in eine horizontale Lage, und ich sagte: »Keine Bewegung, du Hurensohn.«

19

Die ganze Sache hatte keine sechs Sekunden gedauert. Leona Sandmark, die mittlerweile ein paar Schritte in den Raum getreten war, blieb abrupt stehen und starrte mich an. Ike Crandall und George Zarr starrten ebenfalls. Aber sie starrten nicht mich an, sondern auf die Mündung der Pistole.

Sie deutete auf George Zarr.

Die Stille war so dick, daß man darauf hätte laufen können. Zarrs Verstand versuchte, mit seinen Augen Schritt zu halten; wenn er sie eingeholt hatte, würde es zu spät sein. Es war jetzt schon zu spät. Unter seinen Jackenaufschlägen steckte eine Pistole, doch selbst, wenn er ein paar Sekunden vorher gewarnt worden wäre, hätte er sie niemals schnell genug ziehen können. Nicht, solange er in diesem hochlehnigen Sessel saß – weshalb ich ihn von Anfang an dort plaziert hatte.

»He, das ist *meine* Pistole!« krächzte Crandall.

Niemand lachte, obwohl ich niemals etwas Komischeres gehört hatte.

»Komm her, Leona«, sagte ich, ohne die Augen von dem versteinerten Polizeilieutenant zu nehmen.

Als sie uns alle drei sehen konnte, sagte ich: »Schau dich mal um, Baby. Siehst du . . .«

Ich bekam nicht die Gelegenheit, den Satz zu beenden. Ihr Blick ruhte auf dem eisigen Gesicht George Zarrs. Ihr Mund klaffte auf, und sie keuchte ein Wort:

»Vater!«

Das brach das Eis auf Zarrs Muskeln, und er kam aus dem Sessel geschossen wie aus einer Panzerfaust. Seine Hand fuhr zu seiner Hüfte . . .

Ich schrie ihn an. Keine Worte – nur ein Schrei. Er ließ ihn innehalten. »In die Kniescheibe, Freundchen. Nicht, wo sie Sie töten wird. Zum Teufel mit dieser Knarre. Sie haben eine Verabredung mit dem feuerlosen Kocher.«

Seine Blicke hätten Löcher in Superman gebrannt. Er sank langsam in den Sessel zurück, legte die Finger sanft und vorsichtig auf die Lehnen und starrte mich weiterhin an.

Crandall hatte die Lippen mittlerweile wieder so weit geschlossen, daß er die Zungenspitze hinausstecken und sie benetzen konnte. »Was hat das zu bedeuten? Wollen Sie mir um Himmels willen sagen, was das zu bedeuten hat?«

Leona Sandmark stand noch immer wie entgeistert da und musterte Zarrs mörderischen Gesichtsausdruck. Sie sagte noch einmal »Vater!«, mit dem tonlosen Modulationsmangel eines Dorftrottels. »Vater, was . . .«

»Nein, Leona«, sagte ich. »Das ist nicht dein Vater. Das ist ein Bursche namens George Zarr. Nur, daß er auch nicht George Zarr ist. Sein Name ist Jeff Ederle.«

Sie konnte damit etwa halb so viel wie nichts anfangen. Ein Mädchen, das niemals die Einzelheiten eines Vorfalls hören durfte, der sich ereignet hatte, als sie in den Windeln lag, konnte damit einfach nichts anfangen.

Doch Ike Crandall konnte etwas damit anfangen. »Ederle?« sagte er. »Moment mal, Pine. Das ist doch dieser Wachmann der Geldtransport-Firma, den Sie gestern bei Clyne erwähnt haben, nicht wahr?«

»Das ist er«, sagte ich. »Aber gedulden Sie sich noch eine

Sekunde; ich kann besser reden, wenn ich weiß, daß dieser Bursche nicht bewaffnet ist. Stehen Sie auf, Zarr. Langsam.«

Er stand auf, als hätte er Bolzen anstelle von Gelenken und Eisenstäbe anstatt Knochen. Ich ging um ihn herum, drückte ihm die Smith & Wesson gegen das Rückgrat, schob eine Hand unter seine Jacke und nahm die 38er, die dort steckte, an mich. Ich ließ sie in meine Seitentasche gleiten und tastete ihn ab, um mich zu vergewissern, daß er keine zweite Waffe trug. Dann baute ich mich vor ihm auf und sagte: »Okay, setzen Sie sich wieder.«

Als ich wieder neben Crandall stand, sagte ich: »Diese Sache ist zu groß, als daß wir beide damit allein fertig werden, Ike. Wir rufen lieber einen Streifenwagen und lassen ihn abholen.«

Er schüttelte den Kopf – nicht, weil er meinen Vorschlag ablehnte, sondern, um die Spinnweben loszuwerden. »Aber, Pine – ich dachte, wir wären hier, um Sandmark zu verhaften. Ich dachte, Sie hätten gesagt, der Stiefvater habe dieses Mädchen *getötet*. Mann, Sie schustern einen Fall wasserdicht gegen ihn zusammen . . .«

»Leona.«

Sie sah mich mit verschleierten Augen an. »Ja . . . ja, Paul?«

»Häng dich ans Telefon. Ruf bei der Polizei von Oak Park an und sage ihnen, sie sollen einen Streifenwagen herschicken, um jemanden wegen Ruhestörung festzunehmen. Sag ihnen nicht mehr als das; wir wollen die Reporter noch eine Weile heraushalten.«

Sie ging zum Telefon, das auf dem Schreibtisch stand. Ich sagte: »Nein. Rufe von einem Nebenanschluß an. Es gibt einen Grund dafür.«

Sie zögerte, runzelte mit einer Mischung aus Verwunderung und Besorgnis die Stirn, drehte sich dann um, ging zur Tür und verschwand.

Ich setzte mich neben Ike Crandall, holte mir mit der freien Hand eine Zigarette hervor und zündete sie an. Ich blies einen Tabakkrümel von den Lippen, und mein Atem bewegte den dünnen Rauchfaden, der sich aus dem Aschenbecher erhob, in dem Zarrs vergessene Zigarre qualmte.

»Sie haben recht, Crandall«, sagte ich. »Klar habe ich einen

Fall gegen Sandmark aufgebaut. Sie hätten ihn damit wahrscheinlich auch auf den elektrischen Stuhl bringen können. Das müßte Ihnen eine Lehre sein, aber ich weiß verdammt gut, daß es Ihnen keine sein wird . . .«

Ein Schraubstock zwängte langsam meinen Hinterkopf ein: der Anfang von Kopfschmerzen, die von Mangel an Schlaf und keinem Mangel an Strapazen hervorgerufen wurden. Ich hob die Hand und rieb die linke Schläfe ein wenig. Ich sah zu Zarr hinüber, der hinter der steinernen Wand saß, die sein Gesicht war, und dann blickte ich auf die Waffe in meiner rechten Hand hinab. Ich fragte mich, ob ich nicht einer Gewerkschaft beitreten, in Streik treten und die Verhandlungen verschlafen konnte . . .

»Es gab keine andere Möglichkeit, wie ich die Sache durchziehen konnte, Ike«, sagte ich. »Als Sie Zarr vor einer Weile in seiner Wohnung angerufen und ihm gesagt haben, Sandmark habe seine Tochter getötet und wir drei wollten ihn festnehmen . . . von diesem Zeitpunkt an war er argwöhnisch. Er wußte, wir würden nichts Derartiges tun, doch er dachte, vielleicht würden Sie und ich das *glauben*.

Jedes Wort, das ich sagte, bis Leona Sandmark hier herein kam, zielte darauf ab, ihm seinen Argwohn zu nehmen, indem ich ihn glauben ließ, ich sähe die Dinge so, wie er wollte, daß man sie sieht. Je mehr Beweise ich gegen Sandmark auftürmte, um so sicherer wurde Zarr. Und genau in dem Augenblick, da er am leichtesten atmete . . . öffnete sich diese Tür, und es trat die Person ein, die er als letzte auf der Welt erwartet hätte!

Das lähmte ihn. Bei Gott, Ike, niemand hat je einen schlimmeren Schlag als Zarr versetzt bekommen! Ich wette, ich hätte hinausgehen, einen Revolver kaufen, zurückkommen und die Waffe auf ihn richten können, bevor er sich von dem Schock erholt hätte zu sehen, wie Leona Sandmark – *das Mädchen, das er getötet hatte* – durch diese Tür spazierte!«

»Wenn Sie das nicht beweisen können, mein Freund«, sagte Crandall langsam, »sind Sie nur noch ein Klecks auf dem Löschblatt in meinem Schreibtisch.«

»Meinen Sie, das wüßte ich nicht?« schnaubte ich. »Lassen

Sie mich ausreden, Crandall. Ich werde Sie jetzt mal richtig ins Bild setzen.

Gehen wir fünfundzwanzig Jahre zurück. Drei Burschen arbeiten in San Diego für die Gannett Express Company – Raoul Fleming, John Sandmark und Jeff Ederle. Eines Nachts liegen fünfzig Riesen im Tresor der Firma. Sandmark denkt sich einen Kniff aus, wie er diesen Zaster einsacken, die Schuld auf Fleming wälzen und ihn loswerden kann, damit er an Flemings Frau herankommt.

Etwa zu dieser Zeit hat sich Jeff Ederle, ein Wachmann bei Gannett, mit irgendeiner verheirateten Frau eingelassen und muß die Stadt verlassen. Ihm juckt es wegen dieser fünfzig Riesen ebenfalls in den Fingern; damit kann er irgendwo hinziehen und vernünftig leben.

Reimen wir es uns mal so zusammen: Ederle geht in dieser Nacht in das Büro, schlägt den Wachmann nieder und will gerade den Safe ausräumen, als Sandmark kommt. Ederle haut ab, und Sandmark findet den toten Wachmann.

Damit ist die Sache für Sandmark perfekt. Er ruft Fleming aus dem Büro an und erzählt ihm irgendeine wilde Geschichte, um ihn dorthin zu locken. Als Fleming auftaucht, bringt Sandmark ihn vielleicht dazu, auf jemanden zu schießen, der in dem dunklen Büro wie ein Einbrecher erscheint. Dann schaltet Fleming das Licht ein . . . und da liegt der tote Wachmann!

Einen Augenblick später kommt Sandmark herein – der offensichtlich gerade erst eingetroffen ist. Er sagt so etwas wie: ›Mein Gott, Raoul, du hast ihn umgebracht! Verschwinde von hier, du Narr; ich halte dich irgendwie da raus, bis wir die Sache geradebiegen können.‹ So gibt Fleming, der natürlich völlig verwirrt ist, Fersengeld. Mehr will Sandmark nicht; er hat Fleming hereingelegt, bekommt seine Frau, seinen Job und schließlich auch die Firma.«

Crandall spitzte die Lippen und schüttelte den Kopf, bevor ich ausgesprochen hatte. »Hmm-hm, Pine. Kein Staatsanwalt wird aus so vielen Vermutungen einen Fall machen. Mein Gott, durch einige Löcher in Ihrer Geschichte könnte ich im Damensattel reiten.«

»Es muß auch kein Staatsanwalt daraus einen Fall machen«,

entgegnete ich ungeduldig. »Natürlich kenne ich die Einzelheiten nicht. Ich muß sie auch nicht kennen, und Sie auch nicht. Wir müssen Zarr diese alte Sache nicht anhängen. Wir haben ihn wegen Mordes – wegen mehrerer Morde – hier in dieser Stadt und während der letzten Monate.«

Crandall blickte zu dem bewegungslosen Mann in dem Clubsessel hinüber. Er betrachtete ihn mit einer Art obskurer Neugier, als sehe er Zarr zum ersten Mal. »Was sagst du dazu, George?« fragte er.

Was George dazu sagte, war ungeeignet für empfindliche Ohren. Das meiste davon hatte mit dem Sittlichkeitsgefühl meiner Eltern zu schaffen, und meine Zähne schmerzten ein wenig angesichts des Drucks, mit dem ich sie aufeinander preßte. Doch Crandall konnte mit keinem seiner Worte etwas anfangen.

Ich glaube, das bewirkte mehr als alles, was ich Crandall hätte erzählen können. Er wurde um die Augen und den Mund verkniffen, und die schwachgelbe Färbung seiner Haut schien sich zu vertiefen. Er wandte sich wieder mir zu und fragte: »Wie sieht der Rest der Geschichte aus, Pine?«

Die Tür öffnete sich, und Leona Sandmark kam herein, noch immer wie eine Schlafwandlerin anmutend. »Sie schicken augenblicklich jemanden her«, sagte sie.

Ich lächelte sie an und sagte: »Du gehst besser hinauf und legst dich eine Weile hin, Baby.«

Wenn sie mich gehört hatte, zeigte sie es nicht. »Hilda sagt, John sei nicht zu Hause. Hast du eine Ahnung, wo er ist, Paul?«

»Nein, er ist groß genug, um auf sich aufzupassen. Geh zu Bett.«

Das gefiel ihr nicht. Ihr Gesicht lief rot an, und ihre Augen funkelten mich an. »Ich werde nichts dergleichen tun, Paul.«

»Es geht nicht anders, Leona.« Die Sanftheit in meiner Stimme verblüffte sie. »Wenn du hier bist, kann ich nicht sagen, was ich zu sagen habe.«

Sie versuchte sich an einem Lächeln, doch es war kein großer Erfolg. »Jetzt hast du mich erst recht neugierig gemacht, Paul. Ich bleibe.«

Crandall räusperte sich und scharrte mit den Füßen auf dem Teppich. »Sie soll bleiben. Ihr Stiefvater ist aus dem Schneider, haben Sie gesagt. Lassen Sie uns den Rest hören, Paul.«

Indem er mich »Paul« nannte, wollte er andeuten, daß er jetzt auf meiner Seite stand. Das konnte ich brauchen.

Ich hob die Achseln. »Wie ihr wollt . . . Okay – wir sind wieder in San Diego. Zarr – ich kann mich nicht daran gewöhnen, ihn Ederle zu nennen – streift in dieser Nacht durch die Stadt, im Glauben, man suche ihn wegen des Mordes an dem Wachmann. Als er schließlich in der Zeitung davon liest, ist er erstaunt, daß die Bullen Raoul Fleming wegen Mordes *und* wegen des fehlenden Geldes suchen. Nun weiß Zarr verdammt genau, daß er selbst den Wachmann getötet hat. Vielleicht, überlegt er, benutzen die Bullen Fleming und das gestohlene Geld als Trick und hoffen, daß Zarr sorglos wird und sich schnappen läßt.

Also fährt er nach Chicago, nimmt einen anderen Namen an und geht – ausgerechnet – zur örtlichen Polizei. Damals waren die Fingerabdrücke noch nicht so weit verbreitet, und Zarrs lagen nicht vor.

Er arbeitet sich bis zum Lieutenant im Morddezernat hoch. Dann fand vor etwa einem Monat eine Razzia in einem Spielclub statt, und einige Gäste wurden festgenommen, darunter Leona Sandmark.

Zarr, der in dieser Nacht Dienst hat, sieht, wie diese Gäste auf die Wache geführt werden. Natürlich erkennt er Miß Sandmark nicht, doch als ihr Stiefvater erscheint, um die Kaution für sie zu hinterlegen . . . nun, Zarr erkennt ihn und gerät in Panik. Wenn Sandmark ihn als Ederle identifizierte . . . autsch! Und Zarr hat sich seit den alten Tagen noch nicht so sehr verändert, daß man ihn nicht wiedererkennen könnte.

Also entschließt sich Zarr, ein Auge auf Sandmark zu halten. Er überprüft ihn, erfährt, welchen gesellschaftlichen Rang Sandmark hier in der Stadt hat. Er findet heraus, daß Sandmarks Tochter mit einem finsteren Burschen namens Jerry Marlin geht. Und genau da kann er ansetzen.

Wenn, so überlegt der Lieutenant, er irgend etwas über Sandmark oder die Tochter herausbekommt, muß er sich keine

Sorgen darüber machen, aufzufliegen, wenn Sandmark ihm jemals begegnen sollte.

Sandmark selbst scheint kein Typ zu sein, den man wegen etwas festnageln könnte. Aber die Tochter – das ist etwas anderes. Ein Mädchen, das spielt und mit den falschen Leuten verkehrt. Klingt, als wäre sie sein bester Stich.«

Ich hörte, wie Leona Sandmark an dieser Stelle schwach aufstöhnte, vermied es jedoch, ihrem Blick zu begegnen. Ich drehte den Kopf gerade weit genug, um den Kamin zu sehen, und warf die kleine Kippe meiner vernachlässigten Zigarette über den großen, gußeisernen Kaminbock.

»Zarr«, fuhr ich fort, »verbringt einige Zeit damit, Miß Sandmark und Marlin zu beobachten. Und einmal sieht er Marlin mit keinem anderen als Raoul Fleming!

Nun wird Zarr wirklich nervös! Fleming ist der einzige, der ihm sagen kann, ob die Bullen von der Westküste ihn wirklich wegen Mordes an dem Wachmann suchen. Wenn nicht, dann hat Zarr nichts von Sandmark oder irgendwem sonst zu befürchten! Also beschattet er Fleming, erfährt, daß der alte Bursche ein Zimmer im Laycroft hat und geht eines Tages zu ihm hinauf.

Nun, irgend etwas geht schief – was, weiß ich nicht –, und Zarr erschlägt den Burschen mit einem Totschläger. Vielleicht hat Zarr das Falsche gesagt und Fleming zufällig wissen lassen, *wer* diesen Wachmann getötet hat. Oder vielleicht hat Zarr herausgefunden, daß er den Hut voller Diamanten bei sich hatte, mit denen er Miß Sandmark überschütten wollte. Ihre Vermutung ist genausogut wie die meine, und beide spielen keine Rolle.

Auf jeden Fall klopft es an der Tür, während Zarr in Flemings Zimmer steht, den Toten auf dem Boden. Ich wette, Zarr hat beinahe der Schlag getroffen! Was kann er tun? Einfach nicht öffnen? Nein, er ist umhergegangen, und wer auch immer draußen steht, hat ihn vielleicht gehört.

Er schiebt die Leiche in den Schrank, öffnet die Tür . . . und da steht Leona Sandmark. Er erkennt sie sofort; er hat sie an dem Abend, da in der Spielhölle die Razzia veranstaltet wurde, auf der Polizeiwache gesehen.

Aber sie kennt ihn nicht; und bevor er etwas sagen kann, sagt sie etwas wie: ›Vater? Ich bin Leona‹.

In diesem Augenblick ist ihm alles klar. Das Mädchen hat ihren echten Vater niemals gesehen, weil er sich davonmachte, als sie noch ein kleines Kind war. Zarr setzt seine grauen Zellen in Bewegung, gibt sich als ihr alter Herr aus, sagt ihr schnell ein paar Zeilen auf und schiebt sie noch schneller wieder ab. Ein paar Minuten, nachdem sie gegangen ist, verschwindet er ebenfalls.

Als Flemings Leiche gefunden wird, übernimmt Zarr den Fall. Er behandelt ihn vorsichtig und ohne jedes Aufsehen. Er wird der glücklichste Mensch auf Erden sein, sobald die Leiche erst einmal in einem Nummerngrab in Oak Forest verscharrt sein wird.

Und genau da lag dann der Haken. Ein paar Tage, bevor Fleming sein Begräbnis vom Cook County bekam, setzt Marlin *seine* grauen Zellen in Bewegung und bestellt diese verrückte Beerdigungszeremonie. Die Zeitungen nehmen sich der Sache an, und Zarr macht sich Sorgen, daß jemand den Toten identifizieren wird.

Und das sind nicht seine einzigen Sorgen, glauben Sie das ja nicht! Es besteht immer die Gefahr, daß er einem der Sandmarks über den Weg läuft und erkannt wird. Sandmark selbst wird vielleicht nichts unternehmen; aber stellen Sie sich vor, er träfe das Mädchen, und es würde ›Vater!‹ rufen, wie vor ein paar Minuten.«

Zarrs Gesicht war wie die Totenmaske eines sehr alten Mannes. Er schien unfähig zu sprechen, einen Muskel zu bewegen, irgend etwas anderes zu tun als dort zu sitzen und mich mit mörderischem Blick anzustarren.

Doch Crandall dachte jetzt mit. Er blickte zu dem kleinen Beistellstuhl, auf dem das Mädchen saß, und sagte: »Miß Sandmark, wie stimmt das, was Pine gesagt hat, mit Ihren Kenntnissen über diese Sache überein?«

Sie legte langsam eine Hand vor den Mund und erwiderte seinen Blick steinern. »Vater – ich meine John Sandmark – wußte, wo Raoul Fleming wohnte. Ich wußte, daß Fleming ihn haßte. Dieser Mann . . . ist der Mann, den ich an diesem

Abend im Zimmer 318 des Laycroft sah. Er behauptete, mein Vater zu sein. Ich hatte keinen Grund, ihm nicht zu glauben.«

In Crandalls Augen und Gesicht stand jetzt keine Unentschlossenheit mehr. »Vielleicht wäre es besser, wenn du was dazu sagst, Zarr«, meinte er.

»Du hast schon immer auf Märchen gestanden, Ike.« Das war das erste Zitierbare, das er gesagt hatte, seit ich ihm Crandalls Waffe vor die Nase gehalten hatte. »Was ich zu sagen habe, sage ich meinem Anwalt.«

Das zeigte seine Ausbildung. Er war ein zu alter Hase, um irgendwelche Zugeständnisse zu machen, ganz egal, wie erdrückend die Beweise gegen ihn waren.

Crandall grunzte. »Wenn sich herausstellt, daß du Ederle bist, bist du erledigt, Zarr. Besonders, da Miß Sandmark dich schon als den Mann identifiziert hat, der in der Mordnacht im Zimmer ihres Vaters war.«

Er wartete, ob Zarr noch etwas sagte, doch der Polizei-Lieutenant war dazu zurückgekehrt, mich mit seinen Blicken zu erdolchen.

Crandall wandte sich mir zu. »Wann kam Ihnen in den Sinn, daß Zarr in dieser Sache eine Rolle spielt, Paul?«

»Erst vor ein paar Stunden«, sagte ich, »obwohl sich die ganze Zeit schon ein paar kleine Einzelheiten aufhäuften. Die erste wohl am zweiten Morgen nach dieser verrückten Beerdigung. Zarr kam in mein Büro und führte einen Tanz auf, daß er wegen der Aufmerksamkeit, die diese Beerdigung bekam, vielleicht seinen Job verlieren würde. Das klang mir ein wenig zu weit hergeholt, obwohl ich die Sache damals für unbedeutend hielt.

Die zweite Sache war, daß er mir an diesem Nachmittag bei Clyne die Knöchel zu spüren gab. Kurz, bevor er mir eins versetzte, sagte er: ›Ich habe Ihnen gesagt, daß ich keine Zufälle mag.‹ Diese Witzelei bezog sich auf eine Bemerkung, die er fallengelassen hatte, als er mich fragte, ob ich was mit dieser Beerdigung zu tun hätte. Sie bewies, daß Zarr das Begräbnis mit Clynes Tod in Zusammenhang brachte, etwas, was er nicht wissen konnte.

Noch eine Sache: Ein paar Minuten, nachdem er mir eins

verpaßt hatte, erwähnte Zarr in Ihrem Beisein den Namen der Gannett Express Company. Da ich ihm diesen Namen damals noch nicht genannt hatte . . . *woher kannte er ihn*?

Noch etwas: Zarr weigerte sich, Sie zu Sandmark zu begleiten, als Sie dies kurz darauf vorschlugen. Warum? Nun, jetzt wissen Sie es. Sandmark hätte ihn augenblicklich als Ederle identifiziert. Doch heute morgen zögerte Zarr keine Sekunde, hierherzukommen, als Sie ihm gesagt hatten, Leona Sandmark sei tot.

Der entscheidende Punkt war natürlich, als Miß Sandmark mir ihren ›Vater‹ beschrieb. Es war Zarr, den sie mir beschrieb, und wissen Sie, Ike, selbst mit all diesen Punkten, die ich Ihnen aufgezählt habe, hatte ich *immer noch nicht* begriffen, daß es Zarr war, den sie in dem Hotelzimmer gesehen hatte. Erst, als er versuchte, sie vor einer Weile zu töten, und ich erfuhr, daß Sandmark die ganze Nacht nicht zu Hause gewesen war, wachte ich so weit auf, daß ich darauf kam.«

Doch Crandall schüttelte den Kopf. »Genau da steckt ein großes Loch, Paul. Zarr hat diesmal keine Einwände gehabt, hierher zu kommen. Wie konnte er sicher sein, daß er nicht John Sandmark über den Weg laufen und erkannt werden würde?«

Ich sagte kein Wort. Ich sah ihm nur in die Augen und wartete.

Leona Sandmark begriff es als erste. Sie stand langsam auf, ihr Mund zitterte, und die Augen blickten gequält. »Nein! Du weißt nicht, was du sagst! Wie kannst du . . .?«

Ich trat zu ihr und schob sie sanft in den Sessel zurück. »Ich habe dir gesagt, daß es hart werden würde, Baby. Du hast keine Wahl, du mußt da durch.«

Ike Crandall gaffte noch immer. »Ich verstehe das alles nicht. Worauf wollen Sie hinaus?«

»Können Sie nicht an Ihrer Nasenspitze vorbeisehen?« sagte ich ungeduldig. »John Sandmark ist tot.«

Das traf ihn. Es traf auch Zarr. Sein Gesicht wurde noch leerer, und er ballte krampfhaft die Fäuste und öffnete sie wieder.

»Woher wissen Sie das?« fragte Crandall hart.

»Er muß tot sein. Ansonsten hätte Zarr niemals eingewilligt, hierherzukommen. Ich behaupte, Zarr hat Sandmark letzte Nacht getötet. Er rief ihn an, traf sich irgendwo mit ihm und brachte ihn um. Ich fresse meinen 1928er Deputy-Stern, wenn es nicht so war.«

Plötzlich legte Leona Sandmark den Kopf auf die Knie und schluchzte mit einer gequälten Zurückhaltung, die schlimmer anzuhören war als der heftigste hysterische Anfall. Crandall und ich sahen einander wortlos an, und dann George Zarr, der dort saß und auf seine Hände sah und seine Gedanken von seinem Gesicht fernhielt.

Crandall ging hinüber und blieb vor ihm stehen und starrte den gesenkten Kopf des Lieutenants an. »Bei Gott, George«, sagte er, »du kommst wirklich herum. Vier Tote in kaum mehr als einem Monat. Fleming, Marlin, Clyne . . . und jetzt John Sandmark. Bist du auf einen Weltrekord aus oder was?«

»Nein, Ike«, sagte ich müde. »Nur zwei davon fallen auf Zarr. Fleming und Sandmark. Aber das reicht, um ihn auf den Stuhl zu bringen.«

Das riß ihn wieder von seinem Kollegen los. Er rieb sich mit unsicheren Fingern das Kinn und gaffte mich an. »Würden Sie um Himmels willen mal aufhören, Detektiv zu spielen? Was ist denn mit Marlin und Clyne?«

»Der Bursche, der sie umgepustet hat«, sagte ich, »hat schon dafür bezahlt. Es war ein Mann namens Baird. Er starb vor ein paar Stunden außerhalb von Glencoe, während er sich anschickte, mir den Schädel einzuschlagen.«

Dann berichtete ich ihm, was sich auf dieser dunklen Nebenstraße am Nordufer abgespielt hatte. Ich gab ihm nur die Tatsachen, nannte keine Namen und erwähnte auch nichts vom Anruf des Polizeichefs von Glencoe bei der Central Station. Abbott, dachte ich, würde das zu schätzen wissen.

Es interessierte Crandall durchaus, stellte ihn aber nicht zufrieden. Nicht, daß ich damit gerechnet hätte, er würde damit zufrieden sein. »Woher wissen Sie, daß dieser Baird Marlin und Clyne umgebracht hat?« fragte er.

»Marlin«, sagte ich, »spielte mit einer gewissen Partei ein doppeltes Spiel. Also wurde Marlin aus dem Spiel genommen.

Clyne wußte zuviel über die Verbindung zwischen Marlin und dieser bestimmten Partei. Nun ist Clyne nicht mehr bei uns. Dann fing ich an, die Klappe aufzureißen, und wurde dazu ausersehen, aus diesem Leben zu scheiden. Miß Sandmark verhinderte dies – für den Augenblick jedenfalls.«

»Und wer«, fragte Crandall langsam, »ist diese ›gewisse Partei‹?«

»Nein«, sagte ich. »An den Mann, von dem ich spreche, kämen Sie in tausend Jahren nicht heran. Er scheint Freunde in den höchsten Stellen der Stadt zu haben – Freunde, die nicht erbaut sein würden, belästigt zu werden. Wenn ich Ihnen seinen Namen nenne, wird dabei nur herauskommen, daß man meine Leiche in einem Straßengraben findet, und ich will nicht, daß meine Leiche in einem Straßengraben gefunden wird.

Der Mann, der Marlin und Clyne umgebracht hat, ist Futter für die Würmer. Vergeltung ist ein gutes Wort: Warum belassen wir es nicht dabei?«

Crandall schüttelte verbissen den Kopf. »Ich will seinen Namen, Pine.«

»Sie wollen auch meine Aussage gegen Zarr, Bruder. Ich vergesse wichtige Einzelheiten, wenn ich herumgestoßen werde. Und nach allem, was ich weiß, läuft da draußen vielleicht ein weiterer Revolverheld herum, um mich abzuschießen, nun, da Baird tot ist. Und zwar aus dem gleichen Grund, den Baird hatte.«

Während Crandall darüber nachdachte, erklang die Türglocke, und die Haushälterin ließ ein paar Cops im Harnisch von Oak Park herein. Sie kamen in die Bibliothek, blieben neben der Tür stehen und schauten sich unbehaglich an.

»Okay, George«, sagte Crandall zu Zarr. »Ich werde dich festnehmen und einbuchten. Von jetzt an hängt es von dir ab.«

Zarrs Gesichtsausdruck hatte nichts zu sagen. Er stand auf, wartete, bis Crandall den Cops genug gesagt hatte, um sie zufriedenzustellen, und ging dann zwischen ihnen zur Tür hinaus.

»Paul«, sagte Crandall, »Sie und Miß Sandmark kommen besser mit mir. Ich muß Ihre Aussagen haben.«

»Dafür haben Sie wahrscheinlich später jede Menge Zeit«,

sagte ich. »Was schlägt in Ihrer Brust – Ihre Gallensteine? Dieses Mädchen hat genug durchgemacht, um einer Gipsbüste graue Haare zu machen; und meine Kehle ist alles andere als gut auf meine Zunge zu sprechen.«

Er nickte zögernd. »Fair genug. Sehen Sie zu, daß Sie etwas Schlaf bekommen. Aber ich will Sie beide heute nachmittag gegen fünf in meinem Büro sehen.«

Als er gegangen war und Leona und mich allein in der Bibliothek zurückgelassen hatte, sagte ich: »Versuche, etwas zu schlafen, Leona. Vielleicht wäre ein Beruhigungsmittel nicht schlecht. Ich werde dich gegen vier abholen. Wir müssen tun, was Crandall verlangt, und je eher es vorbei ist, desto eher kannst du wieder anfangen zu leben.«

Sie saß da, die Schultern gebeugt, die Augen ins Leere schauend. »Ist er wirklich tot, Paul?«

»Es tut mir leid, Kleines. Aber es besteht nicht mehr die geringste Hoffnung, daß er noch lebt. Geh zu Bett.«

Sie sah mich dumpf an. »Nein. Hier kann ich nicht bleiben. Ich könnte es nicht ertragen, hier zu bleiben. Bring mich nach Hause, Paul – in meine Wohnung. Bitte.«

»Wie du willst«, sagte ich. »Dann komm.«

20

Sie gab mir die Schlüssel, und ich öffnete die Tür zu 6A, drückte auf den Lichtschalter und überflutete den winzigen Eingangsflur mit weicher Helligkeit. Das durch die Fenster fallende Tageslicht badete das Wohnzimmer in einen warmen Glanz, und wir gingen dort hinein.

Sie trat zu den Fenstern und lehnte sich gegen den Rahmen, ließ sich von der frühen Morgenbrise aus dem Osten die Haut kühlen. Das harte Licht zeigte Linien um ihre Augen und den Mund – Linien, die vorher nicht dort gewesen waren. Sie überraschten mich nicht; was sie in den letzten acht Stunden durchgemacht hatte, hätte auch Linien in das Washington Monument gegraben.

Ich mixte zwei Drinks, nahm Sotch, Soda und Eiswürfel. Ich brachte ihr einen und lehnte mich gegen die gegenüberliegende Seite desselben Fensterrahmens.

»Auf dich«, sagte ich und hob mein Glas.

Sie nickte. »Auf dich«, erwiderte sie nüchtern und stieß mit dem Rand ihres Glases an meins.

Wir tranken. Einen großen Schluck. Sie senkte ihr Glas und sah hinein, als wolle sie die Zukunft daraus lesen.

»Was ist mir geblieben, Paul?«

»Wahrscheinlich fünfzig Jahre«, sagte ich. »Und du wirst zumindest eins davon brauchen, um über das hinwegzukommen, was die heutige Nacht dir angetan hat.«

»Ich habe ihn geliebt, Paul. Er war der einzige Mensch, der je gut zu mir war.«

»Schau«, sagte ich, »du hast fürchterliche Prügel eingesteckt und es tut weh. Aber es wird dich nicht umbringen und wird auch nicht ewig weh tun. Der richtige Mann würde deine Hand halten, dir den Rücken tätscheln und dich auf sein Schulterpolster weinen lassen. Aber ich bin nicht der richtige Mann. Ich bin müde und schläfrig, und meine Füße tun weh. Wie wäre es, wenn du zu Bett gingst, und gegen halb vier werde ich dich anrufen, damit du um vier fertig bist. Einverstanden?«

Sie blickte aus dem Fenster, ohne etwas zu sehen. »Ich werde nicht schlafen können. Ich glaube, ich werde nie wieder schlafen können.«

»Ich weiß. Das wirst du noch denken, wenn du schon schnarchst.«

Sie fuhr mit einem Finger langsam das Glas in ihrer Hand auf und ab. »Du bist ein komischer Mensch, Paul. Du wirkst so . . . so gefühllos. Hart. Verbittert. Warum bist du so?«

Sie wollte reden; und wie die meisten Leute, die einen harten Schlag einstecken mußten, wollte sie über persönliche Dinge reden. Etwas, was einen aufrecht hält, und wieso man so ist, wie man ist. Aber zehn Minuten würden mich nicht umbringen, und vielleicht fühlte sie sich dann besser. Also sagte ich:

»Ich glaube nicht, daß ich hart oder gefühllos oder verbittert bin. Zumindest will ich es nicht sein. Dann und wann hole ich mir im Kino mal feuchte Augen, und ich halte Kinder für eine wunderbare Sache.

Vielleicht hast du diesen Eindruck von mir bekommen, Leona, weil mich meine Arbeit die Menschen sehen läßt, wie sie wirklich sind. Oh, ich war einmal eine vertrauensvolle Seele. Ich dachte, die Leute, selbst die schäbigen, würden ehrlich sein, wenn man sie auch ehrlich behandelt. Und ich bin immer für sie eingetreten, bis zum letzten.

Doch nach ein paar Jahren, in denen man mich belogen und betrogen und übers Ohr gehauen hat – nun, da habe ich aufgehört, Heiligenscheine auszuteilen. Zu viele davon erwiesen sich als angelaufen statt glänzend; rot statt golden . . . Blut statt Heiligenscheine.«

Es lag eine dumpfe Verwunderung, eine nachdenkliche Neugier in ihren Augen. Und dann lächelte sie ein wenig, obwohl mein Monolog sie nicht aufgeheitert hatte. »Ich glaube«, sagte sie sanft, »wenn du dich jemals verlieben würdest, würdest du die Dinge wieder in ihrer richtigen Perspektive sehen.«

Ich stand da und beobachtete meinen Daumen um das Glas, das ich hielt.

»Du warst einmal verliebt, nicht wahr, Paul? Ich meine, wirklich verliebt.«

»So könnte man es nennen.«

»Erzähl mir etwas darüber.«

»Ich werde dir nichts darüber erzählen.«

»Warum nicht?«

»Würde ich dir das beantworten, würde ich dir darüber erzählen.«

Sie hob ihr Glas und trank den Rest des Highballs, dann drehte sie sich um, ging langsam zu dem Clubsessel, setzte sich, lehnte den Kopf zurück und schloß die Augen.

Ich streckte mich, setzte das Glas auf einem Beistelltisch ab und sagte: »Ich mach' mich mal auf den Weg. Ich sehe dich heute nachmittag.«

»Bleib bei mir, Paul.«

Sie hatte sich nicht bewegt . . . sie saß einfach da, den Kopf zurückgeworfen, die Augen geschlossen, und die Worte kamen aus ihrem Mund, ohne daß sie etwas damit zu tun hatte.

»Du mußt zu Bett gehen, Baby«, sagte ich.

Sie öffnete langsam die Augen – und sie waren wieder grün. »Du auch, Schatz.«

Eine Minute verstrich, während wir uns tief in die Augen sahen. »Einfach so?« fragte ich.

»Ja.« Sie sagte es so leise, daß ich sie kaum verstand.

»Bei Gott«, sagte ich, »du bist eine Frau! Du hast einen Mann erschossen, wurdest angeschossen, warst dabei, wie ein Mann des Mordes überführt wurde, hast erfahren, daß dein Stiefvater tot ist – alles in ein paar Stunden. Und jetzt willst du, daß ich mit dir schlafe. Ich verneige mich vor dir, aber ehrlich!«

Ihr Blick wankte nicht . . . und sehr langsam schwangen sich ihre Lippen zu einem Lächeln. Es war eins jener Lächeln, die bereits alt waren, als Eva geboren wurde – ein geduldiges, ein zuversichtliches Lächeln, ein Lächeln, das eine Frau zeigt, wenn sie den Mann ansieht, den sie haben will, unbedingt haben will – und der zumindest weiß, daß sie ihm gehört.

»Ich liebe dich, Paul.«

Meine Hände begannen zu zittern. »Woher weißt du, wen du liebst? Du bist so benommen wie ein Boxer, der die Prügel seines Lebens bezogen hat. Nach der letzten Nacht könntest du auch gar nichts anderes sein.«

»Das ist anders, Schatz. Das ist echt. Ich liebe dich . . . und du liebst mich.«

»Ich würde dich so gern lieben!« Jede Zelle in meinem Körper schrie, ich solle nachgeben, neben ihr auf die Knie fallen und die Arme um sie legen. »Du bist nur eine schöne Frau. Du bist reich und verdorben und hart wie Nägel. Ich liebe dich nicht. Warum glaubst du, ich würde dich lieben?«

Sie lächelte und streckte mir die Arme entgegen. »Bitte, Schatz. Ich will dich ganz nah bei mir haben . . .«

Und dann war sie in meinen Armen, und ihr Körper drückte sich gegen den meinen, und ihre Augen waren groß und glänzend, und ihr Atem war warm an meinem Mund . . .

Ich schob sie abrupt zurück, ging zu der Hausbar und machte zwei neue Drinks. Ich kam zurück, setzte mich auf die Lehne ihres Stuhls, gab ihr ein Glas und zündete uns beiden Zigaretten an. Ich sagte:

»Bevor sich eine Lady und ein Gentleman zurückziehen, teilen sie immer einen Drink und eine Zigarette miteinander. Wir sollten mit dieser Tradition nicht leichtfertig umgehen.«

Wir tranken und lächelten einander an. »John hätte dies gebilligt, Schatz«, sagte ich. »Ich wünschte nur, er hätte es sehen können.«

Sie beobachtete, wie der Rauch vom leuchtenden Ende ihrer Zigarette emporstieg, und fuhr fort, nun in schwermütigerer Stimmung. »Bedenke doch, Paul, wie viele gestorben sind. Mein wirklicher Vater, und Charles, und Jerry, und dieser Clyne, den ich niemals gesehen habe . . . und John. Und ich nehme an, daß dieser Polizeibeamte für seine Rolle in diesem Spiel hingerichtet werden wird.«

Sie seufzte leise und rieb die Wange gegen meinen Jackenärmel, und ihre Lippen schwangen sich zu einem traurigen Lächeln. »Aber ich werde nicht mehr an den Tod denken. Ich werde an das Leben denken . . . mit dir, Paul.«

Ich trank meinen Drink aus . . . und wenn meine Hände ein wenig zitterten, hatten sie allen Grund dazu. Ich stand von der Sessellehne auf, setzte das Glas vorsichtig auf den Beistelltisch, wandte Leona den Rücken zu, ging zur Wand hinüber und betrachtete den gerahmten Druck, der dort hing.

Nur ein Wort – aber ein Wort zuviel. Nun kannte ich die Wahrheit – und keine Wahrheit war jemals bitterer gewesen: Ich sah zu meiner Hand hinab, und sie war eine Faust, und ich war nicht überrascht darüber . . .

Dann drehte ich mich um und sah Leona Sandmark an. Sie saß noch immer dort und lächelte mir zu. Sie war noch immer schön – sie würde niemals schöner sein. Aber für mich war sie jetzt keine Schönheit mehr. Sie war nur noch Fleisch, mit ein paar Haarbüscheln hier und dort – nichts, das ich noch haben wollte.

»Anscheinend habe ich das Buch ein wenig zu früh geschlossen, Baby«, sagte ich. »Verstehst du, es wird noch jemand sterben müssen. Und zwar am Tag, da man dich auf den elektrischen Stuhl setzt und den Hebel umlegt.«

Sie saß da und sah mich an, und das Lächeln gefror auf ihren Lippen. Und es schien, als würde das Gesicht hinter diesem Lächeln sehr langsam verfallen und verbleichen und nur das Lächeln übrig lassen. Genauso langsam hob sie eine Hand und legte die Finger gegen ihre Wange.

»Was hast . . . du gesagt, Paul?«

Die Muskeln unter meinem Kiefer bündelten sich. »›Ich liebe dich, Paul; komm, schlaf mit mir‹. Verdammt, du billige kleine Hure, ich sollte dir mit einem Totschläger eins überziehen, bis du Galle spuckst. Du warst es also, die Jerry Marlin ermordet hat . . . die Clyne getötet hat. Doch ich kam nicht darauf, weil dein Gesicht und dein Körper so wunderschön waren, daß ich nicht an ihnen vorbeisehen konnte.«

Erst, als sie es zum zweiten Mal versuchte, öffneten sich ihre vom Schock gelähmten Lippen so weit, daß sie etwas über sie brachte.

»Du bist verrückt! Verrückt! Wie kannst du so etwas *sagen*? Du weißt, daß ich sie nicht getötet habe. Du selbst hast gesehen, wie ein Mann Jerry tötete, als er bei mir war. Du mußt verrückt . . .«

»Halt die Klappe, du Hure!« sagte ich wild. »Du hast mich genug angelogen. Wenn du mir die Wahrheit nicht *sagen* kannst, dann wirst du sie dir bei Gott *anhören*.

An dem Tag, da ich John Sandmark besuchte, erzählte er mir von ein paar deiner Liebesaffären. Er erzählte mir von einem Jungen, der noch auf der High School war, von einem verheirateten Mann . . . und einem Gangster. Einem Gangster, der ein Betrüger, ein käuflicher Mörder und ein Falschmünzer war. Er erwähnte niemals den Namen dieses Mannes, doch nun kenne ich ihn.

Sein Name war Charles Hogarth. Ein anderer seiner Namen war C. L. Baird. Er kam neulich aus dem Knast und kehrte zu dem heißen, kleinen Miststück zurück, mit dem er sich in den guten alten Tagen herumgetrieben hatte. Er fand heraus, daß sie in Schwierigkeiten war: Ein Bursche namens Marlin hatte ihr die Daumenschrauben angelegt. Marlin bekam fünfhundert im Monat von ihr, weil er glaubte, sie habe einen Mann vom Laycroft-Hotel getötet.

Also überredete sie Hogarth – alias Baird – Marlin zu töten. Und als Marlins Kumpel, Clyne, da anfangen wollte, wo Marlin aufgehört hatte, erwischte er auch ihn. Mittlerweile schnüffelte jedoch ein Privatbulle namens Pine herum und fand so einiges heraus, also mußte Hogarth auch ihn loswerden. Als er es das erste Mal versuchte, störten ihn D'Allemands Jungs. Also arbeiteten Hogarth und seine Freundin einen anderen Plan aus. Sie würde sich mit diesem Privatschnüffler verabreden und ihn zu einem Seufzersträßchen führen und dort anhalten. Hogarth sollte sie beschatten und ihn dann erledigen.

Doch das Mädchen hatte sich nicht deswegen erpressen lassen, weil es angeblich den Mann in dem Hotel ermordet hatte. Es bezahlte die Fünfhundert, weil es glaubte, ihr Stiefvater habe es getan; es ging auf Marlins Spielchen ein, damit er nicht mit seinen Fakten zur Polizei ging, und bezahlte . . . bis Hogarth auftauchte und sich um die Erpresser kümmerte.

Doch an dem Abend, als der neugierige Schnüffler erledigt werden sollte, fand das Mädchen heraus, daß der Mann, der in dem Hotelzimmer ermordet worden war, nicht Raoul Fleming war. Das dachte sie jedenfalls, als sie den Zeitungsausschnitt sah.

Das warf ein völlig anderes Licht auf die Sache. Wenn der Tote nicht ihr Vater war, dann war John Sandmark nicht der Mörder.

Also hatte das Mädchen eine wundervolle Idee. Es kam darauf, daß der einzige Mensch, der ihr Ärger verursachen konnte, der einzige, der etwas über sie in der Hand hatte, nicht der Privatdetektiv war – o nein. Es war *Hogarth* – der Mann, den sie angeheuert hatte, Marlin und Clyne loszuwerden.

Also ließ sie die Sache genauso ablaufen, wie sie und Hogarth es geplant hatten. Sie fuhren zu der Stelle, wo Hogarth wartete, um den Privatdetektiv zu töten. Dann riß sie eine Pistole aus ihrer Handtasche und erschoß Hogarth!

Eine tolle Sache? Mann, es war mehr als nur das! Der angebliche Raubmörder hatte ein ellenlanges Strafregister, er wurde erschossen, als er ein Verbrechen begehen wollte . . . und niemand, außer John Sandmark, konnte wissen, daß das

Mädchen Hogarth vor diesem Abend schon einmal gesehen hatte.

Ja, es war perfekt. Verdammt, ich dachte die ganze Zeit über, D'Allemand habe Hogarth angeheuert, um uns alle drei loszuwerden: Marlin, Clyne, Pine. Erst vor einer Minute habe ich das gesamte stinkende Spiel durchschaut.

Denn *du* hast es mir verraten, Baby! Du hast es mir verraten, als du die Männer aufgezählt hast, die bei dieser Sache umgekommen sind. Du hast Fleming und Charles und Marlin und Clyne und John Sandmark genannt. Kapierst du, Süße? ›*Und Charles*‹!

Wie konntest du wissen, daß Bairds wirklicher Name Hogarth war? Du warst nicht im Büro des Polizeichefs von Glencoe, als Abbott den Namen dieses Burschen erfuhr. Ich war die ganze Zeit danach mit dir zusammen, und niemand hat diesen Namen erwähnt. Hogarth war ein Mann, der mit Falschgeld zu tun hatte; genau wie dieser Bursche, mit dem du dich herumgetrieben hast!

Und so hast du dich als Mörderin verraten, Baby. Nicht nur, weil du zwei Menschen umbringen ließest, sondern, weil du selbst absichtlich einen dritten erschossen hast.«

Ich ging zu ihr hinüber, meine Arme baumelten locker an den Seiten. Sie schreckte vor mir in den Sessel zurück, das Gesicht verzerrt vor Furcht . . . und *Schuld*. Man konnte sie deutlich sehen, und ich sah sie. Niemand hätte sie übersehen können.

»Mord ist eine Sache zwischen dir und dem Staat, Baby. Doch wenn du versuchst, die Tür auf Dauer zu schließen, indem du dich auf eine Liebschaft mit mir einläßt, mir verkaufen willst, wie sehr du mich liebst und wie sehr ich dich liebe, wenn du mir einen Tritt in die Zähne versetzt, der noch schlimmer ist als der, den ich gerade überwunden habe, dann wird es zu einer persönlichen Angelegenheit, einer Angelegenheit zwischen dir und mir.

Du hast bis heute nachmittag fünf Uhr Zeit, um zu Crandall zu fahren und ihm die Wahrheit zu sagen. Ich gebe *dir* die Gelegenheit, sie ihm zu sagen; das würde mir gefallen. Und vielleicht kommst du trotz allem nicht auf den Stuhl. Deine

Beine sind dafür zu schön, und alles andere auch. Ein kluger Anwalt kann dich mit einer kleinen Strafe heraushauen; vielleicht mit überhaupt keiner.

Aber das wird dir nicht viel helfen, Schätzchen. Eine Blutspur sickert zu tief ein. Sie bewirkt etwas mit einem. Sie nimmt einem etwas, ohne das man nicht auskommen kann, und ersetzt es durch etwas, mit dem man nicht weitermachen kann. Du bist erledigt, Baby. Völlig ruiniert. Fix und fertig.«

Ich sah noch einen Augenblick in ihr Gesicht hinunter – ein Gesicht, das nicht mehr schön, sondern hundert Höllenjahre alt war. Dann drehte ich mich um und ging zur Tür.

»Warte! Paul, um Himmels willen, warte!«

Sie war aus dem Sessel heraus, durch das Zimmer, an meinen Füßen, hielt mit den Armen verzweifelt meine Beine fest.

»Es ist wahr . . . alles! Ich konnte nicht anders . . . ich konnte nicht anders! Ich hatte solche Angst, daß John meinen Vater getötet hatte. Ich war verrückt – verrückt vor Sorge. Und als Charles Hogarth dann zurückkam, wählte ich den einzigen Ausweg, den ich sah. Aber die Dinge drehten und wanden sich und kamen immer näher . . .

O mein Liebster, habe ich nicht genug gelitten? Ich liebe dich, Paul, ich liebe dich! Tu mir so etwas Schreckliches nicht an!«

Ich zog den Arm zurück und zog ihr mit aller Kraft den Handrücken übers Gesicht. Der Schlag warf sie von mir zurück, ließ sie zusammengekrümmt zu Boden stürzen. »Hast du verstanden, vor fünf Uhr heute nachmittag«, sagte ich. »Entweder, du sagst es ihm oder ich.«

Sie lag da, sah zu mir hinauf. Ich drehte mich um, trat in den Flur, öffnete die Tür und schloß sie hinter mir.

Der Fahrstuhl war irgendwo unten. Ich legte den Finger auf den Knopf.

Es war sehr still in dem kleinen Gang. Das einzige Geräusch war das schwache Summen der heraufkommenden Kabine. Sie kam langsam hinauf – zu langsam für mich. Doch ich konnte warten. Ich wußte zu warten. Ich konnte ewig warten.

Ich öffnete die Fahrstuhltür, als hinter der geschlossenen Tür von 6A das Geräusch zu hören war. Es war ein einziger Laut.

Ein scharfer, spröder Laut. Der Laut aus einem 32er Colt. Ein Mann namens Charles Hogarth war mit dem gleichen Laut in den Ohren gestorben.

Ich stieg in den Fahrstuhl und fuhr hinunter zum Erdgeschoß und ging hinaus in das heiße, saubere Licht eines neuen Tages.

ENDE

Howard Browne
und der Slang

fat-headed, adj. Stupid, usu. applied to persons, sometimes to actions. 1946: »Some fatheaded motorist.« Evans, *Halo in Blood*, (S.) 2.

Dictionary of American Slang, Second Supplemented Edition, Thomas Y. Crowell, Publishers, New York; Langenscheidt, Berlin/München/Wien/Zürich

Zum Handwerkszeug des Übersetzers gehören neben umfangreichen Lexika, die erste Einblicke in die verschiedenen Themenkreise bieten, mit denen sich ein Übersetzer bei seiner Tätigkeit auseinandersetzen muß, auch Wörterbücher; da genügt der Langenscheidt, den man noch aus der Schulzeit aufbewahrt hat, kaum. Zu knifflig sind Fremd- und Muttersprache, zu vielschichtig, in den jeweiligen Bedeutungen der an sich ganz einfach anmutenden Begriffe; wer weiß schon von seiner Schul- oder Universitätsausbildung, daß (wahllos herausgegriffen) das englische *protuberance* nicht nur jene Sonnenprotuberanz bedeutet, die man damit sofort assoziiert, sondern auch »(her)vortretende Stelle, Vorsprung, Auswuchs, Beule, Höcker, (Her)vortreten, -stehen« und dieses Wort ein Synonym für *projection* ist? Nein, da muß schon ein ›Muret-Sanders‹ her, das ›größte englisch-deutsche und deutsch-englische Wörterbuch unserer Generation‹, wie der Verlag das vierbändige Mammutwerk sachlich, aber werbewirksam bezeichnet, oder zumindest der ›Webster‹, ein Standardwerk, was die Dictionaries betrifft. Und auch ein gutes Slangwörterbuch ist notwendiges Handwerkszeug des Übersetzers. Hier erfährt man nicht nur, daß ›Cancer-Stick‹, also Krebsstäbchen, umgangssprachlicher Ausdruck für eine Zigarette ist (was man auch durch etwas Nachdenken hätte schließen können), sondern auch, was sich – wieder zufällig herausgegriffen – alles unter dem Begriff ›Charlie‹ oder ›Charley‹ verbirgt: nicht nur eine Muskelversteifung oder ein Schuh der amerikanischen Größe ›C‹, sondern auch ein Nachtwächter; ein ›Charley Coke‹

ist ein Kokainsüchtiger, ein ›Charley Horse‹ ein Muskelkater, ein ›Charley Noble‹ ein Schiffsschornstein, ein ›Charlie‹ natürlich ein Vietcong oder einfach ›der Feind‹, ein ›Charlie Nebs‹ ein Polizist, und ›Charlie Brown!‹ schließlich ein Ausruf der Überraschung. Ein gutes Slangwörterbuch (wie etwa Langenscheidts Dictionnary of American Slang) gibt auch Auskunft über die Herkunft dieser umgangssprachlichen Begriffe: der Ausruf ›Charlie Brown!‹ beruht natürlich auf der amerikanischen Comicfigur gleichen Namens aus den *Peanuts*, dessen Benehmen sich von dem der anderen Charaktere dieses Strips ganz gewaltig unterscheidet. ›Good grief, Charlie Brown!‹ (also in etwa: ›O Gott, Charlie Brown!‹) wurde rasch zu einem geflügelten Wort, das ›Good grief‹ wurde fallengelassen, und übrig blieb eben jenes ›Charlie Brown!‹, das nun zu einem Synonym für den besagten Ausdruck gewaltigen Erstaunens geworden ist (wenn sich jemand z. B. besonders weltfremd zeigt, wie es jenem Charlie Brown der *Peanuts* nun einmal zu eigen ist). Jenes ›Charlie Brown‹ kann der Übersetzer nun nicht wortwörtlich übertragen; ein ›Der Herr steh mir bei!‹ wäre, wenn es sich in den Zusammenhang einfügt, da vielleicht schon angemessener.

harp-polisher, n. A clergyman, esp. a priest. 1946: »I'm curious why it should take twelve harp polishers to bury an unidentified victim.« Evans, *Halo in Blood*, (S.) 71.
Dictionnary of American Slang

Der Übersetzer stößt bei der Übertragung eines amerikanischen Romans des öfteren auf Slangbegriffe, bei denen derartige Verweise auf die Herkunft (oder das Werk, das sie erst richtig bekannt machte) angegeben sind. Überaus selten ist jedoch der Fall, daß bei der Übersetzung eines Romans und dem Nachschlagen im Slangwörterbuch genau jene Stelle des Romans als Herkunft eines Slangbegriffes angegeben wird, die man just in diesem Augenblick überträgt: Etwa, wenn man auf Seite 71 der amerikanischen Originalausgabe von Howard Brownes HALO IN BLOOD (einen Roman, den er unter dem Pseudonym John Evans veröffentlichte) aus dem Jahr 1946 eben jenen Harfenpolierer findet, den man zur Sicherheit noch einmal nachschlägt, und als Quelle jener Wortschöpfung eben jener Roman (und jene Seite) angegeben wird, den man gerade übersetzt. Dies kann Zufall sein; wenn sich dieser Zufall jedoch an die zwanzigmal wiederholt, ist man allmählich geneigt zu glauben, daß es sich nicht um einen x-beliebigen Roman handelt, dessen deutsche Fassung gerade in den Speichern des *PCs* (auch Übersetzer gehen mit der Zeit) auf seine Vollendung und den schließlichen Ausdruck wartet. Spätestens dann nötigt sich der Eindruck auf, daß man es hier mit einem Autor zu tun hat, der anerkannte Sprachschöpfung betrieb, zumindest aber so nah am Puls der Zeit schrieb, daß er der erste war, der das Sprachempfinden seiner Zeit so exakt wiedergab. Arbeitet man sein Slangwörterbuch auf der Suche nach Kriminalschriftstellern durch, deren Werke als Quellen angegeben sind, so findet man hauptsächlich vier Autoren, die das Sprachempfinden ihrer Zeit konkret geprägt oder zumindest aktuell wie kaum ein anderer aufbereitet haben: Dashiell Hammett, Raymond Chandler, James M. Cain und – Howard Browne (und letzteren vielleicht sogar am häufigsten).

Über Howard Brownes Bedeutung für das Genre des Kriminal- oder Privatdetektivromans ist in letzter Zeit, seit der ›Wiederentdeckung‹ bzw. Neuveröffentlichung seines vierten Romans um Paul Pine, EIN GESCHMACK VON ASCHE (Bastei Lübbe 19114), viel geschrieben worden, was hier nicht wiederholt zu werden braucht: Zum einen in dem informativen Nachwort dieses Bandes, zum anderen in dem Essay ›Paul Pine, Privatdetektiv‹ von David A. Bowman, der Browne auch in den USA ›wiederentdeckt‹ bzw. einer größeren Öffentlichkeit bekannt gemacht hat. (Dieser Essay erschien in den USA in *The Armchair Detective* und in deutscher Übersetzung in der zweiten Ausgabe der ersten deutschen Fachzeitschrift über Kriminalliteratur, *Crime – Das Krimi-Journal;* Probeausgabe gegen DM 9,20 in Briefmarken beim Crime-Verlag, Hochstr. 20, 5600 Wuppertal 1.) Doch spätestens nach der Erarbeitung der Übersetzung von HALO IN BLOOD und solch ungewöhnlich zahlreicher Originaleinträge im Dictionnary of American Slang wird klar, daß Browne nicht nur für die Entwicklung des

Kriminalromans, sondern auch für die des amerikanischen Sprachempfindens eine nicht zu unterschätzende Bedeutung innehat: Das, was sich so flapsig liest, diese zahlreichen Kalauer und schrägen Witze, die Paul Pine reißt, dient nicht nur zur oberflächlichen Unterhaltung des Lesers, sondern hat Eingang in den amerikanischen Sprachgebrauch gefunden. Howard Browne alias John Evans hat die Verwendung der amerikanischen Umgangssprache grundlegend und über Jahrzehnte hinweg geprägt. Dabei war Browne teilweise als Wortschöpfer tätig, dessen Wortprägungen so eingänglich waren, daß sie – quasi durch Mundpropaganda – Aufnahme in den amerikanischen Sprachgebrauch fanden; teilweise hat er auch existente Umgangssprache durch Aufnahme in seine Romane praktisch gesellschaftsfähig gemacht; er muß jedenfalls, nicht nur dem schon oft zitierten Dictionnary of American Slang zufolge, als literarischer Urheber einer ganzen Reihe solcher eingängigen Sprachprägungen gelten.

Dies gilt übrigens nicht nur für den ersten Roman um Paul Pine, sondern auch für die folgenden, auf die sich ebenfalls zahlreiche Verweise finden.

knock down. 1 To introduce. 2 To keep money received or collected for one's employer. 1949: » . . . Some . . . clerk who was knocking down on the till.« J. Evans, *Halo*, 161. Since c 1865.

Solche Wortschöpfungen bzw. exzessive Verwendungen literarisch noch nicht festgehaltener umgangssprachlicher Redewendungen stellen für den Übersetzer natürlich ein gewisses Problem dar. Zum Teil läßt sich eine der Vorlage entsprechende deutsche Neuschöpfung problemlos durchführen: auch ein deutscher Leser kann sich vorstellen, was mit einem Harfenpolierer gemeint ist, wenngleich dieser Ausdruck im deutschen Sprachraum auch (noch) unbekannt ist (aber Browne erscheint ja erst jetzt kontinuierlich in der BRD). Zahlreiche andere Begriffe sind komplizierter umzusetzen. Z. B. ist der Ausdruck ›Schleicher‹ für einen Privatdetektiv oder Polizisten nicht mehr gebräuchlich – er wurde durch den

›Schnüffler‹ ersetzt. Dieser Fall entspricht noch den amerikanischen Sprachentwicklungen: Im vorliegenden Buch wird Pine einmal als Schleicher bezeichnet, woraufhin er erwidert, dieser Begriff sei wohl etwas aus der Mode gekommen. Ganz schwierig wird es bei Umsetzungen umgangssprachlicher Redewendungen, die in deutscher Sprache ebenfalls durch andere ersetzt wurden. In diesem Fall hat der Übersetzer durchgehend auf mitunter vielleicht etwas antiquiert wirkende Ausdrücke zurückgegriffen, anstatt sich an die im heutigen Sprachgebrauch vielleicht üblicheren zu halten. Doch schließlich erschienen die Romane um Paul Pine vor etwa vierzig Jahren; sie sind Klassiker und haben eine klassische Bedeutung für die Entwicklung des Genres. Howard Browne arbeitete mit der Sprache, wie sie vor vierzig Jahren gesprochen wurde; hier sind die Grenzen natürlich fließend, doch es erschien eingängiger, Paul Pine umgangssprachliche Redewendungen auf die deutsche Zunge zu legen, die seiner Zeit und seiner Umgebung angemessen sind, als ihm irgendeinen ultramodernen Yuppie- oder Punkslang der bundesdeutschen endachtziger Jahre aufzuzwängen und ihn damit zu vergewaltigen – was auch nicht im Sinne des Autors gelegen hätte, der bei der Neuveröffentlichung seiner Romane vierzig Jahre nach dem ersten Erscheinen einige kleine Korrekturen durchgeführt hat, aber keine, die die umgangssprachlichen Redewendungen betreffen. Auch, wenn in den achtziger Jahren noch ein fünfter Roman um Paul Pine erscheinen sollte, Begriffe wie ›Siffe‹ oder ›turbotittenaffengeil‹ wird unser Privatdetektiv wohl kaum in den Mund nehmen.

Geht das zwischen deine Ohren, Kleiner?

Uwe Anton

Schwarze SERIE

In dieser Reihe erscheinen die Klassiker und besten jungen Autoren des modernen harten Kriminalromans. Die Reihe bietet einen Querschnitt durch die Spitzenleistungen des Krimis.

Band 19 114

Howard Browne

Geschmack von Asche

Deutsche Erstveröffentlichung

Es war etwa elf Uhr morgens an einem warmen, leichtbewölkten Junitag. Ich war von Chicago hierher gefahren, nachdem mich am Nachmittag vorher eine Mrs. Serena Delastone angerufen hatte. Sie glaubte, unter Umständen Verwendung für einen netten, höflichen Privatdetektiv zu haben, dem man zutrauen konnte, daß er sich weder dem Dienstmädchen noch dem Familiensilber in böser Absicht nähern würde. Mrs. Delastones Stimme erweckte jedoch den Eindruck, als ginge es ihr in erster Linie um das Silber.
So beginnt einer der besten Privatdetektivromane, den Sie je zu lesen bekommen.

BASTEI LÜBBE

Sie erhalten diesen Band im Buchhandel, bei Ihrem Zeitschriftenhändler sowie im Bahnhofsbuchhandel.